LE DERNIER TRIBUN

DU MÊME AUTEUR

Romans

POURPRE, Mercure de France, 1980.
LES CANARDS DU GOLDEN GATE, Mercure de France, 1982.
SANS EFFORT APPARENT, Balland, 1987.
L'OUEST, Bernard de Fallois, 1991.
UNE AFFAIRE EMBARRASSANTE, Grasset, 1995, prix Jean-Freustié.
LES CORROMPUS, Grasset, 1998, prix Interallié.
BELLE-AMIE, Grasset, 2001.
SILENCE, ON MENT, Grasset, 2003, prix Renaudot des Lycéens.
UNE VRAIE PARISIENNE, Grasset, 2007.
PARIS EN TEMPS DE PAIX, Grasset, 2011.
LA FEMME QUI DIT NON, Grasset, 2014.
L'ÈRE DES SUSPECTS, Grasset, 2018.

Essais

LE ROMAN DE CONSTANTINOPLE, Éditions du Rocher, 2005, prix Renaudot de l'essai.
LE ROMAN DE LA BRETAGNE, Éditions du Rocher, 2008.
UNE MER DE FAMILLE, illustrations de Nono, Éditions Dialogues, 2015.
DU BONHEUR D'ÊTRE BRETON, *les régions contre les nations*, Équateurs, 2017.

GILLES MARTIN-CHAUFFIER

LE DERNIER TRIBUN

roman

BERNARD GRASSET
PARIS

ISBN : 978-2-246-82868-6

À Robert Weinberg, mon professeur principal en classe de sixième à Saint-Jean de Passy, auteur du *Liber Primus* et du *Liber Secundus*, ouvrages scolaires qui enseignaient le latin comme une langue vivante.

«*Marce Tulli,*
Gratias tibi maximas Catullus
Agit pessimus omnium poeta,
Tanto pessimus omnium poeta
Quanto tu optimus omnium patronus»

CATULLE

«À Marcus Tullius,
Avec tous les remerciements de Catulle,
Le plus mauvais de tous les poètes,
Aussi mauvais que tu es le meilleur des avocats»

Chapitre 1

Je n'aime pas Aristote. Ce besoin de faire savoir qu'il a des lueurs sur tous les sujets. Les animaux, les insectes, les plantes médicinales, l'architecture, la stratégie militaire, les dieux, la rhétorique, la formation des nuages, la culture des fraises lui inspiraient des commentaires. De l'eau de source, sans goût. Il a beau écrire sans fin, dix mulets ne vaudront jamais un étalon. En biologie, en physique, en poésie, en économie, il psalmodie des vérités premières. Ou des contes à dormir debout. Qui peut attester l'exactitude de ses observations sur la faune marine ? D'où sort-il que les femelles sont moins courageuses que les mâles, sauf l'ourse et la panthère ? Et cette idée que les matières naturelles ont une âme ! Sans parler de sa sagesse pour marchande de pistaches : « Philosopher, madame, c'est apprendre à mourir. » Dire que cette commère verbeuse avait suivi les cours de Platon ! Plus personne ne parlerait de lui s'il n'avait eu pour élève Alexandre, dit le Grand. Il doit tout à Rome. Cette cité guerrière ne pouvait que s'emballer pour le professeur du plus grand conquérant de tous les temps.

Je vous entends déjà : « Parler ainsi d'Aristote ! Mais pour qui se prend-il ? » Pour un de ses lecteurs, voilà tout. Ce cuistre confondait dialectique et bavardage. Sentencieux et ennuyeux, ses textes sont bons à ranger dans un tiroir. Les étudier, c'est allumer une bougie en plein jour. Sans jamais un trait de cette ironie que j'apprécie tant chez Socrate. Ne parlons pas de son écriture. On dirait une statue qu'on a omis de polir. C'est le style « pas de style ».

Passons. Je n'évoque ce pédant que parce que, le jour où Rome m'a appelé (appréciez cette formule simple et modeste), j'écrivais un texte contre lui. Le cadeau grassement rémunéré d'un de mes élèves venu du Pont-Euxin. Dix ans plus tôt, son père, prince en Bithynie, avait ouvert un peu vite les portes d'une ou deux villes aux lieutenants de Mithridate. Depuis, tout était bon pour rassurer les Romains, même faire dire du mal par son fils d'un philosophe grec dont il ignorait la cote sur le Palatin. Et moi, loin de lui ouvrir les yeux, tel un roquet, pour quelques centaines de sesterces, j'aboyais. À l'occasion, ma méchanceté me nourrit comme une sève. Et alors ? J'ai toujours tout pris à la légère et je n'allais pas changer à presque quarante ans pour un valet de Philippe de Macédoine et d'Alexandre. Athènes, ma ville, ne s'est jamais remise de leur passage.

Trois siècles plus tard, je me demande par quel miracle on s'entête à faire cas de nous. Songer que des milliers d'étrangers croient encore que mes collègues et moi bâtissons nos cabanes en marbre. Heureusement qu'à leur époque, Sophocle, Épicure et leurs rivaux ont dressé des temples. L'éducation des jeunes morveux de la haute société romaine est devenue une de nos principales industries. On ne leur enseigne pourtant pas grand-chose. Il y a longtemps que l'Académie, le Lycée et nos autres écoles n'approfondissent plus l'intelligence des élèves. Au mieux, on développe leur esprit de repartie. On en fait des machines à citations. Rentrés à Rome, un mot de Pindare, une formule tombée en désuétude, une tournure usagée et ils voient leur raisonnement rouler des épaules. Là encore, passons. Ce malentendu m'aura bien servi.

J'écrivais depuis l'aube sur la terrasse. Le soleil était introuvable et la mer grise. Le jour semblait déjà épuisé par son passage en Asie. À peine un vent léger soulevait-il la poussière et la dispersait à mes pieds entre les tomettes. La fraîcheur tirait la lumière vers le bas, on aurait dit que les nuages allaient heurter les toits. Ni voiles sur la baie, ni mouettes sur l'eau, on n'entendait aucun bruit, sinon parfois l'aboiement d'un chien au loin dans la brume. Impossible d'écrire dans la maison, trop sombre. Installé dehors sur la table en pierre, j'avais enfilé des bottes et portais la pèlerine en laine rose que m'avait offerte l'Association des armateurs de Rhodes. Au garde-à-vous devant la maison, les deux palmiers plantés à ma naissance frissonnaient. Ils avaient le même âge, avaient vécu la même vie et, de loin, avaient l'air de jumeaux mais, de près, la hauteur de leurs branches, l'épaisseur de leur tronc, le vert de leur feuillage, tout était différent. Le type même du faux mystère qui aurait inspiré Aristote !

Au loin, au pied du temple de Poséidon posé sur le promontoire du cap, sont apparus trois cavaliers. Dans ce silence d'édredon, on les entendait cliqueter sur la route blanche tracée dans la caillasse. Des Romains en uniforme. Casques, glaives et cuirasses scintillaient comme des lucioles. Et comme une menace. À propos des autorités, j'ai des idées très simples : qui s'y frotte s'y pique. Ne pas les voir, ne pas les flatter, ne pas les agacer. Je ne parle pas d'elles et je les évite. Pas question de faire mon intéressant pour leur exposer mes idées. En leur présence je m'avance masqué. Cela dit, plus les trois hommes ont approché, plus j'ai craint qu'ils ne passent leur chemin. Je n'en pouvais plus de ne rien attendre de nouveau.

La vie est un marché où la plupart des gens n'achètent rien, moi le premier. J'avais mes élèves, une réputation locale, quelques amis à Athènes… J'ai horreur du changement mais encore quelques années et je serais un vénérable professeur entouré de toutous savants. Imaginez que je faisais des siestes tous les jours, ou presque. Rien ne me manquait, sauf tout. Parfois, je mettais un peu de ciguë dans mon encre, pas beaucoup et pas très souvent. Rivé à mon petit statut comme une barque à son amarre, je vivais mille pieds en dessous de mes anciens rêves. En fait, je m'ennuyais. Un ennui léger, qui ne tarderait pas à peser sur mes épaules. J'attendais le dégel, persuadé qu'il n'arriverait plus. Sauf que, miracle, mes soupirs ont heurté l'oreille de quelqu'un sur l'Olympe : les trois hommes sont descendus de cheval devant la terrasse.

Leur chef s'est approché, de la démarche lourde et pesante d'un cyclope. Un parfait physique de mauvaise nouvelle. Crotté par le voyage, velu et sombre, on aurait dit le fruit du croisement entre un gladiateur et une femelle ourse. Je pense qu'il s'agissait d'un décurion mais je confonds les grades romains et, s'il en affichait un, la poussière l'avait effacé. Sortait-il d'un grenier ou d'un cachot ? Mystère. Quand il s'est planté devant moi, je me suis levé. Seule la table nous séparait. Surtout ne pas faire mon malin. Face à ce spécimen, même Thémistocle aurait frémi. Je lui arrivais à l'épaule. Son cou et ses bras avaient l'épaisseur de mes cuisses. Sa paupière s'abaissait lourde comme un bouclier pour délivrer, excédée, le plus clair des messages implicites : moi, brave Romain, vaillant, résolu, simple et intrépide, vais devoir m'adresser à cette petite chose grecque, pensante, jacassante et raisonnante. Ces bêtes mal dégrossies prennent Athènes pour le satin dont Rome double ses cuirasses. Il n'a pas fait de salamalecs :

« Tu es Metaxas, le prof de philosophie ? »

Réponse : oui. Mais il ne m'a pas laissé le temps de la prononcer. Les poings posés sur la table, penché vers moi pour soulever chaque mot comme une pierre, il a continué :

« Marcus Cassius Laeca, le gouverneur, t'attend demain à Athènes. Il te remettra un message venu de Rome. De la part de Publius Clodius Pulcher. Ni lui ni

Laeca n'aiment attendre. Ne les fais pas lanterner. Sinon je reviendrai moi-même tirer sur ta laisse. »

Il me tutoyait, en latin bien sûr. Ce genre d'occupant ne se fatigue pas à apprendre la langue des gens qu'il commande. Ni à employer leurs formules de politesse. Une odeur d'ail accompagnait ses consignes. À croire qu'il sortait de table. Une telle rusticité ne se soigne pas. On observe en silence et on approuve du menton. Je n'ai pas prononcé un mot. D'ailleurs, que répondre à quelqu'un qui pense qu'il y a encore des choses urgentes à Athènes ? La ville ne prend plus personne aux entrailles. On l'admire encore mais nul ne songe à l'imiter. Elle mérite peut-être le coup d'œil mais guère plus. Les hommes de Salamine se sont adoucis en créatures soumises, inoffensives et réduites au rôle du dindon de la basse-cour. Entre l'Orient barbare et la cruelle Rome, on garde les bras le long du corps, impuissants et frustrés face au spectacle des lions et des aigles qui nous entourent. Le temps se traîne au pied du Parthénon. C'est simple : il y a deux fois plus d'heures par jour qu'à Rome. Laeca serait tombé des nues s'il m'avait vu survenir empressé.

Tchoumi est apparue, blanche comme l'écume, inquiète. Elle tenait à la main une carafe de son cédrat aux feuilles de menthe. Dans un sourire crispé, elle a dit « ave » sans accent et lui en a proposé un bol. Autant caresser le nez d'un fauve. Sans répondre un mot ni poser un œil sur elle, il a jeté vers moi le laissez-passer pour approcher Laeca, a saisi sur la table mon broc d'eau, l'a vidé au goulot et a tourné les talons en silence.

Dommage qu'il n'ait pas plutôt vidé la bouteille d'encre. Avec de tels messagers, Rome allait attirer les ennemis comme un chien attrape des puces. Et encore ma description ne rend-elle pas justice au spectacle. Pour un tel physique d'ogre, il faudrait l'œil et la voix d'Homère. Vexée, Tchoumi a éclaté de rire assez fort pour être sûre que ce mufle l'entende. Il y a des dédains dont il ne faut pas se priver.

Cela dit, une étincelle jaillit parfois d'un caillou. Cet ours n'avait pas inventé la lampe à huile mais il avait prononcé le mot qui tue : Clodius, l'homme le plus beau, le plus brillant et le plus allumé que j'aie rencontré dans ma vie. À l'époque, vingt ans plus tôt, il s'appelait Claudius. Les Claude sont la famille la plus ancienne, la plus riche, la plus noble et la plus vaniteuse de Rome. Là-bas, on appartient à l'élite de l'élite de leur fameux Sénat quand une grande route porte votre nom. La sienne, c'était carrément la Via Appia, la plus célèbre de l'empire, bâtie trois ou quatre siècles plus tôt par son ancêtre Appius Claudius. Né comme moi en 660 (*93 avant J-C*), Publius était presque mon jumeau, parlait un grec parfait et, à seize ans, était entré en même temps que moi à l'école de philosophie d'Oreficos du Lycabète. À mon plus grand dépit, il n'était resté que huit ou neuf mois à Athènes avant de rejoindre les troupes de son oncle Lucius Licinius Lucullus – encore un patricien au sang plus bleu que bleu.

À son retour, son récit de la campagne contre Mithridate aurait fait les délices d'Aristophane. La phalange grecque du roi du Pont et la légion romaine de son oncle y rivalisaient d'inconscience et d'incompétence. J'ai rarement rencontré un esprit aussi satirique que celui de Publius. Les dieux l'avaient gratifié d'un don pour attraper au vol les ridicules des autres. Le soir, dans les tavernes, il faisait rire toute notre classe en singeant Oreficos discourant sur les raisons agissante, provocante et désarmante. Pendant les cours, lorsqu'il s'ennuyait, il posait tablette et stylet pour sortir peigne et pince à épiler. Le lendemain de son retour à Rome, notre vieux professeur fut tellement soulagé qu'il offrit un mouton au temple d'Hermès, le dieu des orateurs. Un dieu qu'on présente souvent avec un visage d'homme et un de femme – ce qui convenait à Clodius, sportif et musclé comme un légionnaire de carrière mais aux traits si fins qu'il pouvait plaire aussi bien aux premiers qu'aux secondes. Une facilité dont il usait et abusait. Sa vie amoureuse faisait notre joie, nos angoisses et notre admiration stupéfaite.

Rentré à Rome, ce fut pire encore puisqu'une année, la nuit de la célébration des mystères de Fauna, la Bonne Déesse, il se déguisa en joueuse de flûte pour se glisser chez le Grand Pontife, en l'occurrence Jules César, et rejoindre sa femme. Un incident qui aurait coûté la vie à qui que ce soit d'autre mais qui ne s'acheva que par la répudiation de la malheureuse Pompeia Sulla. Avec son laconisme coutumier, César lui aurait juste dit : « Va-t'en, la femme de César doit être insoupçonnable. » Je le tiens de Clodius lui-même qui, imitant un César grandiloquent et efféminé, en riait sans remords. Le pire est que c'est sûrement vrai car, quand je suis arrivé à Rome, « la femme de César doit être insoupçonnable » était devenu une blague récurrente des matrones surprises en mauvaise part dans les orgies de l'Aventin. Entre-temps, lancé dans une surenchère de provocations, Clodius avait fait plus scandaleux encore. Décidé à s'emparer du pouvoir, il avait choisi de se faire élire tribun de la plèbe, le titre le plus dangereux de Rome car le seul qui vous autorise à mettre un veto aux décisions du Sénat. Sauf qu'on ne devient pas le champion de la plèbe quand on appartient à la plus ancienne famille des Pères conscrits de la Ville. Qu'à cela ne tienne, il avait affranchi le plus beau de ses jeunes esclaves, un certain Publius Fonteius, et s'était fait adopter par lui. Nouveau plébéien, il avait transformé son nom de Claudius en Clodius et, porté par un raz-de-marée électoral, disputait depuis le pouvoir à César, Pompée, Crassus et quelques autres de moindre poids, parmi lesquels son ennemi juré, Cicéron, la grenouille qui se voulait aussi grosse qu'un bœuf.

Nous nous étions tant amusés et aimés à seize ans que de tout cela il m'informait souvent par lettre – sans m'apprendre grand-chose, tout l'empire étant averti sans délai de chaque initiative de l'homme qui tenait la Ville. Chacun de ses messages me laissait rêveur, nostalgique et désenchanté. Que le destin de mon meilleur ami était crépitant et le mien décoloré. Inutile donc de préciser que je n'ai pas songé une seconde à ignorer la convocation de Laeca. Tchoumi, malheureusement, ne gardait pas les oreilles dans ses poches. Debout derrière moi, une main posée sur mon épaule, elle s'est mise de l'autre à me caresser les cheveux. Depuis dix ans que nous vivions ensemble, j'avais l'habitude de ces états de grâce. Chez ma femme, la parole est presque inutile, la force toujours contrôlée, la douceur souvent calculée. Chaque baiser posé sur mon crâne délivrait le même message : sois sage, chéri, garde soigneusement fermées les pages que tu rêves déjà de tourner.

À Sounion, madame laissait les jours filer entre ses doigts sans jamais fermer le poing pour les retenir. Elle n'avait aucune envie de changer d'air. Encore moins de passer une tête dans l'Histoire. Zeus sait que je ne place pas bien haut la littérature romaine. Comparée à la nôtre, on dirait les Apennins face aux Alpes. Mais Tchoumi y aurait fait une parfaite héroïne pour leurs pauvres petites poésies : hymne à la terre, vanité des choses, simplicité du cours des jours... Elle était faite pour épouser un berger d'Arcadie. Quand je filais à Athènes rejoindre mes élèves, elle jardinait et attendait. Rien à voir avec la jeune femme que j'avais connue. À l'époque, elle ne sortait pas d'une élégie agricole d'Hésiode mais des bras de Publius. C'est lui qui nous a présentés l'un à l'autre dans une taverne du Pirée où il réunissait sa cour. À sa façon. Tourné vers moi, il avait levé des yeux extatiques au ciel en parlant devant elle de l'entrejambe doux comme la peau de pêche de Tchoumi. Puis, penché vers elle, il lui avait soufflé à l'oreille que le mien l'était plus encore. Naturellement, il avait murmuré assez fort pour que j'entende. À un autre, j'aurais mis mon poing dans la figure. Je n'y ai pas songé un instant. C'était Publius. Chez nos amis, rien ne mérite plus d'estime que le naturel.

Dans le silence du matin et la fraîcheur du printemps, alors qu'un rayon de soleil envisageait d'apparaître enfin, j'ai presque partagé la résignation de Tchoumi. Face à la mer encore plate, les maisons penchaient avec tant de grâce vers la côte et le temple se reflétait si harmonieusement dans l'eau que le calme du monde semblait enchanteur. Comme si, ici, chez nous, tout s'était apaisé, les conflits, les différends, la violence... Dans notre vie à peu près aussi déboisée que la route d'Athènes, une fine couche de civilisation tapissait chaque jour. Si fine cependant que j'en perdais mes cheveux d'impatience. Mes cours attiraient de plus en plus de jeunes Romains et je mimais le succès mais je m'apprêtais à tout rater. À la fin, je ne laisserais aucune trace. Tout se jouait à l'ouest alors même que le soleil s'était levé à l'est, chez nous. Dans les ténèbres d'une Italie obscure, il avait fallu les lueurs venues de la mer Égée pour allumer les flammes de la gloire.

Avant nous, les Romains vivaient dans des huttes. Ils parlaient tous de Périclès comme s'ils l'avaient rencontré la veille mais ils se souciaient de ses héritiers comme de leurs toutous. Dommage qu'Alexandre ait pris la route de la Perse. Toute la grandeur de la République latine reposait sur sa mort à Babylone. Se fût-il tourné vers l'ouest que ses phalanges nous auraient offert la Méditerranée tout entière. Même Mithridate, un Grec pourtant, n'avait pas réussi à réveiller l'Attique. Au plus fort de son attaque, on ne l'avait aidé que du bout de nos lances, rien de plus. Nous n'étions plus bons qu'à enseigner la sagesse et la vertu. Alors que Rome s'était transformée en une cité sublime où les riches payaient un poisson rare plus cher qu'un bœuf, on aurait parfaitement pu rayer Athènes de la carte. Elle n'y jouait plus aucun rôle. Ne parlons pas de moi, je ne tenais plus à rien. Une marée de découragements avait depuis longtemps recouvert mes rêves de puissance. J'étais résigné à ce que la vie ne m'apporte plus aucune surprise.

La convocation de Laeca m'est apparue comme un miracle. Dès le premier instant, j'ai pressenti qu'elle allait m'ouvrir la route du Capitole, du Sénat, de l'Aventin, du Champ de Mars et de tous ces lieux magnifiques où se jouaient notre sort et celui du monde. Tchoumi n'a pas été plus longue à tout deviner. Retirant ses mains de mes épaules, elle m'en a entouré le cou et, serrant les doigts, m'a demandé tout bas à l'oreille jusqu'où j'étais prêt à aller pour sauver notre couple. J'ai été bref :

« Jusqu'à ta porte, pas plus loin. Je pars sur-le-champ pour Athènes. »

J'ai horreur de voyager en plein soleil. Pas question de laisser échapper ce temps de cochon. Le ciel ne se dégageait pas. Mieux encore, il a un peu plu. Tout au long des huit heures de marche pour Athènes, l'air a senti la terre mouillée et l'ombre. Le froid m'a accompagné comme un hôte prévenant. Certains jours, l'été, et même au printemps, partir donner mes cours tournait au supplice.

Sèche comme un caillou, la Grèce poussiéreuse enferme toute la chaleur tombée du ciel et transformait le trajet en promenade dans un four. Rien de tel lors de mon embarquement pour la gloire – ou, plus modestement, pour l'aventure, puisque nous connaissons maintenant l'issue de la bataille que je suis parti perdre avec Clodius. Pâle et décoloré, le ciel a accusé toute la journée une profonde fatigue. Dans un silence tellement épais qu'on n'entendait que lui, l'air agitait une humidité moelleuse égayée par le parfum des aiguilles de pin. C'était un délice. Des heures durant j'ai avancé en déclamant les discours que je ferais prononcer à Clodius sur les Rostres. À mon arrivée, avant la tombée de la nuit, j'avais retrouvé l'enthousiasme de mes quinze ans. À peine Philipos, mon logeur, tout étonné de me voir revenir si vite, m'eut-il servi une salade d'olives, de laitue et de fromage de chèvre que je me suis allongé et assoupi. Songer que, d'habitude, m'éloigner de la maison c'est sortir de ma tanière ! La moindre perspective de voyage à Thèbes m'affole et détraque mes intestins. Rien de tel : j'ai dormi comme un enfant. Au lever du jour, quand je suis parti pour la préfecture, j'avais la certitude que l'Histoire venait de frapper à ma porte. Même si elle ne s'était guère aperçue qu'on vivait ensemble, j'allais enfin écrire une lettre de rupture à la philosophie.

Chapitre 2

Un officiel romain ne reçoit naturellement pas Athènes en apanage sans appartenir à une des coteries qui se partagent les butins de l'empire. Celle de Laeca, malheureusement pour lui, était la moins puissante. Et la plus fragile. Face à César et Pompée, c'était un homme de Crassus qu'il avait servi comme légat pendant la campagne contre Spartacus. Soldat consciencieux et courageux, son efficacité sur le terrain lui avait valu l'affection et l'obéissance des légions qui doutaient sérieusement du savoir-faire militaire de leur commandant en chef. À part gagner des millions, Crassus n'est bon à rien. Sinon à reconnaître les mérites utiles. Laeca, qui avait eu la sagesse de ne pas se prendre pour Scipion, ne fut pas oublié et régnait aujourd'hui sur nous. Pour le plus grand soulagement de tous. Conscient qu'il n'entrerait jamais dans l'histoire des hommes illustres, il avait la sagesse de ne pas y prétendre et la dignité de ne pas jouer au proconsul mirobolant. Je m'attendais néanmoins à faire antichambre pendant des heures. Rien de tel.

– Au lieu d'un palais, il se contentait de la caserne où logeait une Légion surnommée « La Ténébreuse » depuis son passage de sinistre mémoire chez ces malheureux Daces. Là-bas, derrière elle, tout était détruit. C'est ce que les Romains appellent la paix. Inutile, cela dit, d'en rajouter sur la simplicité de Laeca ; il jouissait dans son camp retranché d'une villa grande et fraîche, ensevelie sous un bois de pins géants. Une cohorte de statues encombrait l'immense atrium où l'on me fit entrer. Les Romains en font toujours trop. On se serait cru dans le vestiaire des Jeux olympiques. Ou, pire, chez un marchand. Il ne manquait que l'étiquette des prix. Nettoyant le bassin central, deux esclaves noirs parlaient en mélangeant mots latins et termes inconnus. Leur bonne humeur et leurs éclats de rire donnaient à la matinée une touche bon enfant en rupture complète avec le style martial des militaires. À peine Laeca est-il apparu qu'ils se sont tus mais il les a priés de la boucler quand ils travaillaient dans sa résidence et ils se sont jetés à genoux. C'était embarrassant. Si, à Athènes, un paravent de virilité masque un brouillard de lâcheté, chez les Romains, une fine couche de bienséance cache un océan de brutalité. J'ai gardé mes sentiments pour moi quand Laeca, tout sourire, m'a attrapé par l'épaule sans paraître attacher d'importance à ces perruches :

« Je suis devenu un véritable Grec. Je prends tout avec philosophie. »

Dans son bureau, il s'est assis à la table de travail et m'a prié de m'installer sur un des tabourets disposés face à lui.

Quand ils quittent leurs terrains d'aventure, ces anciens guerriers habitués à jeûner, à dormir au sol, à endurer les pires froids, à supporter la canicule et à parcourir au trot des territoires sans bornes, remplissent vite chaque pli de leur toge. La sienne était plus enveloppée par lui que lui par elle. Mais il avait la bonne tête du vétéran revenu de loin qui ne ménage plus ses sourires. On ne faisait pas plus rassurant. Feuilletant quelques papiers, il s'est épongé le front avant de relever le menton :

« Voici donc le fameux Metaxas qui enseigne la sagesse d'Épicure à tant de mes jeunes compatriotes. »

Sans doute lui avait-on préparé quelques notes sur moi. Il s'en servait pour faire son intéressant. Je passe sur les compliments inévitables adressés à « Athènes, la mère des arts ». Les officiels romains commencent tous leurs discours par le même refrain. Ils sont tellement heureux d'être dans la ville de Platon plutôt qu'en Numidie ou en Narbonnaise. Qu'importe que les phalanges, la philosophie, la tragédie soient mortes. Que ne restent que le marché aux poissons, le lupanar et les écoles de rhéteurs. Leur dire que cette marchande provinciale n'est plus que la mémère des arts ne servirait à rien. Ils ne le croiraient pas. Pire, ils se méfieraient. Ils n'aiment pas les réserves et prennent pour offense tout ce qui n'est pas soumission.

J'ai gardé le même air sage quand il s'est mis à faire l'éloge des disciples d'Épicure. Comme presque tous ses compatriotes, il n'avait pourtant absolument aucune idée de ce dont il parlait. Ils prennent la philosophie pour un calmant et nous voient comme des espèces de médecins de l'âme. Pour eux, nous sommes là pour les aider à affronter la maladie, le chagrin, la vieillesse ou les revers de fortune. Leur sagesse colle à la vie quotidienne. Une fable d'Ésope leur paraît aussi riche qu'un dialogue de Socrate. Quant à l'épicurisme, condensé par lui, il se résumait à l'ensemble des âneries que l'on prête à Épicure. En gros, se proclamer épicurien revenait à s'avouer héllénisé, amolli, complaisant, jouisseur et féminin. Lui-même, de façon aussi sommaire, s'est affirmé stoïcien, ce qui signifiait dans son esprit être un gros dur qui met les pieds sur la table, mange la viande crue et vous estourbit un Gaulois comme on étrangle un poulet, mais affronte la mort avec le calme d'un arbre. J'ai pris mon mal en patience. Mais même un chien apprivoisé peut mordre. Au bout d'un moment, agacé, je lui ai entrouvert les yeux sur la vraie personne d'Épicure. Son doux sybarite était une brute qui insultait la terre entière, traitait d'idiots tous ses rivaux, attendait de ses disciples qu'ils le vénèrent, se prenait pour un oracle, traitait les élèves qui s'éloignaient de renégats et, pour finir, se comportait en grand prêtre de secte. Le Jardin, son école, était le temple d'un fanatique prêchant des dévots. Laeca n'a pas semblé y attacher la moindre importance. Au fond, il se moquait bien de ces rivalités pour rongeurs de parchemins. Épicure n'était qu'un élément de langage. Providentiel, en fait. Grâce à lui, on était parvenu là où, en proconsul bienveillant, il voulait m'emmener :

« Épicure, une brute ! Vous m'en direz tant. Je tombe des nues. Mais tant mieux pour vous. Si sa brutalité ne vous a pas détourné de ses œuvres, alors peut-être vous acclimaterez-vous à Rome. Si vous pensez trouver des esprits aiguisés dans la capitale du monde, vous ne serez pas surpris. Là-bas, mieux vaut se garder à gauche et se garder à droite. Un mot, un regard tuent. L'amitié et la fidélité ne pèsent pas lourd face à l'intérêt. Et les intérêts, croyez-moi, sont énormes. »

À cet instant, il s'est tu et a agité une clochette pour demander qu'on nous apporte à boire. Dans cette pièce vaste mais mal aérée et sombre, les lampes à huile en bronze et les brûle-parfums maintenaient une chaleur anormale. Il transpirait déjà. Pendant qu'on m'apportait de l'eau citronnée, il a lampé une coupe d'un breuvage pétillant rose. Un mélange de vin blanc et de pêche. Visiblement, Laeca et lui s'étaient trouvés :

« C'est un rafraîchissement macédonien. Je le fais venir avec de la glace. Et j'en abuse. Mon urine pétille, c'est dire ! »

Doté de tous les pouvoirs, il en rajoutait sur la bonhomie mais suivait son idée. Il voulait savoir pourquoi le redoutable tribun de la plèbe m'appelait auprès de lui. Sans évoquer les nombreuses lettres où, depuis des années, Clodius me demandait de venir écrire ses discours, je lui ai parlé de notre ancienne complicité. Laeca n'a émis sur lui que des compliments :

« C'est un cousin des Gracques. Il a leur générosité. Il sait combien le peuple souffre. Les sénateurs l'ignorent, ils ne quittent Rome que pour gagner leurs palais du bord de mer. Moi, en vieux soldat, je le comprends.

J'ai parcouru trop de campagnes désertées par leurs paysans transformés malgré eux en légionnaires et ne revenant sur leurs terres que pour les retrouver confisquées, volées, exploitées par les esclaves d'un autre. Trop de nos héros anonymes sont transformés en déclassés. Comment s'étonner qu'ils montent à Rome pour survivre et accroître sans cesse la masse d'un prolétariat affamé ? Clodius a raison de protester. Ses analyses sont justes. Mais il joue un jeu dangereux. Tiberius et Caïus y ont laissé la vie. C'est fou, d'ailleurs, comme Clodius ressemble au second. Autant Tiberius était calme et pondéré, autant Caïus fut emporté, brillant, vindicatif. »

Je n'ai pas répondu. Toujours laisser parler ceux qui aiment étaler leur opinion. Mais Laeca n'était pas né la veille. Il n'en dirait pas plus que ce que tout le monde savait. Il lançait la balle pour que je la saisisse mais sinon, il ne dévoilerait pas ses pensées profondes. Quand je lui ai demandé si Clodius était informé de cette sympathie, tout à coup, il a pris froid :

« Non. Et je n'ai pas plus de sympathie pour lui que pour un autre. Ici, je suis le représentant de Rome, pas celui d'une de ses factions. Et je suis au service de l'État. Quand le tribun de la plèbe me charge d'une mission, je l'accomplis. C'est pourquoi je vous reçois. »

D'ailleurs dans sa villa privée plutôt que dans son palais officiel ! À l'écart, loin des regards. Alors, enfin, il a abordé le sujet qui m'importait : l'argent. Il tenait trois mille sesterces à ma disposition pour les frais du voyage. Une grosse somme que j'ai fait mine de trouver normale.

Surtout ne jamais paraître faible. S'il me rangeait parmi les professeurs cousus d'or, tant mieux. Théagos, un banquier du Pirée, me remettrait la somme et avait un correspondant à Rome si je souhaitais ne pas m'encombrer de trop de pièces pendant le voyage. Quant à celui-ci, Laeca avait une solution toute trouvée : la semaine suivante, trois galères militaires chargées d'esclaves partaient de Delos pour Syracuse. Il pouvait me faire embarquer. Pas question. Tout plutôt que poser un pied sur cette île maudite devenue l'enfer sur Terre, le premier réservoir de chair à chantier de l'empire. Quand je l'ai avoué avec une franchise qui m'étonne encore, il m'a corrigé en souriant :

« Il n'y a pas que des manœuvres venus de Dacie. Il y a également de la chair à orgies et même de futurs professeurs élevés en Asie mineure. On écoule encore les stocks des guerres contre Mithridate. »

Que répondre ? Ce n'est pas Rome qui est cruelle, c'est la vie. Qui donc a bâti notre fameux Parthénon ? Certainement pas les compagnons de Périclès. De toute façon, cet humanisme n'était pas la raison viscérale de mon refus. Moins le voyage en mer durerait, mieux je me porterais. Aller de Délos à Syracuse signifiait contourner le Péloponnèse puis la botte de l'Italie. C'est-à-dire multiplier par quatre la distance allant de Corinthe à Brindes. Pas du tout mon genre d'audace. Je le lui ai avoué. Il en rit encore :

« Vous avez peur d'un peu de Méditerranée et vous plongez à Rome. Réveillez-vous, Metaxas : pour un provincial, aller au Forum, c'est se jeter dans un torrent sans savoir nager. J'en ai vu tant d'autres débarquer chez nous comme un boulet de catapulte. C'est souvent comme ça qu'ils repartent. On parle d'Épicure ou de stoïciens mais, à Rome, les cyniques tiennent le haut du pavé. Relisez Diogène. »

Par courtoisie, pour montrer le prix que j'accordais à sa culture et à sa conversation, je lui ai demandé s'il se rappelait l'histoire du crachat. Il l'ignorait. Je me suis fait une joie de la raconter à l'homme le plus dangereux d'Athènes :

« Vous savez que Diogène était pouilleux comme un peigne. Un soir, un homme qui l'accueillait dans une riche demeure le mit en garde : "Surtout ne crache pas par terre, on vient de tout nettoyer." Diogène lui envoya alors son crachat en plein visage avec ce commentaire : "Je cherchais un endroit sale." »

L'anecdote lui a plu, son sens lui a échappé et, tout sourire, il a sonné et prié un soldat de me raccompagner. Visiblement il me prenait pour un innocent. Après s'être poliment levé pour me dire au revoir, il m'a mis une dernière fois en garde :

« C'est bien de rejoindre Clodius s'il est votre ami. Mais prudence. Je me demande si vous n'entrez pas à Rome par la porte de sortie. »

Chacune de ses phrases me mettait un coup de pelle sur la tête. Je n'ai rien senti.

Chapitre 3

Tchoumi m'a accompagné à Corinthe. Elle redoutait ses fameuses hétaïres. On ne les a pas aperçues. Démoli en 607 (*146 avant J-C*), comme toute la ville, par les légions de Lucius Mummius, le temple d'Aphrodite était encore en ruine. Mais si le reste de la cité n'avait pas été rebâti par César, l'agitation du port était déjà décourageante. J'ignore pourquoi les Corinthiens passent pour lourdauds. Comme marchands, ils n'ont pas de rivaux. Des chars à bœufs encombraient toutes les rues, les trottoirs étaient envahis de marchandises, on se faufilait sur les chaussées entre des montagnes d'amphores et de tissus en rouleaux. De la vaisselle, des lampes, des olives, du vin… Tout était à disposition, des tapis persans aux papyrus égyptiens. Sur le port de Lechaion, qui relie la ville aux cités marchandes de l'ouest, une flotte entière balançait à l'ancre.

Avant toute chose, Tchoumi m'a acheté une large ceinture de liège que j'ai reçu l'ordre d'enfiler dès que la mer s'agiterait. Puis elle a trouvé une auberge où je me suis rasé la barbe pour n'être pas identifié comme philosophe au premier coup d'œil. Sur les routes, on passe pour des demi-portions qu'on peut traiter à la légère et laisser lanterner pendant que les gros durs s'offrent les bonnes places. Partie à la recherche du bateau qui emmènerait en toute sécurité son mari loin d'elle, il a fallu deux jours à Tchoumi pour trouver le bon, un Carthaginois. Je ne m'en suis pas mêlé. Impossible pour moi d'avoir l'air ferme dans une telle négociation. Les personnes incultes à manières autoritaires m'intimident. Je n'arrive pas à croire qu'elles prennent au sérieux un professeur. Je me précipite sans appréhension chez un proconsul mais il me faut des jours pour oser demander de l'aide à un menuisier quand un volet ne ferme pas. Ne parlons pas d'un capitaine au long cours.

Avant de m'amener à lui, Tchoumi a exigé qu'on se rende dans un petit temple dédié à Poséidon. Je n'avais rien à lui refuser et me suis plié au rituel par gentillesse. Les dieux ne m'intéressent pas. S'ils ont voulu les malheurs des hommes, ils sont méchants. S'ils ne les ont pas prévus, ils sont incompétents. S'ils n'ont pas pu les empêcher, ils sont impuissants. À quoi servent-ils ? Nul ne le sait et je n'en fais jamais un sujet de cours. Ces histoires de personnages qui se transforment en taureaux, en cygnes ou en nuages, c'est du Homère, de la fantaisie, de la littérature… De là à discuter les ordres de Tchoumi, il y a un gouffre. Avec un courage de lion, je finis toujours par lui dire oui. De toute façon, j'étais heureux de traîner en ville. Plus l'heure d'embarquer approchait, plus l'angoisse m'étreignait. Je n'avais plus qu'une envie : enfouir ma tête dans le cou de ma femme et espérer qu'un miracle me ramène au cap Sounion. Par égard pour mon amour-propre, Tchoumi a fait mine de ne pas le deviner. Elle était persuadée que je partais en état d'alerte sexuelle maximum – ce qui est le cas de la plupart des intellectuels grecs qui montent à Rome. Son mari reçu chez Clodius, elle s'attendait au pire. Sans compter qu'avant ces caresses sans fin, il y aurait la traversée qu'elle redoutait autant que moi. Sous mes yeux ahuris et furieux, elle a déposé cinq cents sesterces dans le panier que tendait une espèce d'éphèbe sacerdotal qui s'empresserait d'aller les boire à la santé de Bacchus. Je l'aurais giflée.

Dire que les Athéniens se prétendent les meilleurs marins de la Méditerranée. Malgré des efforts surhumains pour avoir l'air d'un homme, je suis arrivé au port comme je me serais approché de l'échafaud. Le vaisseau à la forme phénicienne choisi par Tchoumi n'était pas grand. Mais très haut sur l'eau. Il pouvait embarquer 5 000 amphores. Pour cette traversée vers Brindes, ils achevaient d'en charger des centaines, d'huile d'olive et de vin. Ainsi que quatre statues de marbre. Encore des trésors grecs qui filaient chez l'envahisseur. Un autre jour, j'aurais enragé. Là, j'ai juste songé que ce lest nous poserait fermement sur l'eau. Le commandant nous a à peine laissé le temps de reprendre mes affaires à l'auberge : « La capitainerie a déclaré la mer ouverte, le vent vient des terres, je largue les amarres dans une heure. » Tout cela prononcé dans un grec de cuisine par un bonhomme lourd comme une armoire et ridé comme du papier froissé. Son regard condescendant n'a paru voir en moi qu'une espèce d'extraterrestre atrophié. Il ne m'a pas adressé un mot.

À l'auberge, Tchoumi a pleuré. Allongée sur le lit où nous avions passé notre dernière nuit enlacés, elle a dégrafé le collier et la petite chouette en argent que je lui avais offerts pour notre mariage et, avant de me les mettre autour du cou, m'a fait jurer de ne jamais les retirer :

« Ainsi, je suis sûre que tu penseras chaque jour à moi. »

En échange, elle a juré sur l'oiseau d'Athéna qu'elle ne donnerait pas à un quelconque ratichon les cinq cents autres sesterces que j'avais gardés pour elle. J'ai promis de lui envoyer des fonds dès que j'en gagnerais à Rome. Elle a haussé les épaules. L'argent et elle ! Elle ne sait que le jeter par la fenêtre mais ne s'en inquiète jamais... Quand il n'y en a plus, ce qui nous est arrivé plusieurs fois, elle paraît ne pas s'en apercevoir. Ensuite, elle n'a plus lâché ma main jusqu'au port où elle s'est dispensée des adieux théâtraux qui nous amusent tellement chez les autres au Pirée. En posant un dernier baiser sur mes lèvres, elle m'a juste souhaité bon courage comme si je me lançais seul à la nage. Ensemble, on a éclaté de rire. Ni elle ni moi ne sommes faits pour le mélodrame. Résultat : sous les yeux du pilote, j'ai franchi la passerelle tout sourire, en bon gars tranquille au pied marin.

J'ai posé ma besace de cuir sur le pont, je me suis accoudé au bordage extérieur et, tant qu'on s'est éloigné, tripotant mon collier, j'ai gardé les yeux fixés sur ma merveilleuse épouse. Son teint pâle comme une dragée, son regard clair comme l'eau, son sourire à faire lever le jour, tout me bouleverse. Même sa démarche, si légère qu'elle ne laisserait pas de trace en marchant dans la neige. Et je ne parle pas de son arme fatale : cette voix douce comme un souffle qui, au premier mot, m'a rendu amoureux. Il paraît qu'on reconnaît le bonheur au bruit qu'il fait en sortant. J'ai entendu claquer la porte.

On aurait dit que toute la Grèce fuyait Corinthe. Dès le drapeau bleu hissé sur la grande cale par la préfecture maritime, les amarres avaient sauté. Une flottille entière est partie en même temps que nous. Chaloupes, simples barques, lourds vraquiers ou tartanes de pêcheurs manœuvraient pour éviter les rames massives de trois tirèmes qui, elles aussi, prenaient le large. On s'est glissé dans le flot sans prendre de risques pour dépasser les reliefs de l'ancienne statue démesurée de Poséidon qui marque l'entrée en mer. Serré dans ma tunique en laine rose, j'ai vu peu à peu s'estomper les maisons, les entrepôts et le fronton des temples en chantier. Débarrassé de tout rivage, porté par un courant calme et tranquille comme une murène, le navire a pris le cap de Brindes. Deux jours durant, tapie comme un jaguar, la houle a somnolé. Des nuages lascifs veillaient sur nous. Un souffle las glissait sur le pont comme la caresse d'une paume de la main. Derrière le gouvernail, sous un auvent de bois posé sur de petites colonnes, un banc que couvrait un matelas de laine me servait de lit. Des rideaux de gros tissu rouge coupaient le vent. C'était aussi confortable que possible. L'homme de quart gardait le cap en s'orientant grâce aux étoiles. Seul le bruit me surprenait. Au cœur de la nuit, dans l'obscurité complète, au lieu d'un silence total, le souffle de l'air, l'agitation de la voile, le clapotement des vagues, le grincement des gréements et les craquements perpétuels de toutes les parties du bateau ne cessaient d'agacer l'oreille. Rien de grave, je redoutais mille fois pire. Je n'avais même pas le mal de mer alors qu'à ma grande stupeur, plusieurs marins en souffraient. Mon calme a fini par séduire le capitaine. Le troisième jour à l'aube, il est venu partager ses olives noires, son fromage et son pain avec moi. Il jugeait ma tranquillité digne d'un philosophe. Je lui ai ouvert les yeux :

« Quand je dors, je dors. Quand je mange, je mange. Quand je tue le temps, je tue le temps. Aucune philosophie ne s'en mêle. Si le vent se lève, il emportera ma sagesse avec lui. »

Je ne croyais pas si bien dire. La veille au soir, contemplant le ciel entier, pur de tout nuage et qu'illuminait une foule d'étoiles, l'homme qui tenait le gouvernail m'avait promis une nouvelle journée de rêve. Ne jamais se fier aux voix autorisées. Aux spécialistes, encore moins. Le vent s'est énervé dès le milieu de la matinée. Puis la pluie est arrivée, si violente que des grêlons nous frappaient. Dans l'après-midi, les creux de la mer plongeaient si bas l'avant du bateau que des cascades d'eau glacée submergeaient le pont et noyaient l'entrepont. Il n'était plus l'heure de lire le vent, d'observer le courant et de réciter du Pindare. Le capitaine a ordonné de ceinturer le navire de cordages pour éviter qu'il se disloque. À ce mot, j'ai failli m'évanouir. Ensuite, il a mouillé l'ancre et l'a laissée filer pour ralentir notre marche. Tout se résumait à maintenir le cap vaille que vaille, à ramener la toile et à écoper – moi, comme les autres. Calme comme le bois et rassurant, le capitaine n'avait qu'une hantise, là encore affolante : que les statues, mal amarrées, se mettent à glisser et fracassent une paroi du navire. Coinçant les blocs de marbre avec des poutres, des ballots, mon bagage, mon matelas et tout ce qui lui tombait sous la main, l'équipage ne veillait qu'à ça. Sur le pont, de toute manière, il ne pouvait que prier. On avait déjà jeté par-dessus bord tout ce qui pouvait menacer les passagers en glissant d'un bord à l'autre. J'ai vomi tout ce que j'avais avalé depuis les Ides de mars, un mois et demi plus tôt. Les membres gelés, les yeux piquants, sans une goutte de salive, j'avais l'impression d'être déjà dans ma tombe. Le cauchemar a duré jusqu'au lendemain matin.

Quand le soleil est réapparu, j'ai sombré dans le sommeil. Une heure de plus et, frigorifié, les muscles des bras et du dos incendiés de douleur, les paumes des mains crevassées de gerçures, j'aurais sauté par-dessus bord. Les deux jours suivants, la traversée a repris son cours aimable et paisible – sinon que la soute avait avalé mon bagage et ne l'a jamais rendu. Même ma ceinture de liège avait disparu. Aucun souvenir du moment où je l'ai retirée, ni de l'usage qu'on en a fait. Du reste, ça m'était bien égal. Au crépuscule, le capitaine m'a secoué et m'a tendu une assiette de semoule de pois chiche parfumée au fenouil. Je comprenais un mot sur deux de son latin envahi de termes grecs, phéniciens et numides. Pour ce que j'en saisissais, ses observations ne renouvelaient pas la pensée universelle. En gros : face à de telles immensités d'eau et à la merci de leurs caprices, les hommes ne pesaient pas lourd. J'ai eu l'impression de lire un traité de Cicéron. Pour rester dans le registre grand public et avec l'espoir qu'il me trouve une couverture sèche pour affronter la nuit, j'ai répondu que dans l'existence il n'y a pas de résolutions, uniquement des circonstances. Sans commentaire, il a hoché la tête et m'a donné deux pommes. Je m'étais fait un ami. Cinq ou six dauphins nous servaient d'escorte bondissante. Cette énergie dépensée pour rien ! Je n'en revenais pas. Archimède aurait trouvé le moyen d'en tirer une machine.

Après six jours de traversée, le mercredi, en fin de matinée, il m'a semblé que l'air attrapait un goût de rivage. Exact : juste après, des oiseaux sont apparus à l'horizon. Puis des collines basses et douces, couvertes de bois à la rassurante teinte verte. Je n'en pouvais plus de ne voir que du bleu, de me laver et de manger sur le pont, de pisser dans le vent devant tout l'équipage… Bientôt une odeur de jasmin nous a atteints. Enfin, le phare de Brindes est apparu et, peu à peu, la côte s'est dessinée, réconfortante comme une immense paire de bras tendus.

Tout cela prenant des heures. Ce que la marine est lente! Pour économiser une taxe de port, le capitaine a choisi de s'échouer sur une plage proche de la ville déjà encombrée de vaisseaux. Lourdes et repues comme des vautours, incapables de redécoller, des mouettes se régalaient sur le sable. Quand j'ai atteint la capitainerie, la nuit tombait presque. Avant de chercher une auberge, je voulais sans trop y croire vérifier qu'aucun message ne m'attendait. Miracle : au lieu d'une tablette de cire, c'est un jeune Gaulois qui m'a accueilli :

« Si vous êtes Metaxas, je dois vous mener à Diana Metella. Elle vous attend à la villa. »

Depuis trois jours, il venait matin et soir au port. Dès qu'un bateau accostait, il s'enquérait d'un éventuel Metaxas. Il s'attendait à me voir débarquer avec ma bibliothèque et avait réservé une carriole. Comme j'avais envie de me dérouiller les jambes, il l'a renvoyée poliment – ce qui m'a agréablement surpris car les esclaves sont souvent odieux entre eux. Rien à voir avec les façons de ce gamin qui souriait à tout le monde et avait l'air de croire encore que la vie est belle. N'ayant plus sur moi que ma bourse et ses quatre cents derniers sesterces, j'ai suggéré d'acheter quelques vêtements. Il a haussé les épaules. Diana Metella s'occuperait de tout. Il ne tenait pas à traîner. Nous avions une heure de marche devant nous – dont une bonne moitié pour sortir de la ville, immense et envahie d'une foule agitée comme des fourmis. Des marchands, des centurions, des pêcheurs, des commères, des esclaves, des prêtres, des Africains…

On s'interpellait dans toutes les langues. Sauf en gaulois : mon guide n'ouvrait pas le bec.

Large et pavée mais surchargée de véhicules, la route du bord de mer était impraticable et pleine de bouses. Nous avons emprunté le chemin à flanc de coteaux qui longe les villas en hauteur des riches Romains en vacances. Déclinant en pente douce, de petits bois les séparaient les unes des autres. De la vigne poussait çà et là. Plus loin, alignés comme des légionnaires, des arbres fruitiers attiraient les oiseaux. Le panorama sur l'Adriatique était spectaculaire. À nos pieds, sur une île proche de la côte, bordé de statues, un immense bassin en rebord de mer longeait un palais plein de cours intérieures. Ailleurs, quelques propriétés grandioses donnaient directement sur la plage. Rien ne fermait l'horizon, tout semblait rouler sur l'or, Rome étalait déjà sa puissance. Mon esprit critique abandonné à Corinthe, j'étais sous le charme. L'arrivée à la Villa Metella l'a à peine réveillé. Il faut dire que je déteste les jardins romains. Des buissons taillés, des allées rectilignes et du gravier mais pas d'arbres, de désordre, d'ombre, de nature. Leurs paysagistes font de la géométrie. Tout file droit.

Diana Metella m'avait observé du haut de la loggia d'où la vue porte jusqu'à Brindes. Blanche comme une coquille d'œuf, le profil d'un oiseau de proie, la maigreur d'un collier de perles, affûtée comme un couteau, elle se tenait cambrée telle une vipère dressée sur sa queue. Ne parlons pas de sa coiffure noire laquée comme l'ardoise, de son maquillage d'actrice de théâtre, de ses bijoux monumentaux aux oreilles et aux poignets. Elle était spectrale. Et toute en rouge, des sandales à son col de toge qui remontait jusqu'au menton et cachait les effets du temps sur son cou. Je découvrirais ensuite que, depuis deux saisons, à Rome où ses ukases vestimentaires faisaient la loi, cette couleur avait envahi les salons. Les sottes suivent la mode, les idiotes l'exagèrent, Diana Metella, elle, la réinventait. De toute manière, disait-elle, « pour ceux qui ont du style, tout est permis. Sauf être ennuyeux ». Avec elle, en effet, on ne s'ennuyait jamais. Où qu'elle aille, le spectacle commençait.

Lorsque je l'ai rejointe, elle m'a dévisagé en silence pendant de longues secondes. M'eût-elle contourné pour m'observer sous tous les angles que je n'aurais pas été plus surpris. Encore un peu et elle allait glisser ses doigts dans ma bouche pour m'examiner les dents. Agacé, je lui ai demandé si nous étions arrivés par mégarde au marché aux esclaves. Elle a répondu d'une voix rauque et sensuelle :

« Je suis la tante de Clodius et celle de son cousin Lucullus. Je suis ravie de vous accueillir. Mon neveu dit que vous avez la langue la plus vive d'Athènes. Il compte beaucoup sur elle pour clouer le bec de Cicéron. Je tenais à voir comment vous rompez un silence. Votre question me rassure. Ainsi que votre apparence, d'ailleurs. Votre grosse tête pleine de connaissances va très bien avec le reste du corps. On dit "kaloskagatos" chez vous. Quand vous aurez retiré ces chiffons, la toge vous ira très bien.

— Je voyage léger, c'est vrai. Et la traversée a achevé d'alléger mon bagage. Votre esclave ne m'a pas laissé le temps d'acheter une tenue de rechange.

— Il est très bien, ce petit. On n'achète rien à Brindes. Absolument rien. En matière d'habits, c'est le trou du monde. Même en Bretagne, ils ont l'air moins déguisés. Sorti de Rome, dans l'empire, il n'y a qu'un désert. »

Elle parlait très lentement, assez bas, en posant chaque mot avec soin. Et en grec : « Inutile que les domestiques répètent sans rien comprendre ce que nous disons. » Elle n'employait jamais non plus le terme esclave. Alors elle a souri et m'a prié de la suivre. Nous avons traversé un atrium, puis un second. Élégants et dépouillés. Rien à voir avec le stand des Puces de Laeca. Pierre blanche au sol et fresques reproduisant la nature environnante sur les murs. Elle a réglé son compte au décorateur d'un coup de langue :

« Il paraît qu'en plein été, on se croit ici en plein air. Au printemps, on se croit plutôt dans un refuge alpin. Je passe mes journées sur la loggia, seul endroit où agit la chaleur du soleil. Mais enfin, on a échappé au style doré babylonien. L'ensemble reste familier. Disons familier dans le genre patricien romain : plein de colonnes partout. Il paraît que ça fait grec. On adore ça. Je vous préviens : vous allez en voir, du grec, maintenant que vous n'êtes plus en Grèce. »

Et ainsi de suite. Elle avait un esprit de faucon, toujours prêt à cingler sur les ridicules des autres. Elle m'a mené jusqu'à ma chambre. Un appartement, plutôt.

Outre un bureau et une terrasse, il comportait une salle de bains. Des esclaves étaient en train de verser des seaux d'eau bouillante dans le bassin. La nuit était tombée mais elle m'a demandé de ne pas me presser. Le dîner pouvait attendre. De toute manière, elle ne ferait que regarder. Elle détestait manger et ne se nourrissait que de tisanes pour lutter contre les insomnies. Avant de sortir, elle m'a demandé d'où venait ma pélerine en laine :

« J'adore cette teinte. C'est celle des roses sauvages. Je ne savais pas qu'ils obtenaient de telles nuances à Rhodes. Avons-nous déjà conquis cette île ?

— Pas encore.

— Alors, il va falloir y songer. »

Dans les tavernes d'Athènes, quand on vous sert une simple omelette au jambon, les serveurs s'amusent souvent à singer l'accent romain pour présenter « un consommé étrusque aux langues de flamand rose accompagnées de leurs tétines de truie ». S'ils donnent des bigornaux, ils les rebaptisent « escargots engraissés au lait de gazelle ». Et ainsi de suite. La prétention des plats romains, tous plus immangeables les uns que les autres, fait notre joie. Dans une richissime famille de Pères conscrits, je m'attendais à une symphonie culinaire. Grave erreur : Diana Metella fuyait ces ridicules. On s'est allongés l'un en face de l'autre autour d'une petite table où une salade de fraises patientait avec une laitue au fromage et au miel. Rien d'autre. Cela dit, elles auraient nourri tout mon équipage phénicien. Le potager devait être inépuisable. Elle-même picorait dans une purée de choux-fleurs parsemée de fromage râpé et de poivre. J'ai salué cette simplicité digne de Caton l'Ancien. Mauvaise pioche :

« Oh non, je vous en prie, pas le vieux Caton. Il était né dans une étable, des oies l'ont élevé et il a péroré toute sa vie contre la mollesse hellénisante. Il n'avait que le bon vieux temps aux lèvres. Sorti de là, sa pensée tournait court. Je ne parle pas de sa manière de traiter les femmes. Il nous prenait pour du bétail reproducteur, rien de plus. C'était un vieux gâteux. Il croyait encore que Rome était la capitale du Latium. Il n'a jamais ouvert les yeux sur le monde. Au Sénat, quand il nasillait, même les coussins s'endormaient. Naturellement, comme tous les radoteurs, il traitait les autres de pipelettes. Son neveu est encore pire. C'est le meilleur ami de Cicéron. »

Elle a laissé passer quelques secondes avant d'ajouter : « Pour l'instant. »

Puis elle a souri :

« Cela dit, il voyait assez juste, ce barbon. Dommage qu'il n'ait eu aucun don pour l'ironie. Il la haïssait, comme tout ce qu'il considérait comme futile – c'est-à-dire à peu près tout. Ici, à Brindes, Plaute et Térence se seraient régalés. Rien ne freine le ridicule de nos nouveaux riches. Hier soir, un de nos voisins devenu millionnaire m'a conviée chez lui. Il était forgeron mais a mis au point une nouvelle roue pour les chars. Il importe du coton d'Égypte et le file en torsades épaisses comme un serpent qu'il entortille autour des jantes avant de les ligoter avec des bracelets de cuir. Chaque roue coûte un œil mais, sur la route, en effet, on ne sent presque plus les cahots. Comme il faut retisser la bourre tous les trois mois, son atelier du Janicule est devenu une usine. Toute l'aristocratie patiente sur ses listes. Tout à l'heure, vous avez forcément surplombé son palais de Brindes. Il a creusé une immense piscine juste au-dessus de la mer. Il y reçoit le ban et l'arrière-ban de la société romaine en vacances – moi la première, avec l'espoir que je l'invite dans ma propriété de Rome, sur l'Aventin. Le pauvre rêve éveillé. Il peut déjà se sentir heureux que je le prie à dîner ici une ou deux fois par été. Vous devriez le voir avec sa petite raie au milieu, ses bagues à chaque doigt, ses toges beiges à fil d'or, les harnais d'argent de ses chevaux et ses menus. Hier, nous étions dix et il a servi quinze plats. On aurait pu nourrir tout Suburre. »

Je n'interromps jamais une bavarde mais Diana Metella était une vraie femme du monde, attentive à ses invités. Quand elle m'a vu sur le point de tomber de sommeil, elle a prié le jeune Gaulois de me ramener à mon appartement. Sans que je le remarque, il avait passé la soirée dans la pièce, à l'écart. Il s'est approché et a remis une feuille à sa maîtresse qui a éclaté de rire et m'a tendu le dessin. De part et d'autre du brasero placé entre nos deux lits, on me voyait grelotter en train d'écouter le prêche d'une prêtresse aux traits de Diana Metella. C'était aussi insolent que bien vu. Elle m'a demandé si je souhaitais qu'il reste dormir avec moi. J'ai préféré en rire. Elle aussi :

« Vous savez, à mon âge, on a de la neige entre les cuisses. Mon dernier délice, l'été, c'est de me gratter pendant les offensives des moustiques. Ou de me faire verser de l'eau bouillante sur le corps par mes serviteurs. Je ne me plains d'ailleurs pas. Je prends plus de plaisir à calmer mes démangeaisons que ne m'en a donné aucun de mes maris. Demain je vous ferai visiter le domaine. Bonne nuit. »

Pendant la nuit, il s'est mis à pleuvoir des seaux. En même temps que le froid, une merveilleuse odeur de glycine mouillée a envahi la chambre. Quand on a visité la ferme, tout était encore trempé. Une étable, une écurie, un poulailler, un potager, des prairies. Le domaine était immense. Même coupé du monde, le clan des Metellus pouvait attendre éternellement la fin des temps. Une trentaine d'esclaves se chargeaient de lui expédier des vivres à Rome. Diana Metella passait parmi eux sans les voir mais, si l'une ou l'autre lui adressait la parole, elle répondait en l'appelant par son nom. Nous avons marché ainsi pendant deux bonnes heures. Un bâton de cytise dur et pâle lui tenait lieu de canne de patriarche. Un jeune esclave nous suivait, qu'elle promenait comme son lévrier. Dès que le soleil s'est mis à taper, il lui a tendu une ombrelle et a pris le bâton. Diana Metella tenait à sa pâleur comme à la prunelle de ses yeux. Elle portait même des gants blancs par crainte que ses taches sur les mains ne s'assombrissent. Plus tard, nous avons déjeuné sur la loggia face à la mer lumineuse comme un bouclier. Du fromage, des tomates, des olives, du pain et du vin. Rien de plus.

Diana Metella, esquissant un geste dédaigneux vers les plats, a été aussi laconique que son menu :

« Puisque vous sembliez regretter hier soir la simplicité de la non-gastronomie grecque. »

Aucun sourire, pas d'ironie dans la remarque. Elle ne se lassait pas de critiquer la société romaine mais ne goûtait pas les railleries venues d'ailleurs. Sans répondre, j'ai observé les fresques et apprécié l'humour du peintre qui avait orné les murs d'hommes et de femmes se léchant les doigts, se tapant l'estomac, portant des toasts, rotant et, même, rendant leur repas. Diana Metella était la première à en sourire. Elle s'est excusée de me garder pour elle comme une matrone jalouse, mais Clodius ne tenait pas à ébruiter ma présence. Je l'ai rassurée, cela me convenait à merveille. J'avais l'impression qu'avec elle, on ne s'ennuyait jamais. Elle a regretté que je n'aie pas quinze ans de plus. J'ai failli lui répondre que je regrettais, moi, qu'elle n'ait pas quinze kilos de plus. Le lendemain, en effet, nous aurions pu entamer notre voyage de noces.

360 milles séparent Brindes de Rome. Un cavalier les franchit en cinq jours. Nous avons mis le triple. Diana Metella et son équipage se déplaçaient sans hâte. Armés de bâtons et, pour certains, de glaives, huit esclaves nous escortaient. Tiré par deux bœufs, un chariot transportait les bagages. Plus léger, le véhicule de Diana Metella était attelé à deux solides chevaux de trait. Elle y avait aménagé un petit salon avec un lit où reposer et une table où se sustenter dans une étrange odeur d'ail, de parfum et d'onguent capillaire. Le jeune Gaulois et moi voyagions à

cheval sur deux montures noires – Diana Metella ne tolérait que cette teinte pour sa cavalerie personnelle. Jusqu'à Capoue, à mi-chemin, la route n'était que cailloutée. Ensuite, elle serait pavée. J'étais au spectacle.

On se serait cru dans une Attique bénie par les dieux. Même climat qu'autour d'Athènes mais des arbres au lieu de taillis, des vaches à la place des chèvres, du bon blé plutôt que du seigle, des souffles de vent et non des rafales à vous désarçonner, un soleil qui chauffe sans griller, une pluie qui nourrit au lieu de glisser. Autour des prés, plantés sur des levées de terre, des arbres montaient la garde ; çà et là, des oliviers ou des mûriers offraient un ombrage au bétail et aux bergers. Pas à nous, en revanche. Pour que les légions soient prévenues de loin des embuscades, il n'y avait pas d'arbres sur les bords de l'Appia. Sans dévier d'un pouce ni se soucier des dénivellations, elle fendait la campagne comme une épée. Appius Claudius était un maniaque de la ligne droite. Avec, tout le long, des villas, des fortins militaires, des mausolées familiaux, des auberges. Sans oublier, à chaque mille, une borne souvent monumentale. Et, à chaque entrée de village, un autel à Pomone pour les arbres fruitiers, à Silvanus pour ceux des forêts ou à Cerus pour le blé. Ce que les Romains sont superstitieux, c'est inconcevable. Diana Metella elle-même en riait :

« Si j'érige un autel, ce sera à Proserpine. Pour la sieste. »

Tout semblait parfait, achevé, organisé, comme un tableau auquel on a mis la dernière touche. Du doigt, du pied et de l'œil, on touchait partout l'extraordinaire organisation de l'empire. Pour un Athénien, c'était décourageant. Nous n'étions pas près d'être débarrassés d'eux.

Le deuxième jour, nous avons dépassé une interminable colonne d'esclaves à la démarche lente, résignée et penchée des dromadaires. Plusieurs fois, nous avons croisé des cohortes de légionnaires qui chantaient et lançaient en argot des quolibets à Diana Metella. Je n'y comprenais rien mais elle a choisi d'en rire. La nuit, nous nous arrêtions dans des auberges où elle était connue comme le loup blanc et traitée comme la reine des abeilles. Pendant que nous dînions, les esclaves nettoyaient une chambre, l'inondaient d'une substance à la lavande sensée éloigner les moustiques et préparaient le lit avec ses propres draps. On me glissait où l'on pouvait. J'ai connu bien pire. Diana Metella veillait sur mon confort et je l'en remercie car les Romains peuvent être de vrais cochons. À Capoue, pour ne pas aller aux toilettes publiques qu'on paye d'une piécette à l'entrée, certains urinaient du balcon. J'étais indigné, mais j'étais bien le seul. Plus tard, à Rome, j'ai revécu cette scène cent fois.

Dans cette cité balnéaire envahie par la haute société romaine, il était hors de question qu'on me vît auprès de Diana Metella. Elle-même descendit dans une des propriétés de Marcus Aemilius Scaurus, aussi richissime qu'haï et méprisé pour ses escroqueries multiples dont une armée d'avocats le nettoyait à longueur de temps. Pour ma part, elle me fit accueillir avec l'esclave gaulois chez un de ses anciens affranchis devenu un riche commerçant. Pas si riche, finalement : dans sa maison du centre-ville, il louait les boutiques du rez-de-chaussée et il nous logea au deuxième étage dont toutes les autres chambres étaient elles aussi louées. À deux pas, un marché immense proposait tous les légumes de la création ainsi, malheureusement, que tous les produits de la mer. Une odeur écœurante de friture, d'anchois et de morue planait jour et nuit. Pour y échapper, j'ai passé les trois jours à visiter des tavernes. Impossible de faire boire une goutte de vin à mon Gaulois. Ne trempant les lèvres que dans l'eau, il dessinait les buveurs auxquels il vendait leur portrait. Ce gamin était une machine à sesterces. Les poches pleines, il partait saluer Diana Metella et lui en soutirer d'autres – « pour le professeur », disait-il. J'ai commencé à trouver très pittoresque ce gamin qui n'ouvrait pas le bec.

Enfin, on a repris le chemin de Rome. À partir de Capoue, les figuiers de Barbarie disparaissaient, ainsi que les chiens en liberté. On sentait partout la présence humaine. La route était pavée. Luisantes et noires, de grosses dalles de basalte ou de lave glissaient à travers la campagne tel un immense serpent à la carapace de tortue. Tout le long, douze ou treize ans plus tôt, ils avaient crucifié les six mille survivants de l'armée de Spartacus. Un tous les trente mètres. Des dizaines de croix restaient debout. Les paysans y avaient suspendu des guirlandes d'ail et de poivrons rouges. Elles passent pour éloigner le mauvais œil. Au clair de lune, c'était lugubre. Les fameux marais pontins, en revanche, ne méritaient pas leur terrible réputation. Appius Claudius avait transformé leur traversée en promenade. Entre les bois, un océan de roseaux couvrait des centaines d'îlots et des dizaines de ponts enjambaient des eaux plus vives qu'inquiétantes. Les sangliers étaient chez eux. Ainsi que les grenouilles dont des légions entières coassaient la nuit quand Diana Metella m'autorisait enfin à aller me reposer. Plus on approchait de Rome, plus elle me faisait la leçon. Le soir, dans les auberges qu'elle honorait de sa visite, elle me parlait des heures. Que son neveu appelle à l'aide un professeur athénien lui semblait une folie :

« Les Grecs ont mille talents mais n'ont aucun sens de l'État. Ils ont toujours sacrifié l'intérêt général au profit particulier et la nation grecque à leur cité, qu'elle fût spartiate, corinthienne ou thébaine. Leur idéal, c'est le bonheur individuel dans un décor esthétique. Il n'y a pas de Grèce, il n'y a que des tribus cultivant leur art de vivre. Je ne vous le reproche pas, toute la Méditerranée vous admire et on parle grec partout sur ses rivages. Mais, à Rome, cette conception du monde est impensable. Le fils obéit au père, qui obéit au Consul, qui ne vénère que l'État. Chez nous, le citoyen n'a aucun prix particulier. Tout se soumet à une valeur suprême : la République. Oubliez le grec quand vous écrirez pour Publius. Pensez en Romain et prenez les mots avec des pincettes. Vérifiez le taux de bonne conscience républicaine de chaque phrase. La foule tournera vite le pouce vers le bas si vous croyez la flatter en accusant le Sénat ou les autorités. Faites confiance à Cicéron et autres hypocrites qui ont confisqué la morale au profit de leurs intérêts. Leur vigilance ne désarme jamais. Dès qu'on critique la République, c'est à ses risques et périls. Ne vous éloignez jamais des zones de débat autorisées. Interdisez l'eau bouillante à vos invectives. Regardez Cicéron et ses bains de mots à température de larmes. Il ne s'autorise que des semblants de mise en cause de l'État, à peine une buée sur la vitre. »

Elle redoutait que j'offre des formules brillantes à son neveu sans ôter d'abord les épines. Elle me voyait déjà jouer les Démosthène qui se laissait emporter par son éloquence. Je l'écoutais avec attention. Son apparente futilité cachait une extraordinaire connaissance de Rome. Qu'elle exposait avec la plus grande clarté. Elle ne perdait son calme qu'à l'évocation de Cicéron, le phraseur amoureux de la République qui baisait la main de ses pires ennemis :

« Ce pou n'a jamais été assez courageux pour être militaire, ni assez riche pour être entrepreneur, mais il a un besoin maladif de se mettre en valeur, de se faire remarquer, d'apparaître. À sa manière : en reptile, en hypocrite. Remarquez comment il s'est fait connaître en attaquant Verrès, le gouverneur qui avait mis à sac la Sicile. Il l'a dénoncé, *ma non troppo*. Pourquoi ? Parce qu'il était impossible de jeter trop fort l'opprobre contre un sénateur qui faisait exactement comme les autres aristocrates quand on les envoie en mission dans l'empire. Or les aristocrates sont le parti de Cicéron. Il rêve d'être accepté par eux. Même s'il se déguise en justicier, il reste du côté des forts. Ce double langage rend fou Clodius. À juste titre, bien sûr. Mais à vous de lui trouver les mots qui, comme ceux de Cicéron, tuent sans faire couler le sang. C'est la seule façon de triompher à Rome. En avocat. Comme ces chicaneurs qui ont tout pourri. »

Mieux vaut ne pas raisonner par catégorie. Les Grecs n'existent pas plus que les Romains, les jeunes, les riches ou les pauvres. Il n'y a que des hommes, tous différents. Diana Metella le savait mieux que personne. Elle faisait parfaitement la distinction entre ses amis et leurs vices. Sauf pour les avocats. Ils la sortaient de ses gonds. Elle enrageait qu'ils aient fait leur fonds de commerce des maux de Rome :

« Tous nos malheurs ont commencé en 605 (*148 avant J-C*) quand Lucius Calpurnius Pison a créé une commission permanente chargée d'instruire les plaintes des provinciaux contre les magistrats romains pour faits de concussion. En un rien de temps, les jeunes gens imberbes, bien nés et ambitieux, se sont vus en train de vociférer dans la toge de Caton. Tous ont cherché un homme haut placé à accuser. Les anciens consuls, prêteurs ou questeurs qui avaient su prendre des mesures utiles mais impopulaires sont devenus leurs proies. Entre leurs mains, la justice s'est transformée en une manœuvre de brigues et de candidatures. Cicéron est l'incarnation de cette dérive. »

On peut dire qu'elle le haïssait jusqu'au moindre détail. Elle trouvait grotesque qu'il fasse venir son encre noire de Bithynie et tailler ses calames dans des roseaux du Nil. Elle voyait des preuves de son hypocrisie dans chacun de ses gestes :

« Il est millionnaire mais avec un bol de lait, une tartine beurrée, une sardine et deux olives, il prétend se livrer à une orgie. Chez lui, tout relève de la pose. Dire que ce bouffon est devenu le champion des aristocrates. Lucius Cornelius Sylla doit se retourner dans sa tombe. »

Je suis tombé des nues qu'elle cite Sylla. Fléau des démocrates, ennemi juré de Marius, destructeur de toutes les lois passées par les Gracques, il aurait fait exécuter Clodius depuis longtemps s'il vivait encore. Diana Metella aurait dû le maudire pour l'éternité. Pas du tout. Pour une raison qu'elle m'a invité à méditer et à approfondir :

« Lucius Cornelius était marié à ma tante Cecilia Metella Dalmatica. Ce genre de détail ne frappe pas les étrangers mais ce sont pourtant eux que vous devriez connaître en premier quand vous vous mêlez de choses publiques à Rome. Les aristocrates contre les populistes, les patriciens contre la plèbe, ce sont des catégories et des circonstances. Elles changent. D'autres distinctions, plus subtiles et bien plus profondes, restent éternelles. Le snobisme et la vanité, en particulier, sont taillés dans une pierre plus dure que l'ambition. La rancune aussi. Vous ne comprendrez rien aux cercles qui tiennent Rome si vous ne savez pas faire d'emblée la distinction entre les vieux clans albains et les grandes familles romaines.

Leurs rivalités remontent au premier siècle de la Ville. Les étrangers trouvent à ces aversions séculaires un air de feuilles mortes dont on peine à croire qu'un jour elles furent vertes. Mais détrompez-vous : au moindre coup de vent, les tas se reforment, toujours les mêmes. Moi, par exemple, issue de la famille Metellus, je suis une Albaine, tout comme les familles Julius, Servilius, Quintillius ou Cloetus. Nous sommes les vrais fondateurs de Rome car c'est chez nous qu'Énée et son fils Ascagne ont érigé l'héritière de Troie. Une vérité que n'aiment pas se rappeler les plus anciennes familles romaines telles que les Cornelius, les Claudius, les Emilius, les Fabius, les Manlius, les Postumus ou les Sulpicius. Renseignez-vous toujours sur les arbres généalogiques des uns et des autres avant de les classer dans un camp ou dans un autre. Jamais le doigt d'un Manlius n'agitera la même main qu'un doigt Quintillius. »

Un souvenir est revenu à Diana Metella. Un jour que Sylla s'apprêtait à mettre le nom d'un Postumus sur une liste de proscription, la femme du malheureux s'était jetée à ses pieds. Or elle-même avait pour mère une Servilius et Sylla se méfiait d'eux comme de la peste. Quand il lui demanda quels étaient ses liens avec elle, l'épouse avait répondu : « C'est ma mère, une mère très éloignée. » Sylla avait tant ri qu'il avait retiré le mari de sa liste.

Aucun étranger ne pourrait s'orienter dans un tel labyrinthe d'unions et d'arrière-pensées. J'étais condamné à avancer à l'aveugle. Diana Metella me noyait d'informations pour que je ne fasse pas un pas sans venir d'abord m'informer auprès d'elle de la nature du terrain :

« À Rome, tout se sait. Chaque pavé tend une oreille malicieuse et livre ses potins au vent. Cette ville est trop dangereuse pour y abandonner un érudit grec à ses intuitions. Athènes est un bouquet fané qui ne sent plus le pouvoir. Mais je serai là pour vous aider. Vous sauver, peut-être ? Qui lèche le couteau de Publius a vite fait de se couper la langue. »

Elle a accompagné sa mise en garde d'un sourire triste et léger comme une feuille qui tombe. Le lendemain, en quittant Aricia, notre dernière étape, nous avons remonté la Via Appia sur quelques kilomètres, longeant des centaines de tombeaux. Par souci d'hygiène, il était interdit d'ensevelir les morts dans la cité. On pénétrait chez les maîtres du monde par un immense cimetière à l'ombre de cyprès et de pins parasols. Parfois, gravés sur un fronton, des hommages promettaient l'immortalité au souvenir de personnages dont le monument tombait en ruine. Suivaient des mausolées dignes du roi Pausole. Puis un colombarium où des esclaves se partageaient des centaines de niches. Un peu avant d'atteindre la porte de Capoue, notre escorte et les bagages nous ont quittés et sont partis directement pour la Villa Metella. Nous-mêmes avons bifurqué pour rejoindre la Via Aurelia qui entre en ville au pied du Janicule, de l'autre côté du Tibre. Franchir par cette porte la muraille a pris un temps fou. Une odeur infecte de poisson planait dans l'air. Pêcheurs du fleuve ou de la mer Tyrrhénienne y tenaient marché. Leurs bas morceaux servaient de fritures pour porteurs sans le sou. Tout le monde criait. C'était la sortie du Pirée en pire. Les convois écrasaient des restes de pieuvres et de calamars. Venus d'Ostie, ils se bousculaient. Du monde entier arrivent chaque jour les marchandises les plus précieuses : étain espagnol, ivoire numide, blé sicilien, olives macédoniennes... Nous nous sommes glissés entre un chariot de tapis persans et un chargement d'amphores crétoises. Un philosophe grec n'avait rien d'incongru en telle compagnie. À Athènes, belles phrases et pensées acrobatiques sont notre meilleur produit d'exportation.

Ce détour nous a fait perdre deux heures mais, avant de me lâcher dans l'arène, Diana Metella voulait m'incendier les yeux. Une fois enfin entrés dans la Ville, nous avons remonté une longue côte où le passage de sa litière a semé le chaos. Notre but : un sanctuaire dédié à Junon. Presque en ruine, il était vide. Diana Metella y semblait chez elle et m'a entraîné dans une interminable série de marches. Alors, nous avons débouché sur une terrasse et, soudain, brutalement, violemment, étendue à nos pieds, l'immensité de Rome m'a sauté au visage et au cœur. Elle envahissait tout l'horizon, fascinante et terrifiante, mille fois plus grande que l'inoubliable Troie. C'était inouï ! Jamais Jupiter n'avait eu la main aussi lourde. Trop d'hommes, de bruit, de soleil, de temples, de tours, de fumées, de cirques, de statues, d'amphithéâtres, d'arcs de triomphe, d'escaliers, de palais, de ponts, d'embarcations, de cheminées, d'or et d'ordures. Tous les bois, les pierres et les marbres du monde s'entassaient sous mes yeux. Ébahi, je suis resté muet devant cette inépuisable source de vie. Même le Tibre, leur Nil miniature, m'a paru tumultueux. Diana Metella a rompu le silence :

« Ne vous fiez pas à l'apparence. Pour jouir de la cage, il faudrait la vider de tous les oiseaux. »

Il en aurait fallu plus pour me désenchanter. Le monde entier était à mes pieds, riche, divers et vigoureux. J'allais me prélasser dans cette ville comme un serpent dans l'herbe. Même la boue promettait d'être « romaine ». Diana Metella m'a encore mis en garde :

« Bienvenue au cœur du cyclone. Mais ne rêvez pas : on entre à Rome sans frapper mais personne ne vous raccompagne à la sortie. »

Laeca m'avait promis le même désenchantement. Je n'ai pas attaché plus d'importance aux prédictions de Diana Metella. N'importe quel mur est bon pour une plante grimpante et j'avais trouvé le mien. Le troisième jour des Ides de mai 696 (*18 mai 57 avant J-C*), à trente-six ans, ma vie allait enfin commencer.

Chapitre 4

Rome ne guettait pas mon arrivée. Seul Clodius m'attendait, mais pas tout de suite. Il ne souhaitait pas qu'on me voie auprès de lui avant l'heure. Installé chez Diana Metella, j'ai parcouru la ville. On n'en faisait jamais le tour. Dans la capitale du fameux Romain sobre, ferme et intègre, sept cent mille agités étalaient luxe, misère, paresse, vanité, coquetterie, licence, vin, bavardage, adultère, avortement, homosexualité, corruption, courtisanerie… Ce que le reste du monde s'efforce de cacher vous était jeté au visage. Une grande conscience aurait eu des haut-le-cœur ; je n'ai éprouvé que de la stupeur, de la curiosité, de l'envie et de l'excitation. La boue n'abîme pas les pierres précieuses et je n'ai pas songé un instant à m'éloigner de cette inépuisable joaillerie. Mon heure, de toute façon, est vite venue. Huit jours après mon arrivée, un esclave m'a apporté une invitation à dîner chez Clodia.

Je n'osais en rêver. Même à Athènes, on parlait des fêtes qu'elle donnait dans son jardin des bords du Tibre.

Rome fantasmait aussi sur les promenades musicales qu'elle organisait en mer pour ses invités de la villa du Cap Misène, en face de Naples. Sa réputation valait celle de son frère chéri qu'elle soutenait en toute chose. Comme lui, elle avait changé les lettres de son nom pour lui donner une orthographe plébéienne. Chez elle tout continuait pourtant à trahir la patricienne nichée sur la plus haute branche de la noblesse romaine. Deux ans plus tôt, la rumeur s'était posé des questions sur la mort à trente-neuf ans de son mari, Quintus Caecilius Metellus Celer, petit-cousin de Diana Metella, fils de consul, ancien consul lui-même, là encore la crème de la crème de l'Aventin. Quand on avait parlé d'empoisonnement et montré Clodia du doigt, elle avait haussé les épaules et mené le deuil avec désinvolture mais dans les règles. Le couple ne se supportait plus. Elle avait résumé sa vie conjugale en deux phrases : « Mon mari dîne en ville et me garde à la maison comme animal de compagnie. » Sans mimer un chagrin qu'elle n'éprouvait pas, elle s'était soumise à tous les rituels et personne dans sa coterie ne s'était éloigné. Il faut dire que la femme la plus noble de Rome était aussi une des plus généreuses. Non seulement elle attirait chez elle poètes et avocats, mais sa fortune leur était ouverte. Les jeunes auteurs à la bourse pleine de toiles d'araignées y puisaient souvent. Comme elle écrivait des vers et dansait mieux qu'il ne convient à une matrone, les ennemis de son frère la traitaient de courtisane. Pure calomnie. Rien ne pouvait m'exciter plus qu'une soirée chez elle. Cette femme semblait avoir tous les défauts qui rendent irrésistible et aucune des qualités qui rendent infréquentable. J'étais aux anges.

Le lendemain, comme convenu, le même esclave est revenu me chercher à la treizième heure (*19 heures*). Ça me semblait tôt pour une soirée de la haute société mais il m'emmenait loin, à la villa des bords du Tibre, humide l'hiver mais délicieuse au printemps, qui venait de rouvrir. Un vrai voyage à travers le labyrinthe des rues romaines. Ce peuple qui organise tout a laissé le chaos régenter sa capitale. Sortis des grands forums, on s'aventure de ruelles en venelles et de trous à rat en cours des miracles. Passé le pont Probus, une fois le Tibre franchi en même temps qu'une escadre d'étourneaux, on pénétrait carrément un autre monde, pique-assiette du premier. La lie de la société traînait entre tavernes, échoppes et entrepôts. Partout, on bafouait la loi au vu et au su de tous. Un souk proposait à prix cassés les denrées et les objets volés quelques heures plus tôt de l'autre côté du fleuve. En le quittant, je me suis fait bousculer par une carriole dégoulinant de sang. Elle revendait les sangliers abattus le matin même au Grand Cirque, certains grognaient encore. Pas question de protester : la mine cabossée et malveillante du cocher inscrivait quasiment en majuscules un casier judiciaire long comme une fable d'Ésope. Enfin, au bout d'une heure, sur le côté gauche d'une ruelle en pente raide, à l'extrémité d'un interminable mur aveugle, on a frappé à une large porte d'entrée en bois massif ceinturé de plaques d'étain. Rien n'indiquait la présence d'un logement patricien.

À l'intérieur, je m'attendais au pire clinquant. Les riches Romains étalent leur luxe. Même Diana Metella, incarnation de l'élégance sur l'Aventin, cédait à ce travers. Sa villa entassait deux siècles de rapines en Afrique, en Hispanie, en Grèce et partout où la famille Metellus avait posé le pied. Dans ma chambre, il y avait deux épaisseurs de tapis profonds comme des litières ! Je ne parle pas des tablettes, des stylets, des plumes et des feuilles de parchemin qu'elle avait mis à ma disposition. De quoi recopier l'*Iliade* et l'*Odyssée*. Dans son atrium, sièges, vases, bibelots, tentures, tabourets, bougeoirs, statues, lampes, bronze, ivoire ou argent se bousculaient. Comme le lierre envahit tout et étouffe le chêne lui-même, on ne voyait plus la majesté des salles où s'entassaient des objets parasites les uns des autres. Rien de tel chez Clodia. Elle ne prenait pas le dépouillement pour la misère, au contraire.

Dans l'entrée, immense et vide, posées sur une mosaïque grise et pâle comme le fleuve, seules deux statues vous accueillaient : une Vénus Érycine aux seins nus et à la chevelure dénouée évoquant l'amour passion et une Vénus Verticordia au chignon et à la tunique aussi sages que l'amour conjugal qu'elle tentait d'exalter. Plus grandes que nature, posées sur un socle en pierres blanches et grises, elles encadraient une vaste ouverture menant à un péristyle au-delà duquel on apercevait la ville, au loin, de l'autre côté du fleuve. L'effet était d'autant plus saisissant que cette seconde salle, là encore, était dépouillée. Quelques torches fixées aux colonnes et on contournait une pièce d'eau colorée par une mosaïque marine. Le sol était en dalles grises. Pas de plantations compliquées, de vasques, de statues, de poissons dans le bassin. Ni de tapis, de marbre, de luxe agressif. Juste de l'espace, de l'air, du calme. Clodia pratiquait la simplicité ruineuse. Rien n'attirait l'œil, ni ne laissait apparaître le goût pour l'éclat de sa fameuse famille.

Deux jeunes femmes m'avaient accueilli à l'entrée et m'ont mené à la terrasse dominant les trois degrés du jardin et, au-delà, le fleuve. Quelques flambeaux, des lits et des canapés tapissés de linge aux reflets dorés, des tables couvertes de fruits et de gâteaux, des esclaves servant à boire à la quinzaine de convives et, surtout, une vue inouïe sur Rome et ses milliers de taches lumineuses qui, bientôt, se confondraient dans les reflets du Tibre avec la lueur des étoiles. On se serait cru chez les dieux de l'Olympe. À peine abandonné par ses servantes, j'ai vu approcher Clodia.

Je l'imaginais fière et cassante comme une lionne, conforme à sa réputation et assortie à sa fameuse chevelure rousse. Rien de tel. Le regard engageant, la taille plutôt grande, la silhouette entre mince et maigre, le visage agréable, doux et ovale, avec une bouche petite et un nez amusé, elle avait les gestes calmes, la voix voluptueuse, le ton courtois, la politesse familière. Beaucoup de ressemblance physique avec son frère, très peu avec son image amorale. Après les maquillages de prêtresse de Diana Metella, son teint pâle semblait celui d'une adolescente. Tout comme ses bijoux : elle ne portait qu'une perle noire à chaque oreille et un collier de perles de la même couleur posé sur une poitrine que sa robe grise découvrait gracieusement. Sûre de sa beauté, elle n'avait pas besoin d'étaler sa fortune à la manière de celles qui exhibent de lourds colliers comme des lettres de change autour du cou. Elle m'a reçu en femme du monde, légère :

« Alors, on vient se dévergonder à Rome ? »

Sa voix douce pénétrait en vous comme une main tendue. Elle m'a présenté le jeune homme aux boucles tombant sur le front qui l'accompagnait : Caius Valérius Catullus. Le fameux Catulle ! Je ne connaissais que lui. Ses poèmes licencieux parlaient d'amour sans faux-semblants, ni prête-noms. Son audace était parvenue jusqu' à Athènes. Où on appréciait son style brutal et soyeux, viril et tendre. Clodia ne lâchait pas son bras alors que tout Rome et toutes les strophes larmoyantes de Catulle les disaient fâchés. Je n'ai pas cherché à comprendre. Catulle, tout sourire, m'a serré contre lui, enchanté de rencontrer « un philosophe grec, un vrai ». Clodia ne l'a pas loupé :

« Méfiez-vous, Metaxas. Caius commence toujours par vous passer un collier de fleurs autour du cou, puis il vous étrangle avec. »

Il tapota tendrement son chignon pour la faire taire mais elle ne lâchait pas sa proie :

« Mais ne vous tourmentez pas. Il n'aura pas le temps de se lasser de vous. Il part dans quelques jours pour la Bithynie dans les bagages de Caius Memmius, le nouveau gouverneur. C'est pour ça qu'on est tous là, ce soir.

C'est un banquet d'adieu. Venez que je vous présente à vos nouveaux concitoyens. »

Tous les hommes, ou presque, étaient poètes. Pas les filles. Ravissantes, ce n'étaient que leurs maîtresses. Il y avait Cornificius, Quintilius Varus, Asinius Pollon, Caïus Licinius Calvus, devenu célèbre un temps pour une pièce satirique contre César, d'autres encore que je n'ai pas revus et dont j'ai oublié le nom. Mais j'ai bien retenu celui de Caïus Helvius Cinna, très beau et très gai, qui, quelques années plus tard, fut massacré, le jour de l'assassinat de César, quand la foule le prit pour Lucius Cornelius Cinna, un des tueurs. Ce soir-là, il lut d'un ton artificiel et fardé quelques pages d'un poème sur Smyrna, une jeune vierge amoureuse de son père. On y « recueillait les paroles sur l'haleine des vents » ! C'est dire. Mais c'était également bravache. Jamais je n'aurais osé aborder un sujet aussi scabreux chez Clodia qu'on accusait d'inceste avec son frère. Nul pourtant n'a paru embarrassé – et surtout pas l'hôtesse. Moqueurs, en revanche, ils le furent tous. Catulle le premier :

« Ton encre, c'est de l'eau qui ne mouille pas. Des amas de mots empilés avec grâce, des termes précieux si obscurs qu'on les croit traduits du parthe, de l'acrobatie verbale, de la parade, des nuances inutiles… »

Varrus ajouta sa pelletée de terre :

« Il y a tellement de maquillage dans tes portraits qu'on ne voit plus les visages. Tu te prends pour un Grec d'Alexandrie. »

Clodia, d'une voix basse, chaude et voilée, se demanda avec une grâce d'ingénue si elle n'avait pas déjà lu une ou deux de ses métaphores. Cinna ne se froissa pas :

« Arrête, Catulle, tu critiques pour le plaisir comme tu écris pour ne rien dire, tels les enfants qui pleurent, juste pour se faire remarquer. »

Personne ne se vexait, le ton ne montait pas, le vin n'aigrissait pas les commentaires. Des gens courtois transformaient les fouets de la satire en ruban coloré. On les sentait sereins, à l'abri des attaques d'autrui, fils privilégiés de Rome, enfants assurés que nul ne viendrait voler leurs jouets. La tragédie dans ce cénacle, c'était de se casser un ongle. Fasciné, j'ai eu l'impression d'assister à un banquet de Platon plein d'ironie et de bonnes manières. Quand Pollon décréta qu'Alexandrie était la nouvelle Athènes, tout le monde éclata de rire tellement sa phrase, prononcée sur un ton efféminé, faisait cliché. Persifleur, Catulle ajouta en minaudant comme lui : « Et l'Égypte est la nouvelle Grèce. » Clodia émit quand même un avis de tempête :

« Doucement sur le poivre, je vous prie. La soirée commence à peine. Restons civilisés. Que va raconter Metaxas sur nous ? Et puis je ne veux pas que Catulle garde un mauvais souvenir de Rome et s'installe en Bithynie. »

Un jeune homme s'en mêla :

« Aucun risque, ma chérie. Je suis déjà allé dans ces provinces. Je sais ce qui l'attend : petits fonctionnaires incultes et odieux, petites villes assoupies et ennuyeuses, petits mondains complexés et envieux. Il reviendra vite. »

Puis, laissant passer un instant, il ajouta :

« Malheureusement. »

Je l'avais repéré depuis un moment. Grand, beau et costaud, il ne s'éloignait pas de Clodia qui semblait enchantée de sa nonchalance affectée et des biceps de rameur qu'il exhibait en relevant les manches de sa toge blanche. Avec une tenue et des manières de sénateur, il ne cessait de lever des sourcils agacés pour trancher ostensiblement avec la décontraction générale. C'était Marcus Caelius Rufus, l'amant en titre de Clodia, encore un proche du triumvir Crassus. Catulle le renvoya dans ses cordes :

« Ne crois pas ça, Marcus. La Bithynie n'a pas que des défauts. Je n'y croiserai pas le grotesque Cicéron qui rentre à Rome et je ne t'y verrai plus jouer les jolis cœurs auprès de la femme que j'aime.

— Tu aimes tant de gens, Catulle ! Tu auras vite fait de te consoler avec des gitons. Sinon, la moindre chèvre à faux cils fera l'affaire. »

Le ton montait. Clodia me prit par le bras pour m'installer à sa table. Dispersées sur la terrasse, il y en avait cinq, entourées de lits couverts de draps dorés. La nuit tombée, avec les flammes des dizaines de bougies qui nous éclairaient, le décor du souper ressemblait à un ciel étoilé. Elle me pria de m'allonger en face d'elle. C'était la place habituelle de Caelius, le nouveau maître de maison. Quand il lui jeta un regard noir, elle prit une voix de nymphe pour lui demander d'aller présider le carré suivant. Dès qu'il se fut éloigné, elle m'offrit un sourire doux comme l'eau :

« Dites-moi merci, Metaxas. D'abord il est aussi ennuyeux qu'il est beau ; ensuite, je vous ai offert un ennemi. À Rome, c'est précieux. Il va dire du mal de vous un peu partout. On voudra vous connaître. Cette ville déteste les anonymes. Nous sommes des centaines de milliers mais seuls deux cents personnes comptent. Je viens de vous glisser dans le lot. »

Je redoutais la nourriture qu'on servirait dans une telle soirée. Les Romains de la haute société ont un don pour offrir à leurs invités des plats compliqués, des mets intrigants, des poissons inconnus et des pièces de gibier monumentales livrées sur un brancard. Je m'attendais à piocher au hasard dans des compositions mystérieuses. Loin de là. Des fruits et des légumes connus de tous accompagnaient des poulets à l'estragon, imbibés de jus sucré et fondant sous la langue. Très élégant : au lieu de les essuyer sur les draps de lit, on se rinçait les doigts dans des coupelles en argent remplies d'eau. À part ce détail, la simplicité des mets était digne de Caton l'Ancien. Qu'avais-je dit ! Comme sa tante, huit jours plus tôt, elle a exécuté le vieux grognon que toute la Ville faisait mine de regretter :

« Ne me parlez pas de ce barbon sénile. Sa morale de l'énergie s'appelait avarice. Trois carottes et une tranche de veau par semaine et il parlait de gaspillage. Sans oublier ses esclaves. Dès que l'un tombait malade, il s'en débarrassait pour ne pas nourrir une bouche inutile. Même traitement pour ses fermiers : interdiction de bavarder, c'était une perte de temps. Dire qu'il y a des pauvres d'esprit pour regretter ce grippe-sou. Pure hypocrisie. Son inhumanité révoltait les voisins. »

Catulle approuva : l'argent est fait pour être dépensé. Clodia alla encore plus loin :

« De toute manière, je ne suis pas l'intendante des biens de mes enfants. Avec un père Metellus et une mère Claudius, ils se feront vite une pelote. Tant de pays attendent qu'on vienne les piller. »

Son profil parfait, la fraîcheur de son teint sous sa délicate frange rousse, sa voix tendre comme une source et ce cynisme tranquille, apaisé, naturel, c'était Rome, le Palatin, le Sénat et l'assurance enjouée que rien ne changerait jamais. Le plus étonnant, c'est que cela ne m'a pas révolté. Je me glisse facilement dans la pensée des autres. Heureusement que je ne suis pas juge : les bancs de galère seraient vides.

Allongé auprès d'elle, Catulle s'amusait à lui tendre des grains de raisin et à les poser sur ses lèvres. Elle lui ébouriffait les cheveux. Depuis des mois, leurs infidélités respectives alimentaient les cancans romains mais, ce soir-là, ils semblaient toujours intimes. Ma voisine, une certaine Quintilla, jeune blonde ravissante et espiègle, la maîtresse de Marcus Licinius Calvus, fit mine de n'y rien comprendre :

« Ils se quittent, s'adorent, se dénigrent, chuchotent, se raccommodent, ricanent. Ce ne sont pas des amoureux, juste des comédiens. Leur cœur n'est pas de moitié dans les serments que prononcent leurs lèvres. »

Elle avait parlé assez fort pour que le reste de la table entende. Clodia voulut répondre :

« Je vais te dire un secret, Quintillia.

— Ton âge, peut-être », répondit du tac au tac cette gamine effrontée.

On a tous éclaté de rire, Clodia la première. Elle venait de lancer un coussin vers nous quand Catulle, la main frémissante, déjà ivre, improvisa un poème aux vers échappés d'une orgie, inspirés par des draps et arrosés de vin de Falerne. Du pur Catulle : rien à voir avec l'inévitable cortège de papillons, de fleurs, de rubans roses et de fécondations magiques des élégies romaines habituelles. Mais de l'amour quand même, son fonds de commerce. Sur le troisième lit, une autre jeune femme leva des yeux attendris vers lui :

« Quand je t'entends, je me sens heureuse. »

Quintillia lui tomba dessus comme l'éclair :

« Non mais tu te crois dans une comédie de Plaute, ou quoi ? Arrête le vin. »

Catulle souffla sur sa main pour lui envoyer un baiser et Clodia lui sourit avec gentillesse. Leur légèreté était aussi prompte à éprouver un sentiment qu'à en effacer le souvenir. Un instant chassait l'autre. Étudiant à Athènes, Clodius était exactement pareil. Rien ne le mettait en colère, toujours le premier à rire de lui-même, puis à se venger grâce à un œil de lynx auquel aucun de nos comportements n'échappait. Chez les puissants, à Rome, on ne se mettait pas en colère. La mauvaise humeur faisait « peuple ». Je l'ai observé cent fois. De même, on évitait de s'indigner pour des histoires d'alcôve. Sur l'Aventin et le Palatin, loin d'être subversif, le libertinage était presque obligatoire.

Les têtes commençaient à tourner. En se levant, Clodia a signifié la fin du repas. On a quitté les lits pour se disperser sur les terrasses. Varus et Pollon ont lancé un défi poétique à Calvus : sur une tablette passant de main en main, chacun devait inscrire le vers le plus méchant, le plus amoureux, le plus lubrique… Pollon était le plus brillant. En guise de poème pittoresque, il en imagina un complètement loufoque :

« Après avoir sauté une esclave et le dîner, le consul reprit ses esprits et une langouste. »

Catulle et Calvus surenchérirent dans le registre lubrique. Clodia m'a pris par le bras et entraîné à l'écart. Mieux valait marcher un peu. Les hommes qui avaient servi et desservi les plats s'étaient éloignés. Une jeune femme proposait une liqueur au fenouil, Clodia la pria de nous apporter plutôt une salade de poires. Accoudés à une balustrade de bois sculpté, nous observions les ombres de Rome plongée dans le noir de l'autre côté du fleuve. Tout semblait paisible. Pas aux yeux de Clodia :

« Les couleurs se sont éteintes, les bruits se sont tus mais ne vous fiez pas à ce calme. Rome est un volcan endormi qui fume comme l'Etna. Une étincelle suffirait à mettre le feu. Et cette flammèche approche. Cicéron rentre dans quelques jours. Il vous a succédé à Brindes où une foule en délire l'aurait accueilli. Ce n'est sans doute pas vrai. Quand il se regarde dans un miroir, ce petit chat voit un tigre. Avec lui, on ne va jamais très loin mais on grimpe vite très haut. Dès qu'une bougie s'allume à son passage, il croit entendre gronder le Vésuve. Aucun sens du ridicule. Ni des proportions. Et ses amis non plus. Au Sénat et au Forum, ils colportent déjà le mythe d'un retour du sauveur de la République. Tout ça pour un politicien avide qui, dès son arrivée, se couchera aux pieds de Pompée résolu à mettre cette fameuse République à son nom. »

Les yeux fixés sur la Ville, elle pensait à voix haute. Je n'ai pas prononcé un mot. Je n'interromps jamais une personne qui baisse la garde. Enfin, elle s'est tournée vers moi :

« La bataille va se livrer sur les tribunes. Pour vaincre ce serpent, Clodius aura besoin que vous lui écriviez des discours dignes de Démosthène. Le sort de Rome est entre ses mains. Il s'agit pour notre génération de mener à bien la grande réforme que Tiberius et Caïus Gracchus ont entreprise et que les sénateurs ont démantelée brique à brique. Publius est le dernier espoir de la République. Le peuple n'a aucun revenu. Toutes les terres ont été confisquées par de grandes familles et des affairistes qui les exploitent grâce à des esclaves. La plèbe dépend entièrement de la générosité de l'État que ces mêmes profiteurs ont confisqué. Nous avançons à marche forcée vers la révolution. Seul mon frère peut l'empêcher. Parce qu'il respecte le peuple, il en est devenu le héros. Et donc l'ennemi juré du Sénat. S'il disparaît, la République disparaîtra avec lui et les larmes de crocodile de Cicéron n'y changeront rien. Il joue les philosophes et se prend pour Diogène mais il a fait matelasser son tonneau. Riche à millions, c'est le valet des banquiers romains et des sénateurs les plus conservateurs. Derrière sa bonté phraseuse, l'avidité ne dort que d'un œil. »

J'admets tout à fait qu'un riche se soucie du bien-être des pauvres. Et j'observe que les pauvres sont les premiers à soutenir les riches. S'ils ne le faisaient pas, leur nombre leur donnerait sans cesse le pouvoir. Pourtant, dans ce cadre de rêve et entre les lèvres d'une Claudius dont les ancêtres tenaient le Sénat depuis quatre siècles, ces phrases sonnaient comme une fausse note. Ma remarque ne l'a pas choquée :

« Je suis une Claudius, et alors ? Je ne vais pas camper au fond de la mémoire familiale, en visiter sans cesse les mausolées, y lire la préface de ma vie. Publius non plus. Il y a cinquante ans, Tiberius ou Caïus aussi ont changé de camp. Les vieilles familles sont de profonds étangs où chaque génération apporte de nouvelles couleurs aux nénuphars. Nous seuls, les Claudius, ses fondateurs, pouvons empêcher César, Pompée et Crassus de détruire la République. »

Depuis un moment, Caelius nous observait. La politique l'intéressait plus que la poésie. Clodia lui fit signe de nous rejoindre. Il appartenait à l'état-major de Crassus, le troisième larron du triumvirat, le plus falot. Mais aussi le plus riche. On lui attribuait la plus grosse fortune de l'empire. Ce que les deux autres volaient dans les provinces, Pompée en Hispanie et César en Gaule, il le gagnait à Rome même où il possédait des dizaines d'immeubles, sans compter les milliers d'hectares de ses terres du Latium. Sans cette magnificence, la société n'aurait vu en lui qu'un matamore gonflé de vanité. Le cadre en or massif donnait tout son prix à son portrait. Le fait est que César et Pompée le ménageaient. Pas Clodia. Elle le résuma en une formule :

« Crassus, c'est le petit brin d'estragon qui se prend pour l'arbre à myrrhe. Mais il est là, il s'incruste et il gêne les deux autres. »

Je n'avais pas d'avis sur la question mais Caelius protesta :

« Tu te trompes. Pompée, qui est bête comme ses pieds, a dit : "Qui n'est pas pour moi est contre moi." César qui est malin comme le renard a répliqué : "Qui n'est pas contre moi est pour moi." Crassus, lui, ne menace personne. Dans une époque où la peur a tout envahi, tout le monde vient pleurer dans son giron. Il sait tout. Sur eux deux, comme sur ton frère. Et il est beaucoup plus malin que tu ne le penses. Il donne des gages à chaque camp et à ceux qui ondoient à la recherche d'un abri. Son discours est une immense table de cuisine où chacun trouve le mets de son choix. On ne se méfie pas de lui. C'est très habile. »

Clodia secoua la tête, amusée. Pour elle, Crassus n'était que la chaise commode sur laquelle un des deux autres finirait par s'asseoir. Dès que les épées quitteraient leur fourreau, il se diluerait. Mais, d'ici là, elle avait besoin de son aide. Il me fallait un logement à Rome. À l'écart. Loin d'elle et de Clodius. Dans un de ses innombrables immeubles. Elle demanda à Caelius de me faire recevoir. Sans lui, je n'y arriverais jamais. Chaque matin, tout Rome venait tendre la sébile dans le palais de Crassus. Caelius s'y engagea et me tapa sur l'épaule comme si nous étions deux vieux amis. Une accolade brutale et un regard glacial au-dessus d'un sourire plein de dents. Si j'obtenais une soupente, je pourrais m'estimer heureux.

On avait dépassé la dix-huitième heure (*minuit*). Quatre hommes apparurent à l'entrée de la terrasse. Immenses, forts comme des Gaulois, torches et gourdins à la main, ils servaient d'escorte aux invités souhaitant rentrer en ville. Je me suis porté volontaire. J'aurais volontiers bordé la petite Quintillia mais elle était déjà partie se coucher et j'étais comme un coq en pâte chez Diana Metella. Pas question de renoncer à mes livres, à mon lit, à ma toilette. À coup sûr, Diana Metella m'attendait pour me poser mille questions sur la soirée. Clodia s'en est amusée :

« Cette vieille chouette ne dort jamais. Rien de ce qui se passe à Rome ne doit lui glisser entre les doigts. Elle va vous passer sur le gril. Vous vous reposeriez mieux ici. »

Quintilius Varus et Asinius Pollon repartaient pour le Palatin. Ils feraient un détour par l'Aventin pour me déposer. Serrée de près par Caelius, Clodia nous raccompagna à la porte. Avant de nous séparer, elle me glissa une bourse dans la main :

« Voici trois mille sesterces. Le prix d'un esclave. Pas d'un Hercule, bien sûr. Ni d'une Aphrodite. Mais d'un brave homme à tout faire. Il entretiendra votre logement dès que Caelius se sera acquitté de sa mission ! C'est de la part de Publius. Ne vous tourmentez pas, il sait très bien où vous êtes. Vous aurez vite de ses nouvelles. »

Enfin ! Je n'attendais que d'entrer dans la mêlée. Que la passion m'arrache enfin à la patience. Que le vent d'une cause souffle dans mes voiles. Que j'oublie l'immobile philosophie. Que mon stylet fasse couler autre chose que de l'encre. Que je ne joue pas le rôle de l'herbivore dans la capitale des fauves. Que je m'invente une nouvelle famille. Que quelqu'un me classe parmi les espèces « nuisibles ». Que le temps accélère. Que je vive au grand air ! Que Zeus, le nom propre du hasard, se penche enfin vers moi.

Chapitre 5

Inutile de donner trop de vêtements à mes rêves. Un pagne suffit à m'enrober de pied en cap. Je me prélasse vite dans mes illusions. Une soirée chez Clodia et toute ma vie passée a paru déboisée. Cette atmosphère de luxe, de puissance, de cynisme m'avait étourdi. J'ai eu l'impression de respirer plus profondément. Ma patience allait enfin sauter les étapes. Dans la nuit, j'ai écrit une lettre à Tchoumi. De Brindes, je lui avais envoyé un bref message mais là, je lui ai dépeint Diana Metella, la villa du Tibre, la coterie de Catulle, l'Aventin et tout ce que mon imagination pouvait fleurir sans risque – sachant que Laeca lirait mes courriers avant elle. Au matin, mon bonheur sous le bras, savourant chaque instant, j'ai filé au Forum. Les courriers des financiers sont les plus rapides et les plus sûrs. J'ai vite trouvé le correspondant à Rome de Théagos, le banquier du Pirée. Lyonnos comptait ses pièces sous les arcades d'un petit temple dédié à Mercure. Des prêtres vivaient à l'intérieur du sanctuaire ; la nuit, les lieux étaient gardés ; lui et deux banquiers corinthiens y avaient établi leur succursale. Je suis tombé des nues : malgré son nom grec et son métier d'agent de liaison avec Le Pirée, c'était un Numide aux traits fins et au visage sombre. Grand et élancé, on l'imaginait plus volontiers en officier de Massinissa qu'en caissier. Beaucoup d'Africains s'étaient rabattus sur Rome depuis la destruction de Carthage. À côté de leur table, une autre accueillait des financiers égyptiens. Plus loin étaient installés deux Ciliciens. La Ville attirait toute la Méditerranée. On ne cessait de croiser des burnous, des caftans et des blouses. Dans certaines auberges, personne ne parlait latin, on n'entendait que de l'hébreu, du grec ou de l'hispanique. Venus du bout du monde, des fleuves de pièces d'or roulaient entre portiques et colonnades, temples et basiliques. Des rues sentaient le safran, d'autres la semoule égyptienne. Où qu'on soit, on était aussi ailleurs. Lyonnos m'a demandé dans un grec parfait ce que je voulais. Je n'ai pas caché ma surprise :

« Comment savez-vous que je suis grec ?

— Je le sens, c'est tout, c'est mon métier. »

On ne faisait pas moins aimable. Quand j'ai parlé d'envoyer mille sesterces à ma femme, il a soupiré de manière ostensible à la façon de l'homme excédé de rendre service à la terre entière. Sans un mot, il a pris mes misérables pièces pour en contrôler le poids et le titre. Puis il a inscrit le montant de mon dépôt sur une tablette enduite de cire et m'a demandé d'y ajouter mon nom. Lire Metaxas l'a sorti de son dédain :

« Ah, c'est vous. Vous allez bientôt vous mettre au travail. Cicéron est aux portes de Rome. »

Je ne m'y attendais pas. Comment savait-il pourquoi j'étais là ? Innocemment, je lui ai posé la question. Sa réplique était toute prête :

« Je le sais, c'est tout, c'est mon métier. »

Les Numides et la civilité n'empruntent pas les mêmes rues. Sans doute s'en est-il rendu compte. À moins qu'il n'ait pas jugé commercial d'agacer un proche de Clodius dont les troupes stationnaient parfois au Forum. On envoie vite valser une table. Daignant enfin me regarder en face, il s'est voulu rassurant :

« Votre épouse recevra sa lettre dans un mois au plus tard. Elle pourra s'offrir sa paire de sandales et un morceau de pain. »

Je lui ai répondu que j'avais appris à prendre la muflerie avec philosophie :

« C'est mon métier. »

Il a daigné rire, m'a tapé sur l'épaule et m'a souhaité une bonne journée. Rentré chez Diana Metella, la bourse encore remplie, j'ai tenté de lui payer un loyer. Elle n'a rien voulu savoir. Pas question non plus de lui rembourser ses frais de tailleur. À défaut de hisser mon renom au niveau de celui de Platon, elle avait décidé de faire de moi le philosophe le plus élégant de l'heure et m'avait commandé deux tuniques en lin pour l'été et deux autres en laine pour l'hiver prochain. De la laine tondue sur les moutons de Tarente connus, à l'en croire, comme « fournisseurs exclusifs de Diane et Minerve ». Elle avait discuté des heures avec le tailleur pour savoir quelle herbe donnerait à mes tenues le vert le plus élégant. Le lierre, le laurier, le genévrier… Tout était dans la nuance car, par-dessus mes tuniques vert pâle, elle voulait un manteau plus foncé. Avec capuchon. Mais capuchon amovible à boutons pour que le vêtement garde un tombé parfait par beau temps. Craignant d'être ruiné par ces caprices, j'avais commencé par en rire mais elle m'avait renvoyé dans mes cordes :

« Je ne vous chicane pas sur les élucubrations d'Héraclite et de Parménide. Alors ne vous mêlez pas de ce qui vous dépasse. Et cessez de vous inquiéter. Je ne vais pas faire de vous la risée du Forum. Vous aurez de l'allure, c'est tout. Quand on prétend s'occuper d'affaires publiques, cela compte. Vous me direz merci. »

En effet. Sans l'avouer, je l'ai bénie. Grâce à elle, j'étais très bien habillé. Par chance, la loi romaine interdit le port de la toge aux étrangers. J'aurais eu horreur d'enfiler cette espèce de drap long comme trois fois ma taille. Pesant comme une pierre sur le bras gauche et toujours en train de glisser sur l'épaule, ce déguisement mène sans cesse à des effets de manche, vite ridicules. Chez Cicéron, pour ne citer que lui, on sombrait carrément dans le théâtre de rue quand il rajustait ses plis après chaque formule. Diana Metella avait même fait déposer dans ma chambre les anciens sous-vêtements d'un de ses maris. Je n'ai refusé que les chaussures. J'ai horreur de voir des pieds. L'hiver, je porte des bottes en daim. Là, j'ai acheté des sandales munies de larges courroies s'enroulant autour du mollet. Elle les a trouvées lourdes et trop sombres. Elle exigeait toujours d'avoir le dernier mot.

Inutile de préciser qu'elle a très mal pris l'idée que j'aille demander un logement à Crassus. En me cloîtrant sous son toit, elle comptait suivre l'actualité aux premières loges. Comme l'avait pressenti Clodia, à mon retour de la soirée au bord du Tibre, Diana Metella m'avait passé à la question. Un personnage l'intriguait plus que tous les autres, Caelius. Elle s'en méfiait comme de la peste. Et a prédit que Clodia se mordrait jusqu'au sang d'avoir réchauffé ce serpent contre son sein. Continuant à prophétiser, elle a aussi annoncé qu'il ne s'acquitterait jamais de la mission que lui avait confiée sa maîtresse. Mauvais augure : l'après-midi même, à la huitième heure (*14 heures*), l'esclave venu me chercher la veille est passé me prendre. Crassus allait me recevoir sur-le-champ.

Sa maison était toute proche, un peu plus haut sur l'Aventin. Elle avait la taille d'un quartier. Il y logeait ses bureaux immobiliers. Les intendants de ses propriétés agricoles y élisaient domicile. Une foule d'employés parcourait les jardins, les atriums, les étages. Des soldats contrôlaient leurs mouvements. La rumeur disait qu'il employait autant de personnel que les consuls, les censeurs et les prêteurs réunis. Si l'argent soulève le monde autant que les dieux ou une légion, sa résidence confirmait qu'il avait sa place à côté de César et de Pompée. Le matin, les clients de sa famille, le clan des Licinius, se pressaient parfois par centaines dans les différentes parties de la propriété. Les cuisines en nourrissaient une quantité. D'autres repartaient les bras remplis de provisions. À mon arrivée, l'après-midi s'avançant, la foule avait diminué. Guidé par un domestique, il m'a fallu plusieurs minutes de marche pour atteindre une cour en marbre blanc et bleu où Caelius m'attendait. J'ai tenté d'être poli :

« Très soulagé de vous revoir. Je ne ressortirais jamais de ce lieu sans un plan. »

Sans un sourire, ni un mot, d'un simple geste dédaigneux, il m'a fait signe de le suivre. J'ai repris mon chemin. D'un côté commençaient les appartements privés, de l'autre on pénétrait dans le saint des saints, les bureaux de Crassus lui-même. Parvenu dans une longue antichambre, Caelius a indiqué d'un doigt indifférent les bancs qui longeaient la pièce et m'attendaient. Deux autres hommes patientaient déjà. En grande toge blanche à revers pourpre, des sénateurs. Ils parlaient à voix basse et n'ont pas consenti à remarquer ma présence. Ces Romains étaient plus vaniteux les uns que les autres.

On aurait tenu à cent dans cette chambre d'attente immense et vide. Le décor se résumait à six statues disposées en demi-cercle de part et d'autre d'un portail en bois précieux armé de bronze qu'encadraient deux légionnaires. Au fond, les deux premières, démesurées et jumelles, venaient d'Égypte, des pharaons. Au milieu, deux autres étaient grecques, de jeunes sportifs nus et appétissants. En première ligne, les dernières étaient visiblement romaines, des hommes mûrs aux traits sévères et à la silhouette marquée par l'âge. L'un était Cincinnatus, facilement reconnaissable au soc de charrue qu'il tenait à la main ; l'autre était sec, maigre et chauve. Diana Metella m'a révélé plus tard qu'il s'agissait de Caton l'Ancien – qui devait se sentir chez Crassus comme un eunuque dans une orgie. Leur juxtaposition m'a blessé. Thèbes et Louxor attendaient sans bouger que le Nil apporte ses récoltes puis des envahisseurs. Athènes s'observait le nombril et cultivait des muscles inutiles. Rome prenait les hommes tels qu'ils sont et les menait de conquête en conquête. Un message accablant pour nous, les Grecs. Je ne m'attendais pas à cette leçon de la part d'un ploutocrate que tout le monde raillait. En quoi, j'étais bien bête. Personne n'arrive par hasard au sommet du pouvoir. Crassus pouvait bien être la risée de la haute société, il ne se résumait pas à ses livres de comptes.

À la réapparition de Caelius, les deux sénateurs se sont levés. Ne leur concédant qu'un bref hochement de tête, il a grogné : « Metaxas. » On ne faisait pas moins accueillant. Sous le regard noir des deux patriciens, un fils de simple marin du cap Sounion a donc pénétré dans le bureau d'un des triumvirs qui tenaient le monde entre leurs mains. À peine la porte franchie, les bras levés, deux ours empaillés géants semblaient prêts à s'abattre sur vous. Le temps d'une seconde, j'ai marqué un début d'arrêt. Habituées à la réaction que suscitait ce comité d'accueil, les lèvres de Caelius ont émis le petit bruit méprisant du surhomme que navrent les femmelettes à vapeurs du Tout-Rome. Il a grogné entre ses dents : « Allons, avancez, n'ayez pas peur. »

Comme son antichambre, la salle se donnait de grands airs. Couvertes de rouleaux, de cartes et de documents, plusieurs tables traçaient un couloir menant à celle où écrivait Crassus. Une dizaine de secrétaires travaillaient dans cet espace d'apparat. Les rideaux, les tapis, le marbre au sol, les tabourets, les canapés, les candélabres, les lampes à huile, les brûle-parfums, les porte-plumes, les amoncellements de papyrus, tout nageait dans le luxe. Calé dans des coussins, sans prononcer un mot, Crassus m'a laissé approcher. Première impression : il était tout en rondeurs, en boule et en gonflements. Lourdes comme des tapisseries, ses paupières s'entrouvraient peu. Posées à plat devant lui, ses mains étaient couvertes de bagues ; des pattes de potentat oriental. Diana Metella m'avait annoncé un éléphant :

« C'est un goinfre. Il dévorerait son fils si on le trempait dans de la sauce au miel. »

Un temps fou s'est écoulé en silence. Au point que j'ai cru qu'il dormait d'un œil. Le visage rond d'un hibou, un front immense et déplumé grimpant jusqu'au sommet du crâne, une lèvre inférieure lourde et dédaigneuse, un menton massif et envahissant pesant sur le cou… Tous ses traits copiaient jusqu'à la perfection les caricatures d'Hannon, le suffète carthaginois que les graffitis de Rome insultaient plus encore qu'Hamilcar et Hannibal. D'autres longues secondes se sont écoulées. S'il espérait me décourager, il se trompait. J'avais mis le pied dans la porte, pas question de le retirer. Enfin, il s'est arraché à sa torpeur et, surprise, il s'est levé et a marché vers moi.

Caelius m'ayant arrêté à bonne distance, une vraie petite promenade. Et là encore, un spectacle. Le port de tête hautain, les mouvements lents, presque féminins, il avait une démarche de cérémonie. Ainsi que la silhouette compacte d'une chouette. Mais également l'écorce de politesse des hommes auxquels personne ne refuse jamais rien. Il s'est déclaré heureux de me recevoir, m'a pris par le bras et m'a emmené en excursion jusqu'à une fenêtre. Et là, de son bureau au premier étage de son palais au sommet de l'Aventin, il a tendu la main pour montrer à nos pieds Rome et ses forums. J'ai enfin entendu sa voix, grave et belle :

« Bienvenue à Rome, Metaxas. Et bon courage. Dans cette ville, tout va mal et tout va aller encore plus mal. Je vous reçois car je ne veux rien refuser à Clodia mais méfiez-vous. Son frère se croit plus puissant qu'il ne l'est. Il a l'insolence des enfants issus de l'élite de l'élite mais il n'a pas d'armée. »

Il ne se souciait pas de mon point de vue et n'a pas songé un instant à me le demander. Une chance car, en vérité, je n'en avais aucun. Lui, en revanche, connaissait bien son sujet :

« J'aime bien Clodius. Tout le monde aime Clodius, d'ailleurs. Il est si beau. Les années passent sans le changer. Mais cette admiration générale lui fausse l'entendement. Il croit qu'on peut tenir la Ville avec des voyous. S'il se prend pour Caius Gracchus, son armée de la démocratie n'en est pas une. À quoi sert que des pauvres et des esclaves tiennent tous les carrefours et envahissent les forums au premier claquement de doigts ? Il peut bien les avoir divisés en décuries et en centuries, il suffira de trois jours à de vrais légionnaires pour bloquer les issues de la cité, l'affamer et transformer les chiens enragés de Clodius en toutous implorant leur pitance. »

Il a continué encore un moment à penser à voix haute. En gros, il me conseillait de finir mon séjour en touriste et de rentrer chez moi avant d'être balayé par des enjeux qui me dépassaient. Pas question de l'envoyer promener. Selon le logement qu'il allait m'attribuer, il tenait mon train de vie entre ses mains. Pas question non plus de clore prématurément une conversation avec un homme que tout l'empire observait. Diana Metella ne me l'aurait pas pardonné. J'ai émis une idée sur le ton le plus neutre possible, en professeur expérimenté sachant ménager l'amour-propre de ses élèves :

« Peut-être César a-t-il des armées en Gaule, Pompée des troupes en Espagne et Clodius ses hommes en ville mais, à Rome, les armes n'ont pas droit de cité. La preuve en est que vous êtes triumvir sans avoir une armée. Nul ne veut revivre les horreurs de la Guerre civile entre Sylla et Marius. »

Nul sauf, peut-être, lui. Marius avait poussé son père au suicide et fait tuer son frère mais Crassus, devenu un légat de Sylla, avait profité de manière ahurissante des proscriptions de son maître. Maisons volées, terrains confisqués, propriétés réquisitionnées, tout avait fait farine pour alimenter l'insatiable moulin de son avidité. Devenu le premier propriétaire d'immeubles de Rome, il avait ensuite créé des brigades de pompiers qui passaient pour déclencher elles-mêmes des incendies providentiels à côté des îlots qu'il souhaitait agrandir. Pour Diana Metella, il était la honte de la classe sénatoriale. Plus mercantile et barboteur que le dernier des banquiers. Plus sale aussi car il entretenait des maisons de passe.

Malin comme lui seul, Crassus ne s'exprimait jamais en public sur ces sujets. Et personne ne connaissait vraiment son avis, d'ailleurs sujet à variations, sur César et Pompée. Chacun, en revanche, savait que sa vanité souffrait le martyre dès qu'on évoquait les succès militaires de l'un ou de l'autre. Jeune homme, il avait sauvé Sylla à la bataille de la Porte Colline en menant l'aile droite de son armée. On l'avait pris pour un militaire prometteur. Sa campagne contre Spartacus avait au contraire révélé sa totale inefficacité. Et sa sauvagerie. Aussi bien aux dépens des esclaves faits prisonniers que de ses propres soldats dont il exigeait une discipline odieuse. Plus douloureux encore pour sa superbe : après une série de batailles médiocres, il avait été rejoint par Pompée qui s'était attribué tout le mérite de la victoire. Afin de parachever l'humiliation, rentré à Rome pour un triomphe qu'on refusa à Crassus, Pompée avait suggéré que ses armées défilent comme d'habitude derrière leurs aigles tandis que celles de Crassus marcheraient derrière des paons. Crassus n'avait jamais digéré l'affront. Les succès de Pompée contre les pirates de la Méditerranée, puis contre Mithridate, avaient achevé de l'ulcérer. Évoquer les troupes de ses rivaux revenait à agiter une cape rouge devant un taureau. Il rompit sa ligne, comme disent les vétérans :

« César en a encore pour des années en Gaule. Je serai revenu de Syrie avec mes armées avant lui. »

Voilà une phrase dont Diana Metella allait se repaître. Crassus lui-même confirmait le secret le moins secret de Rome. Il intriguait pour se faire nommer proconsul en Syrie comme César l'était en Gaule. Son rêve était d'aller semer la ruine chez les Parthes et de rentrer auréolé de gloire et d'or. Le projet restant encore dans les limbes officielles, Caelius se faufila comme un rideau entre son patron et ses rêveries à voix haute :

« Je t'en prie, Marcus Licinius, n'embête pas Metaxas avec ces histoires. C'est un philosophe. Il vient pour jouer les avocats au service de Clodius. »

Le rappel à l'ordre de Caelius dut paraître salutaire à Crassus car il quitta la fenêtre et revint vers son bureau. Massif et rouillé, on entendait grincer son squelette à chaque pas. Diana Metella affirmait qu'on le hissait déjà sur son cheval à l'époque de la campagne de Spartacus. Il allait souffrir sur les sables de Syrie. Mais l'Asie était encore loin. D'ici là, sembler aux ordres de ses assistants était au-delà de ce qu'autorisait son ego. Pour garder la parole, il sauta sur le mot « avocat » :

« Autrefois, on les fuyait comme la peste. On vous apprenait à ne jamais appeler un chat pour mettre d'accord deux oiseaux. La loi était la loi, on l'appliquait sans l'interpréter. Tant pis s'il y avait des injustices. Les toiles d'araignées judiciaires attrapaient les mouches et laissaient passer les bourdons. Ca n'était pas moral mais efficace. Aucun empire ne survit si les juges donnent gain de cause à tous les gens qui ont raison. »

Il était laid, cynique et suffisant, mais sa voix, lente, profonde et grave, charmait l'oreille. Tout à coup, il s'arrêta et me saisit l'avant-bras avec un sourire :

« Dites-moi, ce que je viens de dire, c'est du Platon. Il défend un système aristocratique rigoureux, non ?

— Je pense que la toile d'araignée vient plutôt d'Ésope. »

Il aimait bien les fables. L'insolence ne l'a pas agacé, au contraire :

« Vous êtes moqueur. Tant mieux pour vous et pour Clodius. Cicéron est horriblement susceptible. C'est son point faible. Il sort de nulle part et redoute toujours qu'on se moque de ses origines quand on le traite à la légère. Moquez-vous de sa grandiloquence. C'est facile. Il ne peut s'empêcher d'en appeler à des valeurs supérieures qu'il bafoue comme tout le monde dès qu'il quitte la tribune. Si vous prenez ses proclamations sur le ton de la comédie, il perdra ses moyens. »

Caelius s'en mêla à nouveau. L'accueil de Clodia l'avait exaspéré, l'amabilité de Crassus achevait de lui tourner les sangs. Sur un ton cassant, il lui rappela que deux sénateurs attendaient depuis un long moment une discussion qui, elle, n'était pas mondaine. Crassus jeta un regard amusé vers moi. Puis lui demanda s'il avait trouvé la solution à mon problème. Réponse : oui.

« On peut installer Metaxas dans le nouvel immeuble derrière la Via Sacra. Il y a un appartement de deux grandes pièces au deuxième étage. En plein centre-ville, tout près du Forum. Tu peux lui faire un prix d'ami. On avait prévu de le louer cinq cents sesterces, accorde-le pour trois cents. Clodia t'en sera reconnaissante. »

Mon point de chute était le cadet des soucis de Crassus. Il m'avait assez vu. Je n'avais plus qu'à disparaître. Il grogna son accord et, sans même regarder vers moi, balaya le sujet d'un revers de main. L'ayant remercié, je sortais lorsqu'une sorte de centurion en cuir et en métal apparut à la porte. À peine m'eut-il vu qu'il s'arrêta net. J'ai eu peur, et plus encore quand il s'écria : « Metaxas, toi ici ! » Alors il s'est approché et m'a serré dans ses bras :

« J'ai pris dix kilos mais je ne pensais pas avoir tant changé. Penser que tu m'as fait réciter quatre fois de suite le prologue du *Banquet* jusqu'à ce que je possède l'accent pur de l'Attique. Devant toute ta classe. Et en reprenant chacune de mes syllabes. C'est le souvenir le plus humiliant de ma jeunesse. Et toi, tu en es le meilleur rappel : le seul professeur que j'ai aimé ! »

À ces mots, la mémoire m'est revenue. Huit ou neuf ans plus tôt, Marcus Armorius Cassina avait été mon élève préféré. J'ai tenté de m'excuser :

« Marcus. Comment t'aurais-je reconnu ? Tu avais l'épaisseur d'une ficelle et là, je retrouve un gladiateur avec une mâchoire à dévorer un ours. Quelle joie de te voir si beau, toujours si souriant. »

Il revenait de Gaule où il avait servi trois ans auprès de Labienus, un lieutenant de César. Sa famille était sénatoriale mais n'avait jamais donné de consul. On lui avait donc confié toutes les tâches harassantes, celles des vrais soldats. Il y avait acquis des épaules de débardeur et les cuisses d'un centaure mais, ne supportant plus les humiliations de Labienus, il s'était mis au service de Crassus, avide de soldats authentiques dans son entourage. Agacé par cette familiarité, Caelius, parfait prototype de l'officier manœuvrant sur le forum, nous suggéra d'aller discuter ailleurs. Manque de chance pour lui, Crassus voulut en savoir plus sur nos liens. Je ne répéterai pas les compliments de Cassina. À l'entendre, Platon en personne leur faisait l'honneur d'une visite. Quand il découvrit où Caelius comptait m'installer, il poussa les hauts cris :

« C'est en pleine Subure. L'endroit le plus sale de la ville et le plus mal famé. Il y a des poux partout et Metaxas va se faire détrousser par tous les tripoteurs. Loge-le plutôt dans l'immeuble de l'Esquilin où tu m'avais installé à mon retour. Il est en pierres, solide comme les Appenins et, des balcons, on voit tout Rome. Là, Crassus, tu te seras fait un débiteur. »

Comme d'habitude, je m'étais fait des illusions. J'ai toujours l'impression que les gens tombent sous mon charme. Trois minutes plus tôt, j'étais convaincu que Crassus m'avait logé en ami. L'arrivée de Cassina m'ouvrit les yeux. Caelius me réservait un entrepont malpropre et Crassus s'en moquait bien. Par chance, il ne voulait pas contrarier Cassina qui se chargeait de recruter et d'équiper l'armée qui partirait pour la Syrie. Il donna son accord à cette nouvelle offre. Au passage, il revint sur notre conversation – c'est-à-dire sur son monologue :

« Je ne le fais pas pour toi. Laeca m'a prévenu : tu viens pour servir d'avocat. Et je les hais. Depuis trente ans, ils détruisent notre civilisation. Tous les jeunes loups sortis de familles inconnues attaquent en justice les hauts dirigeants de la Ville pour se faire un nom. Puis une clientèle. Et enfin une place dans la société où ils pratiquent tout ce qu'ils dénonçaient à leur arrivée sur le circuit. Cette punaise de Cicéron a donné le ton en attaquant Verrès pour ses vols en Sicile quand il était proconsul. Depuis il est devenu riche à millions. Sans avoir hérité de rien. Et alors que les avocats ne doivent pas être rétribués. Chacun devine que c'est un voleur d'une race nouvelle mais cent garnements l'ont imité. Le gouvernement dépense désormais une part immense de son énergie dans des procès. Cela va mal finir. La justice ne renforce plus la République, elle l'épuise. Quand l'État laisse insulter ses représentants, il n'y a plus d'autorité respectée. Sous les yeux enchantés de ce misérable "Pois Chiche" qui va et vient d'une propriété à l'autre en jouant les sages. Détruis Cicéron et je te ferai grâce de tes loyers. »

J'étais là pour ça et, apparemment, toute la ville le savait. De là à l'admettre, il y avait une fatuité qu'on n'a plus à trente-six ans. J'ai juste affirmé mon admiration pour Rome, mon refus de nuire en rien à sa puissance et ma vieille camaraderie pour Clodius. Crassus gloussa :

« De la pure langue de bois. Tu auras intérêt à faire mieux si tu montes à la tribune. Mais enfin, sait-on jamais ? Tu seras peut-être utile. Ton ami Clodius a besoin de conseils. Il commence à tous nous énerver. Fais-lui lire du Épictète, il paraît que ça calme. »

Ça n'était pas idiot. Épictète recommande en effet d'accepter le destin tel qu'il vient et de traiter les autres avec bienveillance. Une petite cure de sa sagesse ne ferait pas de mal à Clodius. Ainsi qu'à Crassus. Sauf qu'Épictète n'avait jamais écrit une ligne. Son fameux *Manuel* est de la main d'Arrien, son disciple. Je me suis permis de le rappeler. Crassus s'est renfoncé dans ses coussins :

« Décidément, Metaxas, tu as un don pour contrarier tes interlocuteurs. Maintenant, je te conseille d'arrêter avec moi. Concentre-toi sur Cicéron. Il fait du mal à Rome. Et devrait se méfier. Les avocats commencent les révolutions mais ne les finissent pas. Ou plutôt, elles se finissent sans eux. »

À ces mots, il a souri. Juste un petit mouvement des lèvres, menaçant mais bref, à peine le temps d'un saut dans ses arrière-pensées. Puis il m'a congédié :

« Va-t'en maintenant. Et profite bien de ton nouveau logement. »

Cette fois, Caelius m'attrapa par le bras pour me chasser. Heureusement, Cassina s'interposa. Il m'accompagnerait lui-même. Avant qu'il ne sorte, Crassus lui fit signe d'approcher et lui parla à l'oreille sous le regard furieux de Caelius qui leva des yeux excédés au plafond. Il les aurait levés encore plus haut s'il avait entendu ce que me répéta plus tard Cassina :

« Si tu lui donnes des informations utiles, Crassus te dispensera de loyer. »

Je rassure les gens qui croient les philosophes vertueux. Je n'ai jamais revu Crassus en privé. Pour autant, je ne lui ai jamais rien payé. Zeus sait pourtant que j'ai adoré son appartement. Diana Metella y a vu un grenier. Moi, j'y ai poussé la porte de mes rêves : deux grandes pièces vides dont la seconde ouvrait par une large porte-fenêtre sur un balcon dominant un océan de toits en tuiles rouges sur lequel flottaient dômes et chapiteaux de temples ou d'arcs de triomphe. Rome s'étendait à nos pieds, joyeuse, luxueuse et bondée. La plus grande et la plus noble des villes. Mais aussi la plus sensuelle. Que je ne m'en sois pas encore avisé a amusé Cassina :

« Tu es à Rome depuis quinze jours et tu n'es encore allé ni aux thermes, ni au bordel ? Toute ton éducation reste à faire. À mon tour d'être ton professeur. Tu ne pouvais pas être mieux logé. Entre l'Esquilin et le Forum, il y a Subure, tu vas te régaler. »

Au cap Sounion, je songeais parfois avec mélancolie aux fameuses orgies romaines. Les parasites érudits d'Athènes posent souvent un regard trouble sur la vigueur militaire de Rome. Si son culte pour Sparte nous déplaît, en secret il nous excite. Mais je suis lent. Humain a minima, je ne vais pas au-devant des occasions. Le libertinage a beaucoup de drogues mais peu de remèdes.

L'amour est dangereux dans la capitale mondiale de la prostitution. Calfeutré chez Diana Metella, je m'étais gardé d'explorer les quartiers chauds de la ville dont j'avais souvent rêvé. Impossible pourtant de résister à la santé éclatante de Cassina. Il connaissait tous les lieux de perdition à la ronde. Les bonnes auberges comme les thermes lubriques, le portique des courtisanes égyptiennes comme la rue des éphèbes toscans... À l'entendre, un immense marché du péché et même du vice s'étalait à ciel ouvert à ma porte. Je n'avais qu'à claquer des doigts. Il est tombé de son haut en découvrant que je n'avais pas encore mis les pieds au Grand Cirque. Ni jamais assisté à un combat de gladiateurs – perversion dont, en secret, je rêvais. Je l'ai laissé parler en jouant les vieux sages tout en tendant l'oreille. Pas question de révéler à un intime de Crassus les petites friandises sexuelles auxquelles je songeais malgré moi. Quand il m'a proposé de l'accompagner au « bordel numide » réputé pour ses femmes noires à la peau fraîche comme l'eau de source, je lui ai dit « non ». J'adore cette syllabe, la plus importante de toutes. Faute de la prononcer, on tombe dans tous les pièges. Pour ce premier jour chez moi, aller et venir dans ces pièces vides suffisait à mon bonheur.

J'ai su sur l'instant que j'y ronronnerais comme un chat dans son panier. Au cœur de l'enfer, Crassus m'offrait le nid où laper ma soucoupe de lait sans mouiller mes moustaches. J'ai juste accompagné Cassina dans une taverne gauloise toute proche. Il y avait ses habitudes depuis que son séjour sous leurs froides latitudes lui avait donné le goût des charcuteries arvernes. Et là, sur qui sommes-nous tombés ? Sur le jeune esclave qui m'avait accueilli à Brindes. Que faisait-il ? Comme d'habitude, il dessinait. En quelques minutes, il traçait les portraits des dîneurs qu'il vendait pour une poignée de sesterces. Cassina n'a échappé ni à sa pointe de crayon, ni à son œil de lynx. Mon ancien élève s'est résumé à un sourire et à deux bras, aussi engageant pour le premier qu'inquiétants pour les autres. Il en a ri et lui a donné dix sesterces. Puis nous nous sommes quittés. Certain de me perdre sur le chemin menant chez Diana Metella, j'ai attrapé le Gaulois au vol pour qu'il me ramène à bon port. C'est ainsi qu'a commencé notre vie commune.

À peine rentré, Diana Metella m'a fait raconter seconde par seconde mon entretien avec Crassus, qu'elle prenait pour un pur idiot. Selon elle, le physique du triumvir disait tout de lui, un simple glouton. Doublé d'un empoisonneur. Rien en effet ne pouvait plus la contrarier que mon déménagement. Je lui échappais au moment où je devenais utile. Pour ne pas me perdre, elle a fait contre mauvaise fortune bon cœur et, dès le lendemain, s'est fait conduire en litière dans mon repaire. Toute la rue s'est assemblée pour observer son arrivée. Si j'ignorais encore l'étendue de sa réputation, j'ai été vite fixé. En quelques secondes, un murmure s'est répandu : « C'est Dame Metella. » Elle est passée comme un spectre entre les bonnes femmes qui l'observaient les yeux écarquillés. L'intendant qui l'accompagnait en a grossièrement bousculé plusieurs. Toutes ont paru trouver cela normal. Dans l'escalier, à l'abri des oreilles indiscrètes, elle m'a plaint :

« Pauvre petit philosophe d'outre-mer. À Rome, avant d'acheter une maison, il faut acheter les voisins. Vous êtes tombé dans une décharge. Je vous plains. Heureusement que ma table vous sera toujours ouverte. »

Entrée chez moi, elle a paru plus consternée encore. Que c'était petit ! Un tableau minuscule et sans couleurs. Ces matrones s'y entendent pour vous renvoyer à votre poussière. Quand je lui ai montré, enchanté, le balcon et sa vue, elle a juste marmonné : « Un nid d'aigle pour une perruche. » Sans songer une seconde à me consulter, elle a donné ses ordres à l'intendant : deux tables, quatre chaises, un lit, un brasero, deux tapis, quatre lampes, des draps, des coussins, de la vaisselle en bois, des ustensiles de cuisine… Et ainsi de suite. Le tout à livrer le jour même. Ce qui s'est bel et bien produit. Dernier cadeau, le plus précieux, de Diana Metella : elle m'a confié le jeune Gaulois. Il dormirait dans la première pièce, la plus petite, où elle faisait installer la cuisine et, pour lui, une paillasse. Ce serait mon serviteur. Dans ce domaine, il s'est vite révélé un vrai bon à rien. Il n'était jamais là ! Mais il fut irremplaçable.

Trois jours plus tard, quand j'ai emménagé en fin de matinée, je buvais une bière et lui de l'eau sur le balcon quand une clameur immense s'est élevée. Elle provenait du Forum, à trois cents mètres de là. Incroyable : Cicéron rentrait en ville. Et Rome l'acclamait. Sous mon nez.

Chapitre 6

Je me suis précipité. On aurait dit que toute la Ville m'accompagnait. On se bousculait. À quatre immeubles du nôtre, le jeune Gaulois m'a montré, peinte sur un panneau de bois, une jeune femme nue aux seins magnifiques. Sa chevelure brune bouclée, son sourire étincelant comme l'ivoire, ses mains croisées derrière le cou, tout laissait rêveur. Je l'ai félicité. Erreur : il n'y était pour rien. Il m'indiquait juste l'entrée du lupanar le plus proche de la maison. Emportés par la foule, on est passés en coup de vent et, dix minutes plus tard, parvenu sur le Forum, j'ai enfin vu Cicéron.

En hauteur, enroulé dans sa toge de sénateur, il se tenait sur les marches menant au Capitole. Aucune majesté dans l'allure. Il rappelait plus Socrate qu'Alcibiade, assez petit, déplumé, maigre avec de l'estomac. Rien chez lui ne retenait le regard. Un pois chiche apprêté, il portait bien son nom. Juste derrière lui, un bœuf blanc enflé comme le Minotaure achevait de le faire paraître minuscule. La cérémonie était déjà bien avancée. À peine étions-nous arrivés qu'un prêtre plongea son glaive dans le cou de l'animal. Un geste brutal et impatient. Pour n'être pas éclaboussé, Cicéron fit un bond en arrière qui déclencha les rires. Quand l'agonie de l'animal cessa, redevenu maître de lui, il se rapprocha des prêtres qui découpaient les entrailles. Dans ses conversations privées, il disait volontiers que deux augures ne peuvent se regarder sans rire. En comité restreint, il s'amusait des dieux qui oublient de faire tomber la pluie et soufflent trop fort dans les voiles. Il insinuait même que s'ils existaient vraiment, ils n'auraient pas toléré un monde où rien ne marche. Rien de cette ironie à cet instant. Ménageant la sourcilleuse puissance des pontifes, il prenait le sacrifice avec le sérieux d'un acteur de Sophocle. Une politesse récompensée. S'exprimant dans un latin archaïque et obscur, un prêtre peu exigeant dut affirmer que les dieux voyaient cette offrande avec faveur car, les oubliant sur-le-champ, Cicéron, le visage fripé mais épanoui, se tourna vers la foule. Il parlait fort, sans se presser, en articulant avec soin mais, même nous, au dixième ou douzième rang, nous n'entendions rien tant la foule était bruyante. Dans le brouhaha, on ne percevait qu'une grêle de grands mots. République, Loi, Sénat, Patrie, Peuple et Liberté se partageaient la salive de son discours. Rome revenait à toutes les phrases. Cette répétition de termes pompeux finissait par bercer. Une énorme tape sur l'épaule me réveilla. En me serrant contre lui, Catulle éclata de rire :

« Ne me dis pas, Metaxas, que tu prêtes attention à ce vieux paillasson hors d'usage. Il prend son retour pour l'arrivée d'Hannibal dévalant les pentes des Alpes mais sa pensée ne pèse pas un grain. Cicéron peut bien entendre gronder le tonnerre quand il agite les pans de soie de sa toge, il rentrera dans son terrier au premier froncement de sourcil de César. »

Je savais Rome nerveuse. Surtout sur le Forum. On y tape vite sur les originaux qui sortent en public des sentiers battus. Mieux vaut tenir sa langue. Au milieu d'une foule acquise à Cicéron, ces propos m'ont mis mal à l'aise. Je l'ai prié de parler moins fort. Il a recommencé à rire :

« Mais où vois-tu une foule en extase ? Personne n'est là pour lui. Ce vieux magouilleur attendait depuis trois jours aux portes de la ville. Il est là parce qu'il savait que le Forum serait plein. Les Jeux romains ont commencé ce matin. Réveille-toi, Metaxas, et ouvre les yeux. Personne ne fait attention à lui. Il y a dix fois plus de monde sous les colonnes des basiliques qu'au pied du Capitole. Tous ces gens consultent les programmes affichés aux murs, achètent des places, en échangent ou en vendent. Cicéron va transformer ce tohu-bohu en plébiscite dans les lettres dont il inonde l'empire mais ne le prends pas au sérieux. C'est juste un politicien. Dans trois jours, il ira cirer les bottes de Pompée. Viens plutôt avec moi au Grand Cirque. Ma famille est consulaire, j'ai des places dans les loges officielles. »

Je l'ai suivi. Un peu malgré moi. Quoi qu'il arrive, je reste un Athénien. L'idée qu'on joue avec la vie des hommes pour le plaisir d'un public me dégoûte. Leurs adversaires sont le seul atout que les Jeux trouvent à mes yeux. Les mépriser est tellement facile. Une petite phrase dédaigneuse et des poseurs imaginent faire partie de l'élite. Catulle ne s'abaissait pas à une telle hypocrisie. Quand j'ai émis l'espoir qu'on n'assisterait pas à un combat de gladiateurs, il a haussé les épaules :

« Sois gentil, Metaxas, sors un instant de tes traités philosophiques et mets les pieds sur terre. La meilleure chose qui puisse arriver à un esclave est d'entrer dans une écurie de gladiateurs. Tu ne connais que ceux de Diana Metella et de Clodia. Elles ont toujours vécu dans la laine vierge, tout leur est toujours tombé dans le bec, ce sont des femmes bien élevées qui traitent leurs esclaves comme des objets précieux. Mais la plupart des autres, je parle de centaines de milliers d'autres, vivent à la campagne sur les grands domaines de l'aristocratie. Et là, crois-moi, c'est l'enfer. On les bat, on les accable de travail, on les humilie, parfois on les affame. L'hiver, ils meurent de froid, l'été ils grillent au soleil. Le sort des gladiateurs les fait rêver. Ne gaspille pas tes précieux scrupules humanistes. »

J'ai horreur des raisonnements qui trouvent de bonnes raisons aux mauvaises actions mais discuter avec Catulle était impossible. C'était un homme du nord qui venait du lac de Garde, le cynisme coulait dans ses veines avec la fureur des torrents alpins. De toute façon, la foule empêchait tout dialogue. Rome n'est faite que de ruelles. Les maisons s'observent de si près qu'on ne marche jamais au soleil. On se heurtait sans cesse. En plus, on est arrivés au Grand Cirque à l'heure où le spectacle changeait. Des centaines de personnes quittaient les gradins, autant d'autres les remplaçaient, la cohue était pire encore qu'à la chute de Troie. Des mères hurlaient contre leurs enfants, d'autres approchaient les bras remplis de victuailles, les toilettes étaient prises d'assaut, des parieurs misaient, ailleurs on réglait leurs gains, jamais je n'avais vu un tel chaos. Catulle a fini par nous mener aux tribunes sénatoriales, de part et d'autre de la loge des consuls. Interdites, bien sûr, aux esclaves. Pendant qu'il saluait les uns et les autres, le jeune Gaulois nous a quittés pour s'installer un peu plus loin. Catulle l'a suivi du regard :

« Très croustillante, ta petite brioche gauloise. Pâle comme la mie de pain et roux comme le miel, tu vas te régaler au petit déjeuner. »

Ce genre de familiarité me met mal à l'aise mais mieux valait ne pas jouer les vertus effarouchées avec Catulle qui courait les robes, les toges, les tuniques et les cuirasses. Il était aussi cru dans ses propos que dans ses vers. Dans le vacarme ambiant, il n'y avait heureusement aucune chance que le jeune homme ait entendu son propos. Plutôt que de poser au Grec honteux, j'ai fait mine de le prendre au sérieux :

« Mauvaise idée. Au bout de quinze jours, il me haïra.

— Et alors, tu t'en moques. On est à Rome. Un esclave ne dit jamais non, un bon esclave ne pense jamais non. Il doit être soulagé de t'avoir rejoint. Vous faites un beau couple. Auprès de Diana Metella, j'avais l'impression de voir le soleil du 15 août sur un ciel de novembre. »

Catulle crachait ses incongruités comme des noyaux d'olive. À trois pas de nous, il désigna une très jolie femme qu'il avait courtoisement saluée quand il nous cherchait deux places :

« Elle est mariée à Quintus Sempronius Litranus, un questeur qui se voit déjà consul, mais elle n'aime que les gladiateurs. Ici elle les repère. Ensuite, elle les fait poser et accroche les dessins dans sa chambre à coucher. Du moins, est-ce la version officielle. Tu liras la vraie dans un de mes prochains textes. »

Il avait bu. Son haleine sentait le vin. Il parlait trop fort. C'est l'inconvénient des étoiles filantes de la haute société : avant la satisfaction de glisser dans la conversation qu'on les connaît, il faut endurer leur sans-gêne. Pour attirer le marchand de pistaches, il a crié. Puis il a exigé qu'il nous apporte des bières. J'étais gêné. Mais surtout intrigué par le spectacle des employés du Cirque. Pendant que certains répandaient du sable sur les innombrables flaques de sang laissées par les combats livrés en début d'après-midi, d'autres avaient traîné une tour en bois vers le centre de l'arène. Très haute, elle aurait atteint facilement le quatrième étage d'un immeuble. Un groupe de cinq hommes s'était hissé sur la terrasse supérieure. Deux d'entre eux avaient laissé se dérouler jusqu'au sol un long drap annonçant le spectacle merveilleux du vol d'Icare. Deux autres étaient en train de coller des ailes au cinquième avec de la cire. Longeant le bord de sa piste d'envol, le malheureux Icare a battu des bras devant la foule. L'assemblage de bois, de laine et de plumes avait l'air de tenir. Alors les quatre autres l'ont saisi par les membres, l'ont balancé d'avant en arrière pour lui donner de l'élan et l'ont projeté en l'air au-dessus du vide. Quand l'homme s'est écrasé au sol, le sang a giclé d'une de ses plaies sous une marée de rires. J'étais horrifié. Catulle m'a pris par l'épaule :

« Ne recommence pas à faire ton Grec. C'est un classique des Jeux. Entre les grandes épreuves, le temps d'amener les animaux dans les stalles de départ, on glisse des intermèdes mythologiques. Ne te plains pas, tu as échappé à Thésée affrontant le Minotaure. Parfois il faut sacrifier trois ou quatre Thésée avant que le cinquième n'achève le taureau. Ton pauvre petit cœur te serait monté aux lèvres.

— Abattre un homme, juste pour distraire le public le temps de préparer le spectacle suivant, je trouve cela révoltant.

— Si cela ne te convient pas, retourne à ton carré de choux du cap Sounion. Tu es à Rome, tu as intérêt à te muscler le cœur. Ce matin et en début d'après-midi, on a eu les scènes de chasse et les combats d'animaux. À présent, on va voir les condamnés livrés aux fauves. Ce n'est pas le moment de jouer les femelles. Reprends plutôt une bière. Regarde ta poupée gauloise, elle se régale. »

Faux. Le jeune Gaulois n'observait pas le spectacle. Il dessinait le portrait d'un couple. Où qu'il aille, il sortait ses stylets, ses feuilles, et trouvait des clients. Il se tenait à l'écart, observateur, serein, tranquille. Sans voir le massacre en préparation. Sortis des entrailles du Cirque, une vingtaine d'hommes ont été sauvagement jetés à coups de fouet au cœur de l'arène. Dès que les gardes furent revenus à l'abri, on entendit le bruit sinistre de grilles qu'on soulève. Lents et majestueux, dix tigres apparurent sur le sable. Ils avançaient à petits pas, sans hâte, en s'observant les uns les autres. Le Cirque retenait son souffle, le silence s'est fait. Comme s'ils n'avaient pas encore repéré le festin qui les attendait, les animaux semblaient observer le public. Ils ne brûlaient pas la première étape. On aurait dit qu'ils flânaient. Ils ont même paru dédaigner leurs proies. Loin de se jeter sur elles, ils les ont contournées, les observant par en dessous, semblant chercher le piège que ces hommes allaient forcément leur tendre. Eux se serraient les uns contre les autres, tétanisés par la peur. On sentait leur épouvante. Aucun ne criait, nul n'implorait pitié. Un silence insupportable avait éteint le Cirque. Puis l'un des carnassiers s'est approché de plus en plus près, à pattes de velours, lisse, plaqué au sol, surpuissant et calme. Soudain, il s'est élancé et, en une seconde, le groupe des condamnés s'est désintégré. Tous ont bondi hors de sa direction et la folie s'est emparée du Cirque, des autres fauves inquiets de ne pas avoir leur part, des condamnés lancés dans des courses éperdues, de la foule surexcitée qui s'était levée d'un bond… Les cris d'horreur se mêlaient aux exclamations de pitié et aux hurlements de sauvages… En quelques secondes, des flots de sang ont inondé le sable. C'était insoutenable, inhumain, barbare. Heureusement que je n'avais rien avalé de la journée. Autour de moi, plusieurs personnes ont vomi. D'autres sont parties pour les toilettes. Écœuré, j'essayais de garder les yeux grands ouverts, fixés sur les lieux où le sang ne coulait pas. Surtout ne pas passer pour une poule mouillée aux yeux de Catulle qui le répéterait au Tout-Rome. Mais le spectacle n'en finissait pas. Ces sales bêtes s'amusaient. Toutes ne vous tuent pas d'un coup. Tels des chats jouant avec des souris blessées, certaines secouaient les victimes de leurs pattes, les faisaient rouler, leur déchiraient un flanc ou un bras. D'autres s'en détournaient après un simple croc qui laissait le blessé en lambeaux mais vivant. Catulle, glacial et dessoûlé, faisait les comptes :

« Dix tigres, quinze condamnés, la chasse reste ouverte. »

Son cynisme ne m'amusait plus. Quand je me suis rassis pour ne plus voir ce théâtre assassin, je me suis aperçu que pas mal d'autres personnes en avaient fait autant. Parmi elles, la femme de Quintus Sempronius Litranus m'a adressé un sourire désolé. Pris d'une impulsion, je suis allé me présenter à elle et la saluer. Elle savait qui j'étais, encore une. Son mari, lié à la faction de Crassus, lui avait parlé de moi. À l'opposé du portrait qu'en avait esquissé Catulle, elle semblait douce et innocente comme l'aube en été. Venue à la demande de son mari, elle avait pour mission de faire ses politesses aux membres utiles du Sénat qu'elle rencontrerait. Elle semblait étonnée de voir un philosophe à ce spectacle. Je lui ai avoué que moi non plus, je n'en revenais pas :

« J'ai peur que la sagesse grecque ne serve guère à Rome. Toute notre philosophie date d'un temps très antérieur à vos Jeux. Elle prend pour évident que l'homme a des sentiments. Songez à Clytemnestre ou au frère d'Antigone. Eschyle ou Sophocle écrivaient une pièce lorsqu'on sacrifiait une personne. Face à ces hécatombes, leurs raisonnements n'ont plus de sens. En leur temps, ceux qui allaient mourir avaient un nom. Chez vous, ils n'ont plus qu'une marque ou un numéro. »

Ce ton docte et cette avalanche de noms propres l'ont découragée. Elle a plutôt voulu savoir qui était l'esclave qui m'accompagnait. Elle avait une très large collection de dessins et souhaitait découvrir les siens. Elle m'a invité à passer chez elle sur l'Aventin avec le jeune Gaulois. Elle se prénommait Maia et m'a laissé rejoindre Catulle avant le dernier acte du spectacle :

« En réalité, c'est le pire mais c'est le seul où le condamné a une chance. Pour lui, une toute petite. Et, pour vous, une très grande de voir les Romains sous leur pire jour. »

Elle n'en a pas dit plus. Quand j'ai interrogé Catulle, il a haussé les épaules et grogné qu'à Rome, le char de la mort était fabriqué de rires. Les corps déchiquetés traînaient toujours au sol. Les tigres, repus, somnolaient à proximité, quand un bruit de clochettes a attiré l'attention sur l'extrémité nord du Cirque. D'une grille entrouverte est sorti un prisonnier entièrement nu qui tenait quelque chose dans ses mains croisées. Rome tendait un dernier os à ses chiens. Catulle a souri :

« C'est un esclave thrace condamné aux bêtes. On lui a confié trois œufs. S'il les dépose intacts sur le petit autel de la pointe sud, il aura la vie sauve. »

L'homme est resté immobile quelques secondes. Le nom de Spartacus a parcouru les tribunes. Magnifique, des épaules larges, une taille immense, on aurait dit l'esclave rebelle.

« Beau mec, a dit Catulle, c'est vraiment de la confiture aux cochons ! »

Paralysé par la terreur, le Thrace se tenait droit mais ne bougeait pas. Sans doute cherchait-il l'itinéraire le plus prudent entre les charniers et les tueurs. Devait-il glisser derrière les fauves ou passer entre eux ? Pour l'instant, ils semblaient indifférents. S'il courait, il attirerait leur attention et les agacerait peut-être. Il avança à petits pas jusqu'au milieu de l'arène. Quand il dépassa le premier tigre, le public en joie l'acclama. On l'insultait quand il s'arrêtait. Les fauves le regardaient à peine. L'estomac plein, ils jouissaient de leur sieste. Aucun ne se relevait pour un dernier dessert. Lui en revanche redressait la tête. Les femmes lui envoyaient des baisers. Il avait parcouru la moitié du stade quand un tigre qu'il avait dépassé se leva pour le suivre. Le public s'est excité. Il lui disait de courir, lui conseillait de ne plus bouger, le traitait de lâche, de Grec, de femmelette. Même les invités des tribunes sénatoriales se laissaient aller. Le Thrace s'est arrêté. Le tigre l'a rattrapé et dépassé sans se presser comme s'il allait tranquillement l'attendre plus loin, au pied de l'autel où il faudrait déposer les trois œufs. L'homme recommençait à marcher à feu doux, tout en économie, quand un autre animal, qu'il était en train de dépasser, a rugi. Un bruit monstrueux, comme échappé d'une caverne. Un coup de fouet dans le dos n'aurait pas plus secoué l'esclave que cet avertissement. Il s'est figé sous une marée de rires. Puis il a repris son chemin. Lentement, sans un bruit, en posant moelleusement chaque pied. Le miracle se dessinait. Seuls deux tigres restaient à franchir, assoupis et à l'écart de la voie centrale. Sauf que celui qui avait rugi s'est levé à son tour, s'est étiré, s'est roulé dans le sable et a fini par le suivre. Des enjambées souples et rapides qui le rapprochaient dangereusement de l'homme. J'étais tétanisé par la peur. Même Catulle était emporté par l'émotion. Comme s'il était avec lui sur la piste, il a murmuré tout bas au Thrace :

« Arrête-toi, ne bouge plus. »

En effet, le temps s'est suspendu quelques instants. Mais l'homme tremblait. Et s'est remis en route. Tout comme l'animal qui le suivait et qui s'était arrêté. Alors tout s'est accéléré. Le tigre qui attendait sa viande fraîche près de l'autel a vu l'instant où un rival la goûterait avant lui. Mécontent, il a bondi vers le prisonnier pour être le premier sur sa proie. Son rival, aussi preste, en a fait autant. Les deux fauves se sont écrasés l'un contre l'autre comme s'ils s'arrachaient un coussin. Je n'ai plus regardé.

À côté de moi, une femme s'est évanouie. Froid comme l'eau du Rhin, Catulle a paru déçu :

« Quel idiot ! Qu'il ne bouge plus pendant une minute et les deux bêtes se seraient recouchées. Les hommes sont toujours trop pressés. Même de mourir. »

J'étais anéanti. Et épuisé. Jamais je n'avais éprouvé autant de peurs en si peu d'heures. Et il n'y a pas de remède. Seuls les cailloux ne tremblent pas pour les autres cailloux. Catulle m'a frappé du poing sur la poitrine :

« Tu as vu. C'est Rome ! Ici les bijoux des hommes, ce sont leurs glaives. Avec eux on transforme une vie en destin. Ce n'est pas à Athènes qu'on offre de tels spectacles !

— Tant mieux. La mort n'est pas une bouffonnerie. Quand on appréciera ces fêtes amères, la ville de Socrate sera morte.

— Alors, prépare ta tenue de deuil. Ça ne tardera pas. Vous aurez vos Jeux bientôt. Ils nous suivent. »

Il voulait que je revienne l'accompagner le lendemain :

« Les courses de chars s'annoncent grandioses. Hermenus, le champion des Verts, a juré de renverser Terpios, l'aurige bleu qui l'a envoyé au tapis aux derniers Jeux de Cérès en avril. Ça promet du petit bois sur la piste. Les paris sont énormes. On peut se faire un magot. Et je ne te parle pas du spectacle quand un attelage se fracasse. Le stade explose. »

Sa soif de sang commençait à m'énerver mais j'ai gardé mon agacement pour moi. Pas plus qu'elle n'arrête les guerres, la morale ne désarme la violence. Et puis je ne voulais pas me fâcher avec Catulle. Sans lui, depuis quinze jours, j'étais à Rome comme un marron d'Inde enfermé dans sa coque piquante, replié sur lui-même et aveugle. Il m'ouvrait les yeux au couteau mais il les ouvrait. Même s'il enchaînait les horreurs, il y a des horreurs bien pensées comme il y a des idiots bien habillés. Il avait raison de dire que les Jeux sont un bon moyen pour les riches de redistribuer leur fortune aux pauvres. Pour ne pas le quitter, je l'ai invité à dîner. Il a accepté mais souhaitait d'abord passer aux thermes se laver et se faire masser :

« Peut-être même m'offrir une petite friandise, gauloise ou autre. On trouve de tout chez ceux de Morkios, à l'entrée de l'Esquilin, tout près de chez toi. Il y a cinq tables de massage. En marbre ! Avec des serviettes de lin dignes du palais de Xerxès. Tout ça pour trente sesterces. Et le reste, l'essentiel, est gratuit. Tu me suis ? »

La terre lui brûlait les pieds, il fallait qu'il bouge mais là, tout à coup, la fatigue m'a submergé. La foule qui hurle, le spectacle insoutenable, la peur qui m'avait étreint chaque fois qu'une victime allait se faire massacrer… je n'en pouvais plus. Aucune envie de me déshabiller pour reluquer des gitons au travail, des légionnaires en goguette et des pères de famille égrillards – car c'est évidemment ce que Catulle avait à l'esprit. J'en avais assez vu pour la journée. J'ai dit au jeune Gaulois d'aller plutôt acheter du pain, du fromage et des olives pour dîner à la maison. Et du vin pour Catulle ! Celui-ci a fait mine d'en rire :

« Non, non, non. Je ne vais pas m'incendier les pupilles pendant deux heures à mater ta petite merveille celtique sous tes yeux froncés de Père la Pudeur. Merci beaucoup. Tu es encore trop province, Metaxas. On est à Rome. Les beaux esclaves sont en libre service. Il doit être bien soulagé de ne plus masser la vieille Metella. Laisse-le s'amuser avec nous. »

Il perdait la tête. Les thermes lui feraient du bien, il pourrait y suer toute sa bière. Je l'ai envoyé promener. Il l'a très bien pris. C'est d'ailleurs de là que venait tout son charme. Il était le premier à rire de lui-même et à caricaturer ses propres ridicules. Il faisait sans arrêt mine de se recoiffer ou de remettre en place les plis de sa tenue, puis il éclatait de rire de sa facétie. Avec son physique d'éphèbe sur le retour, la parodie était très amusante. Ne laisser à personne le soin de sa critique donnait à sa morgue une légèreté charmante. À ses yeux, rien ne rachetait le sérieux. Il fallait s'en tenir à la surface, à la draperie, à l'épiderme et à l'apparence. Il m'a quitté sur un dernier tourbillon :

« Je te laisse à tes tisanes d'orties. On se verra après-demain chez Clodius. Il nous attend tous. Rassure-toi : je ne lirai aucun poème. Et personne ne déclamera rien. Pas de singes savants au programme. Je serai sage. Vale. »

Et il a disparu à tire-d'aile comme il était arrivé quatre ou cinq heures plus tôt au Forum. Je suis monté chez moi, intrigué par cette invitation que j'attendais depuis des jours et que personne ne m'avait transmise. Venant de lui, je n'y croyais qu'à moitié. J'avais tort. À peine installé sur mon balcon pour profiter des dernières lueurs du jour sur la Ville, on a frappé à la porte. Deux hommes larges comme des armoires se sont excusés de me déranger. Cette politesse m'a surpris. C'était visiblement d'anciens gladiateurs engagés dans une des milices de Clodius. Ils n'avaient pas tété les bonnes manières à la naissance. Mais ils avaient appris à les mimer. Quand ils m'ont transmis de vive voix la fameuse invitation, j'ai compris la puissance de mon vieux frère. L'armée qui n'inquiétait pas Crassus était partout dans Rome. Elle tenait les carrefours et personne n'échappait pas à son regard. Même pas moi, un inconnu, le dernier venu de la grande tragédie en cours. Et le plus assoiffé. Je n'en pouvais plus d'attendre de boire enfin dans le verre de l'Histoire.

Chapitre 7

Le lendemain, Cicéron a fait son retour à la Curie qu'il appelait avec sa simplicité habituelle « la plus grande salle du monde ». Parti pour le Forum avec l'espoir de l'apercevoir, j'ai constaté, à défaut de le voir, que la foule n'était pas au rendez-vous. La vie continuait, indifférente au retour du « sauveur de la République ». Assis à une table sous le portique de la basilique bordant le côté sud de l'esplanade, j'ai bu une bière en observant l'animation des lieux. Sur cette place immense, mieux valait se réfugier dans un coin et ne plus bouger si on ne voulait pas être bousculé ou même piétiné par les portefaix surchargés de sacs qui dégageaient le passage à grands cris et grands coups. Toujours aussi silencieux, mystérieux et souriant, un verre de lait à la main, le jeune Gaulois était parti se promener le long des galeries. Il observait les murs. Partout sur des placards peints à la chaux étaient inscrits les avis municipaux, les informations commerciales ou le détail des Jeux du Cirque. On y lisait aussi les décrets du Sénat. À une centaine de pas, un attroupement observait un pan de mur couvert d'un texte plus long que les autres. Deux soldats en uniforme montaient la garde. C'était le compte rendu des opérations militaires en Gaule, que César renouvelait toutes les semaines. Par crainte que les partisans de Pompée ou d'autres ne le recouvrent de critiques ou d'insultes, il le faisait garder. Pour ne pas enfreindre trop ouvertement la loi bannissant en ville les hommes de guerre, il veillait à ce que les deux sentinelles n'aient que des glaives en bois. Quand je me suis levé, le jeune Gaulois m'a rattrapé et emmené voir une annonce particulière. Trois jeunes femmes en jupes de voile et à la poitrine dénudée observaient une espèce d'Apollon en train de jongler avec six balles. Il y avait si peu de lignes pour rendre vivante cette scène que j'ai tout de suite reconnu son style. Sous le dessin, une phrase vantait le bonheur qu'offrait aux « hommes libres » le cabaret Armoricus, Via Tertullia, à deux pas de chez nous. Quand je l'ai félicité, il m'a encore surpris :

« Les commerçants cherchent aussi des auteurs pour trouver des formules qui appâtent le chaland. Si tu veux, je t'en présenterai. Ils payent mal mais ils payent un peu et ils te donnent des produits à l'œil. Ou des verres de vin, dans les cabarets. Des filles même, parfois. »

Ce gamin malicieux évoluait dans Rome comme un poisson dans l'eau. Un jour, ses sesterces achèteraient son affranchissement. Il estimait qu'il lui en faudrait au moins quinze mille. Il n'avait pas fini de griffonner. Le soir, quand je suis parti dîner chez Diana Metella, il m'a demandé de ne surtout pas évoquer ces petits boulots accomplis dans son dos. Précaution inutile : les autres esclaves de la maison, jaloux de son statut à part, informaient leur maîtresse de tous ses faits et gestes. Elle s'en moquait. À sa mort, son testament a d'ailleurs affranchi tous ses domestiques de Rome. Ses neveux n'ont hérité que de ceux des propriétés de Brindes. Plus de deux cents êtres humains ! Rome a trouvé le geste éblouissant d'humanité. Le Palatin distribuait vite les auréoles, de gloire comme de bonté.

À mon arrivée chez elle, en fin d'après-midi, j'ai croisé dans l'entrée un sénateur en toge blanche à parements de pourpre. Ce grand personnage a fait mine de ne pas me voir. Diana Metella, qui l'avait raccompagné à sa porte, a éclaté de rire dès qu'il a disparu dans la rue :

« C'est un cousin Cornelius. Il n'a pas inventé le lait aux fraises et il est sourd comme une amphore mais il était au Sénat ce matin pour assister au retour de Cicéron. Clodius et vous allez vous régaler. Le Pois Chiche ment déjà par la bouche, la gorge, les yeux et les bras. »

Le domaine réservé de Diana Metella ne se cantonnait pas à la longueur des toges, à la taille des ourlets et à la teinte des tuniques. Elle suivait pas à pas le déroulement de la vie politique. Bien des décisions prises au Sénat avaient été préparées chez elle. Rien d'inhabituel à cela : depuis des générations, les intrigues autour de la répartition des provinces et des commandements se nouaient et se dénouaient dans les salons des matrones. On y discutait avec autant d'ardeur que dans les assemblées ou sur le

Forum. Or Diana Metella ne s'engageait pas du bout des lèvres. Oubliant les immenses profits que sa famille avait tirés de la dictature de Sylla, elle avait choisi le camp de son neveu Clodius et fait de ses adversaires des ennemis personnels. En tête de liste, évidemment, Cicéron. Sa réapparition au Sénat l'avait enchantée :

« On le connaît. Il n'a que le mot République à la bouche et l'invoque de l'aube au crépuscule. C'est son passe-partout pour les électeurs et pour la postérité. Son certificat de bonne conduite. Avec un tel refrain, il imagine avoir réservé sa loge au Panthéon. Mais plus il parle de conscience, de principes, de démocratie et de Rome, plus il songe à des dîners, à des potins, à des soirées au théâtre et, surtout, à ses sesterces. Après la comédie d'aujourd'hui, on ne pourra plus traiter ce menteur d'hypocrite. À peine rentré d'exil pour défendre nos libertés, il jette aux ronces ses grands discours et s'allonge aux pieds de Pompée, le pire ennemi de la République. Et de la manière la plus grossière : en parlant d'argent ! Ce matin, au Sénat, vingt-quatre heures après son retour, il a proposé de nommer Pompée surintendant des approvisionnements en blé. Pour son premier discours ! À la Curie, ils ont déjà tout vu et tout entendu, mais là, ils n'en revenaient pas. Et le pire restait à venir. À peine sortis de séance, ils ont découvert qu'en Sardaigne, cette mission sera déléguée à son frère Quintus. Inutile de préciser qu'il va y amasser des millions. Dire que Pois Chiche appelle les Optimates, son clan, le parti des honnêtes gens ! Clodius doit jubiler. Demain, naturellement, vous me répéterez tout ce que mon cher neveu vous confiera. »

Pour être certaine que je ne la laisserais pas sur le bas-côté de l'aventure, elle a exigé que je passe la prendre avant de me rendre à la fameuse soirée. J'accompagnerais sa litière. Question de prestige. Diana Metella n'en cédait jamais une miette et, ce soir-là, devant le Tout-Rome, elle se serait tranché une main plutôt que d'arriver autrement qu'en hyper-patricienne. Hasard providentiel pour la suite des événements, entre sa maison de l'Aventin et le palais de Clodius sur le Palatin se trouvait une jolie petite place pavée que dominait une ravissante statue de femme. Un vrai bol d'air dans les rues serrées du Palatin. Diana Metella a fait arrêter sa litière pour s'y promener quelques instants avec moi. J'ai cru qu'elle voulait me faire profiter de la vue magnifique sur le Forum et, au-delà, sur le temple de Jupiter au Capitole. Erreur, elle avait quelque chose à rajouter sur Cicéron :

« Ici même se dressait il y a deux ans la propriété de Pois Chiche. Clodius l'a fait détruire quand la loi d'exil a été votée contre lui. Cicéron ne s'en remet pas et fait semblant d'oublier qu'il a plusieurs autres maisons qu'il loue, aux Carènes, dans l'Argilète et sur l'Aventin. Regarde bien cet endroit. Et cette jolie statue de la Liberté. Elle rend Pois Chiche malade. On n'a pas fini d'en parler. »

Jamais la Liberté n'avait été aussi appétissante. Une vraie friandise, à la poitrine pleine de promesses, deux exquises petites dunes que les lèvres ne cesseraient jamais de grimper et de dévaler. À taille humaine, elle tendait les bras vers nous, tout sourire. Elle donnait plus envie de se battre pour elle qu'un discours de Cicéron. J'ai compris qu'il en fût jaloux. Revenue à sa litière, Diana Metella m'a prévenu :

« Si vous croyez avoir tout vu de la puissance romaine avec le palais de Crassus, soyez patient. Vous allez découvrir la maison d'un vrai patricien. Aucune propriété n'a le charme de la maison de Clodius. Quand il a hérité de celle d'Appius, son père, il l'a complètement redécorée. »

On y est parvenus dans un véritable encombrement de litières. Après avoir longé une muraille percée de fenêtres minuscules, nous avons atteint au pas l'entrée située à l'arrière de la maison. Une cinquantaine de porteurs faisaient le pied de grue. La lourde porte à carapace de clous en bronze était digne d'un temple veillant sur son trésor. Mais là, en fait de spectacle époustouflant, j'ai d'abord découvert Fulvia. La femme de Clodius accueillait ses invités. Un vrai défilé. On patientait en file. Elle distribuait ses sourires sans retenue. Jusqu'au passage de Diana Metella. Soudain, l'air radieux de Fulvia s'est refermé comme une fleur sous la pluie. Ni embrassade, ni geste amical, juste un long coup d'œil remontant des pieds à la tête. Puis une manière désobligeante de fermer ostensiblement les paupières, telle une mère de famille excédée mais résignée face aux extravagances de sa fille. Comme si de rien n'était, Diana Metella a pris sa voix la plus caverneuse pour la renvoyer à ses falbalas sur un ton aiguisé comme un glaive :

« Tiens, ma petite, je t'amène mon ami Metaxas. Il attend ton invitation depuis deux mois. Tu avais sans doute des courses plus importantes à faire. »

Se tournant vers moi, avec un sourire à faire trembler un gladiateur, elle a ajouté :

« Je vous abandonne. Mais n'abusez pas des mets de ma nièce. La cuisine de sa maison tombe sur l'intestin comme un boulet de catapulte. L'hôtesse n'y connaît rien. »

Elle était aux petits soins pour énerver Fulvia. En vain. Tout sourire pour ne pas étaler en public les dissensions familiales, sa chère nièce a répliqué avec la plus grande amabilité pour moi :

« N'écoutez pas Diana. Elle ne sait pas de quoi elle parle. Ma tante se nourrit de brouillard. C'est le seul squelette parlant de Rome. Mettez-la devant un flambeau, elle laisse passer la lumière. Cela dit, elle est ornementale. On l'invite comme élément de décor. Elle grince comme une viole mais sans elle, l'orchestre serait incomplet. Les fêtes romaines réclament des spectacles. Diana Metalla en fait immanquablement partie. Mais vous êtes le bienvenu. Publius me parle de vous depuis des semaines. »

Ton glacé et phrases brûlantes, l'une et l'autre jouaient leur rôle. Avant de s'éloigner, Diana Metella, avec toujours le même sourire aux dents taillées en pointe comme une chausse-trape, a lâché une dernière flèche :

« Publius te parle ? Première nouvelle. Depuis quand parle-t-on à ses meubles ? »

Pour toute réponse, Fulvia a fait mine de l'embrasser en veillant à ce que leurs joues ne se touchent pas. Revenue à moi, elle m'a annoncé que nous dînerions en petit comité avec Publius d'ici une heure ou deux quand elle aurait fait le tour des salons et des invités :

« Il a des choses importantes à vous dire. Il y a des années qu'il annonce votre venue sous prétexte que l'empire est un entonnoir et que tous finissent à Rome. Pour l'instant, amusez-vous. Catulle vous attend. Il est déjà allumé comme une torche. Il semble qu'il ait décidé de vider l'Italie de tous ses vins avant de s'embarquer pour l'Asie. »

Elle était belle, superbe même, mais exagérée, les traits tracés d'un crayon trop lourd. Un menton arrogant, presque viril, un bassin méditerranéen, une poitrine magnifique un peu trop offerte, des lèvres sensuelles jusqu'à l'obscénité, un regard gourmand. Les joues peintes en rouge et les yeux étirés par le khol, elle avançait sans masque, blonde et chaude comme un soleil d'août. Diana Metella avait dû détester cette jouisseuse au premier instant.

Ne connaissant personne, j'ai visité la maison. Dans le vestibule, un chien-loup en tesselles de pierre grise reposait sur une immense mosaïque blanche à traits noirs. À chaque étape, on descendait quelques marches. L'atrium était plus bas que l'entrée, mais plus haut que le péristyle, lui-même au-dessus du jardin vaste comme un parc. Toutes les draperies et tous les paravents séparant les pièces avaient été tirés. On apercevait de partout les pins parasols des terrasses. Bougies, lampes à huile, lanternes et candélabres de cuivre inondaient les salles de lumière. Parsemées de pâtes de verre, les mosaïques de pierres colorées scintillaient. Il faisait plus chaud qu'en plein soleil. Dans la cohue, entre les parfums de femmes et les massifs de bouquets, l'asphyxie menaçait. Plateaux argentés à la main, des serviteurs abreuvaient les invités. Certains se trempaient les mains et se rinçaient le front aux fontaines de l'atrium et du péristyle. Hommes et femmes mélangés, tout le monde parlait, buvait, riait et transpirait. Je suis sorti prendre l'air.

Pour paraphraser Helvius Cinna, un souffle doux comme l'haleine des nymphes rafraîchissait l'atmosphère. Des buffets étaient disposés le long d'une allée de cyprès. Des buissons de myrte et de buis bordaient une vaste pelouse douce comme un tapis. Sous les pins, on avait installé des canapés couverts de lin blanc. Catulle, Asinius Pollon, Cinna et toute la bande de Clodia s'y régalaient. Glissées dans des coupes en verre pour les protéger du vent, des bougies éclairaient plusieurs statues. Plus qu'un jardin rectiligne à la romaine, on observait une fête galante dans un morceau de campagne. Là encore, on se serait cru chez les dieux de l'Olympe. L'Histoire avançait sur une natte de laine, tissée par le luxe et taillée par l'élégance. Une voix caressante m'a sorti de ma rêverie :

« Vous êtes sage comme un arbre. »

Quintus Sempronius Litranus avait dépêché sa femme en reconnaissance. Elle était enchantée :

« Les nuits sont longues lorsqu'on s'ennuie avec son mari. Il n'est pas convié car il appartient au premier cercle de Crassus. Mais son patron et lui sont curieux de savoir qui est là, ce soir. Clodius ayant clairement fait son choix, la liste des invités sera celle des partisans de César. Autant savoir qui est qui. J'ai accepté cette mission parce que je me doutais que vous y seriez. »

Une robe bleue assortie à ses yeux, aux saphirs accrochés à ses oreilles et au ruban de la même couleur tressé dans ses cheveux, elle était ravissante. Son sourire espiègle achevait de rendre sa galanterie amusante. Je lui ai demandé comment elle s'était faufilée dans ce repaire ennemi. Elle en a profité pour me faire un petit cours de stratégie matrimoniale romaine :

« Je suis une Servilia. J'ai accompagné Marcus Junius Brutus, mon cousin. Ici, nous sommes tous plus ou moins liés par le sang. Mon mari descend aussi des Gracques. Le Sénat est une immense famille. Du genre des Atrides : tout le monde se déteste mais on a les mêmes grands-parents. Mon mari n'aurait pas eu la muflerie de venir chez un ennemi mais Fulvia n'aurait pas eu non plus celle de me laisser dehors. Résultat : elle m'a foudroyée du regard mais je suis là. Et d'ailleurs, nous sommes tous là. Brutus a épousé une des filles d'Appius Claudius, le père de Clodius. Sa sœur que j'ai croisée il y a cinq minutes a épousé le fils aîné de Pompée qui, lui non plus, n'a aucune chance d'être là. Même pour un Romain, c'est compliqué. D'autant que ces grandes familles font des nichées innombrables. Y a-t-il une autre noblesse au monde qui donne des numéros pour prénoms ? Primus, Quintus, Septimus, Octavus… Regardez

Fulvia : ses hanches laisseraient passer une cohorte. Et sa poitrine : une vraie laiterie ! Publius l'a choisie pour ça. »

Posant sa main sur mon bras et baissant la tête comme une enfant prise en faute, elle a ajouté :

« Mais je parle, je parle et je vous ennuie. Depuis notre rencontre au Cirque, j'avais envie de vous revoir.

— Je croyais que vous aimiez plutôt les gladiateurs.

— Ne prenez pas au pied de la lettre les jets de bave de Catulle. Comparée à ce serpent, je suis une colombe. À part lui, j'aime beaucoup les poètes. Regardez là-bas, le beau Caïus Helvius Cinna. S'il daignait passer chez moi, je ne me lasserais pas d'entendre ses vers. Et je ne demande qu'à m'améliorer en philosophie. Vous êtes mince comme le parchemin mais vous avez les épaules larges. Un mois de bonnes tranches de bœuf et vous pourriez descendre dans l'arène. Il en va des hommes comme du poisson : on peut aimer les bons gros thons et goûter aussi les soles, plus fines mais tout aussi savoureuses. »

Si elle trouvait la matière grise des professeurs aussi excitante que la viande rouge des rétiaires, je ne demandais évidemment pas mieux que de l'instruire. On pourrait commencer par les sophistes, les plus distrayants. Elle s'en faisait une joie d'avance :

« On aura bientôt tout le temps d'étudier. Mon mari accompagne votre ami Cassina en Syrie. Ils vont rencontrer les garnisons locales et faire provision de cartes en vue de la grande tournée militaire de Crassus. Ils en ont pour quatre ou cinq mois. Je suis sûre que Quintus sera ravi de me retrouver aussi cultivée à son retour. Vous ne croyez pas ? »

Je croyais juste qu'elle était aussi folle à lier que jolie à croquer mais je n'ai pas eu le loisir de le lui dire. Un homme m'a fait signe depuis le jardin. Je l'avais repéré plus tôt, dirigeant le ballet des serviteurs. Il portait un épais gilet de cuir par-dessus une élégante tunique beige. Ma compagne a pris un air désolé :

« Par Jupiter, Volumnius vous attend. Les choses sérieuses commencent. Personne ne dit non à Volumnius.

— Qui est-ce ? »

Elle a paru stupéfaite et m'a demandé si je tombais de la lune :

« C'est le préfet des ouvriers de Clodius. Il dirige ses troupes et laisse des traces de sang où qu'il passe. Dans les rues, les boutiques ferment quand il approche avec ses acolytes.

— Il n'a pas de prénom ?

— Réveillez-vous, Metaxas. Il sort des galères. Vous ne voulez pas qu'en plus, il ait un nom en trois parties. Pour prénom et pour surnom, il a un poing à gauche et un autre à droite. Comme il est sûrement fils d'esclave, il doit s'appeler Servius. Posez-lui la question s'il vous faut tout de suite un ennemi. »

J'ai préféré glisser un baiser furtif sur sa main. En retour, elle a posé un instant le bout de ses doigts sur mes lèvres. Puis j'ai suivi Volumnius. Il avait une tête de moins que moi et elle ne reflétait rien de brutal mais, dès qu'il approchait, malgré la cohue, les invités s'écartaient.

Plus que sa cotte de cuir, sa réputation lui ouvrait le passage. Pendant qu'on traversait le péristyle, plusieurs personnes ont en revanche demandé qui j'étais. Tous avaient compris que j'allais dans l'inaccessible « Salon des Claudius », le quartier général. Assise sur un canapé avec plusieurs douairières, Diana Metella m'a souri en agitant son doigt contre son oreille pour me rappeler que je devrai tout lui raconter. Si on additionnait son âge à celui de ses voisines, on remontait à Ramsès II. En général, elle fuyait comme la peste les dames de sa génération.

On accédait au saint des saints par une porte dérobée du vestibule d'où partait l'étroit escalier menant à l'étage. En fait, il s'agissait d'un belvédère percé de douze portes-fenêtres ouvrant sur Rome. De jour, la vue était spectaculaire ; à cette heure, j'ai été fasciné par la décoration des murs. Un peintre avait reproduit toute la Via Appia, orgueil de la famille. Des vignes, des chevreuils, un lac, des tombes, une baie, des bois… C'était magnifique, très vert, comme le marbre au sol. Allongé sur un des trois lits entourant la table du dîner, Clodius a bondi sur ses pieds à mon entrée. À part sa crinière blonde de guerrier germain qu'il avait coupée, il n'avait pas changé, toujours aussi beau et digne de son surnom. Il s'est jeté sur moi pour me serrer dans ses bras, m'a bourré de faux coups de poing dans la poitrine et m'a pris par l'épaule pour me faire tourner sur moi-même et vérifier que j'étais moi aussi resté le même. Sa voix n'avait pas changé non plus, grave, vive et envoûtante :

« Enfin, te voilà.

— Comment ça, enfin ? Il y a deux mois que j'attends un signe de ta part. »

Il a haussé les épaules et m'a envoyé promener en rappelant la phrase fétiche d'Oreficos selon lequel il n'y a jamais d'urgence, il n'y a que des gens pressés. Puis il s'est expliqué :

« Ne le répète à personne mais j'ai dû aller en Gaule rencontrer César. Cet agité était au diable, sur les bords du grand océan. C'est un miracle que je sois revenu en un seul morceau. J'ai tellement chevauché qu'à mon retour, je n'ai plus pu marcher pendant trois jours. Mais ton heure est venue. »

Il s'est tu un moment et m'a pris à nouveau dans ses bras en me fixant droit dans les yeux :

« Ta présence est un don des dieux. Cicéron me fait un procès après-demain. Ton ironie et ta perversion grecque doivent briser dans l'œuf ses espoirs de retour sur la scène publique. »

Nous nous sommes allongés l'un en face de l'autre et je l'ai laissé parler. En apéritif, vingt secondes ont été consacrées à Tchoumi, vingt autres à Athènes et à Laeca puis il s'est jeté sur le morceau de résistance : Cicéron.

« Tu sais qu'il est revenu. Depuis des mois, il inondait Rome de lettres larmoyantes. Le martyr de la liberté implorait la fin de son exil. Ce n'étaient que serments de retraite, de nonchalance et de sagesse. À ses heures, il se prend pour Platon et jurait à tous qu'il ne souhaitait plus que lire et écrire dans ses propriétés de Tusculum et de Baïes, sur la baie de Naples. Ces ânes du triumvirat ont fait semblant d'y croire, moyennant quoi Pois Chiche est rentré mardi dernier. Et là, surprise : dès jeudi matin, il était au Sénat. Un spectacle à ne pas manquer : l'homme libre a rendu des hommages dégradants de servilité à Pompée. Les témoins en sont sortis ahuris. »

Il a tendu la main vers les plats qui nous attendaient pour attraper une cuisse de poulet fourrée aux oranges. Affamé, je n'en pouvais plus de guetter ce geste mais à peine l'avait-il saisie qu'il la reposa sur son assiette, se redressa et s'assit sur le bord de son lit de souper comme sur un banc. Résigné, je me suis assis comme lui et j'ai attrapé une tarte aux épinards que j'ai grignotée en l'écoutant. La tournure prise par le retour de Cicéron l'enchantait :

« D'abord, il a prouvé à tous qu'on ne pouvait pas croire un mot de ses engagements. Ensuite, divine surprise, il est tombé tête la première dans le piège tendu par Pompée. Ce gros patapouf a repris un truc que j'avais employé il y a trois ans. À l'époque, pour me débarrasser de Marcus Porcius Caton, le meilleur et le plus dangereux ami de Cicéron, je l'avais fait nommer surintendant des approvisionnements en blé et nous l'avions expédié à Chypre. C'était coup double : il quittait le Forum et il n'avait plus le droit d'entrer au Sénat qui est interdit aux hommes gratifiés de l'Impérium. Je dois dire que cet empoisonneur a merveilleusement rempli sa mission. Il a ramené une flotte de trésors dont sept cent mille talents d'argent transportés au temple de Saturne où repose le Trésor public. En prime, à son retour, le cas Cicéron avait été réglé par la loi d'exil votée en son absence. Du coup, Pompée a voulu rééditer l'exploit et éliminer Cicéron du décor tout en ayant l'air de le flatter. Avantage annexe : si le blé était rapporté par Cicéron, le peuple n'en serait plus reconnaissant aux tribuns de la plèbe – c'est-à-dire à moi. Évidemment, ça n'a pas marché. Avec Pompée, dès qu'il s'agit d'être habile, rien ne marche. Cette outre gonflée de vanité donne des ordres mais ne s'abaisse jamais à aplanir les difficultés. Résultat : Cicéron a refusé le marché qu'il a confié à son frère. Un très joli coup : il reste libre tout en faisant entrer des millions dans la famille car Quintus est bête comme ses pieds mais avide comme la terre asséchée. »

Il a encore parlé longuement. Cicéron l'inspirait. Chez lui, tout le dégoûtait. Son physique, sa femme, son avidité, sa prétention intellectuelle, son ironie… Et, surtout, son hypocrisie :

« Il ne parle que de morale publique alors qu'il défend l'oligarchie qui dispose du Trésor, des provinces, des magistratures, des honneurs, des triomphes, des butins de guerre, des rapines et des profanations. Dès la conspiration de Catilina, on a vu son vrai visage : celui d'un homme qui s'alarme de dangers imaginaires et s'émeut de ce qu'il ne ressent pas. C'est pour ça que le peuple ne l'aime pas. Le peuple ne déteste pas l'injustice. Il la sait inévitable. Ce qu'il ne supporte pas, c'est le mépris des élites qui se réservent tous les privilèges mais prétendent en plus incarner la vertu républicaine. La sienne n'est qu'une gesticulation. »

J'aimais sa façon de parler. Clodius était toujours calme. Une aisance de manières, une réserve qui inspirait le respect, une élégance hautaine, un ton serein en accord avec une voix grave... En privé, c'était l'homme le plus convaincant du monde. Soudain, il a relevé brutalement la tête comme si un argument venait de le frapper en plein visage :

« Sais-tu quelle a été sa première action publique lorsqu'il a été élu consul en 690 (*63 avant J-C*) ? Je dis bien la première, celle qu'il a présentée au Sénat le jour même de son intronisation. Il a attaqué la loi agraire honnête et modérée du tribun Publius Servilius Rullus. Une loi dans l'esprit des Gracques qui, après mille discussions, distribuait enfin les terres du domaine public aux pauvres. À peine élu, il l'a fait annuler. Pour plaire aux grands propriétaires. N'oublie jamais ça : Cicéron défend les forts contre les faibles. Crois-moi : son fameux cœur a les poches profondes. »

En trois mois à Rome, j'avais compris les enjeux mais je ne l'ai pas interrompu. J'attendais qu'on en vienne au fait, c'est-à-dire au procès. Il aurait lieu le surlendemain dans la Regia, qu'on dit être le plus ancien bâtiment de Rome. À l'origine, du temps des souverains étrusques, elle servait de résidence royale. Une vraie forteresse sans fenêtres, le long de la Via Sacra, juste à l'entrée du Forum, près du temple de Vesta. C'était devenu le quartier général du Grand Pontife, César lui-même. En son absence, le jugement serait rendu par le collège des douze grands prêtres. Parmi eux, Crassus. Clodius parlerait lui-même mais voulait que je lui construise un discours à la

Cicéron, ironique et moqueur. Il m'a submergé d'arguments. À moi de les mettre en ordre. Et d'être efficace :

« Avec Pois Chiche, tu seras vite fixé sur l'art oratoire romain. Du théâtre, uniquement du théâtre. Il change d'opinion à chaque procès et tourne en ridicule pour un client les arguments qui lui déchiraient le cœur pour le précédent. Il ne se refuse aucun truc et invente sans se gêner des détails piquants imaginaires. Tu verras : il met autant de zèle à mimer la réalité qu'à assumer le mensonge. Son truc, c'est le pompeux et le pathétique. Fais comme lui. Surtout pas de philosophie. Il ne s'agit pas de convaincre, mais de vaincre.

— Pourquoi m'as-tu appelé si tu ne veux pas de philosophie ?

— Parce que tu es drôle, parce que tu penses vite, parce que tu étais l'enfant chéri d'Oreficos, parce que je t'imitais. Je ne te demande pas d'être sincère et honnête. D'ailleurs, quel philosophe grec a jamais prétendu atteindre la vérité ? Tente plutôt de nous éblouir comme autrefois, à l'école. À la Regia, on fait de la politique, pas de la médecine. À ton médecin, tu dis la vérité. À tes juges ou à tes électeurs, tu dis ce qu'ils ont envie d'entendre. La vertu, c'est bon pour Athènes où elle n'a aucun usage puisque tout se décide à Rome. Devant le Parthénon, ils parlent ; ici, ils décident. »

Il a laissé passer un instant, puis m'a pris par l'épaule et a rigolé :

« Et puis, arrête, tu sais mieux que personne qu'aucune sottise n'a jamais échappé aux philosophes. Dans un de ses pensums, Cicéron a écrit qu'il n'y a aucune absurdité qui n'ait été soutenue par l'un d'eux. Pour une fois, je suis d'accord avec lui. »

La nuit avait avancé. Avant de redescendre dans les salons, il m'a pris par le bras et m'a mené près d'une table couverte de documents et d'objets. Il a attrapé une petite pierre en jade sur laquelle était gravée une chouette :

« Comme tu sais, c'est le symbole de la philosophie. Elle ira bien avec ta superbe tunique verte. Prends-la toujours avec toi, au fond de ta poche. »

Les Romains sont superstitieux comme eux seuls. J'ai gardé mon esprit critique pour moi. D'autant que, pour l'autre poche, il m'a tendu un petit sac rempli de pièces. Deux gardes de Volumnius me raccompagneraient.

Avant de nous quitter, Publius m'a serré contre lui. J'ai eu l'impression de me coller à un arbre. Il était dur comme la pierre. Durant toute cette conversation autour d'une table pleine de plats délicieux, il n'avait rien avalé. Ses idées le hantaient. Rien n'avait changé. Il était toujours aussi fascinant. Quand je me suis reculé pour descendre rejoindre la fête, il m'a serré le bras droit et dit une dernière chose :

« N'oublie pas. Les pauvres ne souffrent pas seulement de leur manque de richesses. Ce qui les heurte, c'est le manque de respect. Ils n'en peuvent plus de cette caste malveillante qui les vole et se drape dans la morale républicaine. Garde-le toujours à l'esprit quand tu entendras Cicéron apostropher l'Histoire. »

Chapitre 8

Mon sort reposait sur cette plaidoirie. Pour autant, je n'ai pas eu peur. Rien à voir avec ce que j'aurais éprouvé si j'avais écrit un discours à Athènes. Là-bas, chaque bâtiment, chaque statue, chaque coin de rue me surveille et m'enchaîne à des souvenirs. Sous le regard des miens, un échec m'aurait suivi pas à pas. Jusqu'à la mort. Tout aurait été définitif. Rien de tel au Forum. Je n'y étais que de passage, comme l'oiseau sur la branche. Erreurs et maladresses s'envoleraient comme des paroles oubliées dès que j'aurais repassé l'Adriatique. Je voyais toujours pousser les fleurs, chanter les oiseaux et glisser les nuages mais c'était juste un décor. Le cadre luxueux d'une parenthèse dans ma vie, rien de plus. À Rome, un étranger n'est qu'une curiosité de passage. Si vous réussissez, la Ville vous couvre d'éloges. Si vous échouez, elle vous efface du paysage. Vous repartez et tout est oublié. Ce premier discours contre Cicéron, je l'ai juste vécu comme une aventure. Et je l'ai écrit d'un jet, certain qu'il ferait mouche.

J'avais quitté la maison de Clodius le mercredi à la dix-huitième heure (*minuit*) et j'ai travaillé sans relâche jusqu'au lendemain soir. Dans la matinée, Diana Metella est passée me voir. En grand équipage, à son habitude. Deux esclaves l'accompagnaient. L'un apportait des couvertures et un tapis, l'autre avait les bras chargés de rouleaux. Diana Metella veillait sur mon travail :

« Ce sont des textes de Cicéron. Plusieurs de ses plaidoiries et ses deux traités de rhétorique. Autant savoir à qui vous vous opposez. »

J'avais déjà lu le premier, les *Trois dialogues de l'orateur*, un pur plagiat des propos platoniciens. Le second, le *De Inventione*, s'est révélé une espèce de pépiement intellectuel à la sauce d'Aristote. Il y fixait le plan idéal d'un discours : introduction, exposition des faits, analyse des postulats, réfutation des arguments, conclusion. De purs truismes illustrés par des exemples ramassés n'importe où. Le degré zéro de la pédagogie. J'ai remercié Diana Metella et nous nous sommes installés sur mon balcon pour boire une tisane qu'elle avait apportée avec elle. Elle maudissait son statut de femme qui, le lendemain, lui interdirait l'accès à la Regia. Elle redoutait le pire :

« Si les pontifes accordent à Cicéron le droit de reconstruire sa maison, le peuple comprendra sa totale impuissance. Un sénateur bafoue les lois, exécute des citoyens sans procès, revient d'exil, réunit ses bons amis de l'aristocratie et, à peine rentré, leur fait passer l'éponge sur ses délits. Mieux encore : il se fera offrir sa reconstruction. La foule va laisser exploser sa colère. Et on attribuera ce coup de sang à Clodius. Le pouvoir sénatorial emploie toujours la même méthode : atteindre les limites du cynisme, pousser ses adversaires à la fureur et, alors, s'indigner, parler de subversion et maudire la démagogie de ceux qui n'en peuvent plus de leur indécence. C'est pour cela qu'ils vénèrent Cicéron. Il a un don pour alimenter les colères en ne parlant que de morale. Son art du mensonge mène ses adversaires à l'hystérie jusqu'à ce qu'il se dresse en rempart de la raison et de la tradition face à la passion. Arc-bouté sur la défense des privilèges de sa caste, il stigmatise le ressentiment de leurs victimes. »

Elle comptait sur mon éloquence pour éviter à Clodius toute surenchère. Ses conseils étaient habiles : ne pas vociférer contre les idées de Cicéron mais s'amuser de sa personne, de ses prétentions nobiliaires, de sa soif de richesses, de sa manie d'attribuer aux autres ses propres travers :

« Inutile de s'indigner de ses propos, mieux vaut en rire. Il ne supporte pas de n'être pas pris au tragique. Traitez-le en personnage secondaire. Que les pontifes le voient comme quantité négligeable. De toute façon, c'est ce qu'il est. Pour Pompée et César, c'est juste une concierge à l'entrée du Sénat. Son vide n'occupera pas plus de place. »

Connaissant Diana Metella, je n'avais qu'une crainte : qu'elle me répète la leçon dix fois et ne quitte jamais l'appartement. Par miracle Clodia, à son tour, est arrivée. En litière, comme Diana Metella, portée par des gladiateurs. Sous l'œil de tout le quartier. Elle aussi m'apportait des rouleaux. De Platon, cette fois-ci. Elle les avait en double. Diana Metella et elle se sont toisées du regard. « Ma tante », a dit l'une, « Ma chère fille », a répondu l'autre. Et puis silence. On aurait dit la reine de Palmyre rencontrant la reine d'Alexandrie dans l'antichambre de Pompée. Aucune des deux n'entendait partager la vedette, ni céder le pas. Clodia, souriante, amusée et moqueuse comme à son habitude, a pris sa tante par le bras et a suggéré qu'elles me laissent travailler :

« Courage, Metaxas. C'est le grand jour. À vous d'être l'individu courageux qui défend la liberté contre l'État, la jeunesse enthousiaste contre les vieux profiteurs, le courage face aux intrigues… »

En gros, elle me conseillait de rejouer *Antigone*. Je les ai priées de se mettre d'accord :

« Vous voulez que je déclame du Sophocle et Diana Metella me conseille d'écrire de l'Aristophane. Que faire ? »

Diana Metella a répliqué sur-le-champ :

« En tout cas, pas une tragi-comédie. On n'est pas au théâtre. La guerre civile menace, bien plus dangereuse que la guerre étrangère. Dans ces affrontements, on sait qui on tue. On n'abat pas l'autre parce qu'il est un ennemi de Rome. On l'élimine parce qu'on le connaît. Le mobile de ce conflit n'est pas un territoire, c'est la haine. Pesez chacun de vos mots. »

Puis elle m'a embrassé. Un signe d'affection qui m'a stupéfié. Clodia a souri, tout aussi surprise. Elle a promis de me faire déposer un autre brasero « aux pattes de lion » pour aiguiser mes crocs l'hiver suivant. Ensuite, j'ai travaillé. Les phrases coulaient comme l'eau de source. Je riais à mes propres méchancetés. Le jeune Gaulois m'a apporté du vin et a fait livrer un repas par l'auberge voisine. Le passage de ces dames avait produit son effet, on m'y considérait avec le plus grand respect. À la nuit tombée, mes dix pages recopiées et relues, je les lui ai confiées pour qu'il les dépose chez Clodius.

Je ne vais pas reproduire mon discours. Je laisse ce type de forfanterie à Cicéron qui recueillait chacune de ses virgules avec une méticulosité de pêcheur de perles. Et qui réécrivait après coup ses plaidoiries en s'attribuant les bonnes formules des parties adverses. De toute façon, prononcé par Clodius, mon texte n'avait plus du tout son allure initiale. S'il en a conservé l'esprit et les formules, il y ajouta mille observations de son cru. Disons seulement que je commençais perfidement par m'amuser d'un homme qui espère laver ses crimes par ses larmes. D'ailleurs, s'il en était innocent, pourquoi avait-il fui ? Son exil en Grèce n'était-il pas le meilleur aveu de culpabilité ? Je poursuivais avec sa fameuse morale qui, à force de ne jamais servir, était tranchante comme un glaive mais tout aussi aveugle que lui. S'il voulait défendre la liberté, pourquoi s'empressait-il de la confier à Pompée, son pire ennemi ? Et cela dès le premier jour de son retour ! Je glissais alors sur ses termes fétiches : « Justice », « République », « Démocratie ». Des mots qu'il agitait comme un roi son sceptre – mais un sceptre en tissu qui se plie à tous ses calculs. D'ailleurs, tant qu'à se bercer de grands vocables, pourquoi n'employait-il jamais celui d'égalité ? Il pouvait bien prendre son talent oratoire pour la Légion Romulus, il le désarmait singulièrement en éliminant cette notion si chère au peuple. Et ainsi de suite sur son caractère.

Cette introduction achevée, je passais à l'objet du débat : sa fameuse maison ! Laquelle ? Celle du Palatin, bien sûr, mais je faisais mine de me tromper. Soyons franc, j'ai fait du Cicéron. Il adore donner l'impression d'être perdu dans ses notes afin d'énumérer des accusations loufoques qui n'ont rien à voir avec l'affaire jugée mais se gravent dans la mémoire des jurés. Toutes les personnes qui l'avaient entendu plaider m'avaient seriné que lui-même ne perdait jamais son temps avec la réalité. On l'écoutait inventer et on restait bouche bée. Je lui ai rendu la monnaie de sa pièce en m'égarant à travers la liste de ses propriétés, celle des Carènes, celles de l'Argilète et la dernière, sur l'Aventin. Quel besoin avait-il d'en ajouter une à sa collection ? Avec une consciencieuse malveillance, je lui en ai même attribué une autre sur l'Esquilin. Pourquoi me retenir ? On ne traverse pas un ruisseau sans se mouiller les pieds. Les insinuations sèchent dans la mémoire comme le mortier ; une fois durcies, il faut y aller à la masse pour les en extirper. Je n'ai pas lésiné non plus sur les descriptions imaginaires mais féeriques de ces maisons. Qui aurait pu douter de mon propos ? Pois Chiche avait acheté celle du Palatin à Crassus. À Tusculum, c'était un ancien domaine de Sylla. Chacun se doutait qu'on parlait de lieux somptueux. J'ai prévenu les juges : quand il vous parlera de reconstruire sa cabane, Cicéron dressera les plans d'une basilique. Et ainsi de suite. Il ne manquait aucune teinte à mon portrait du nouveau riche qui amasse les titres de propriété et de reconnaissance. Pour finir, j'ironisais sur ses « airs grecs ». Qui était donc ce Romain qui n'avait pas servi dans les légions, n'assistait pas aux Jeux, fuyait les exécutions publiques et se donnait pour maîtres, non des héros latins, mais des philosophes athéniens ? S'il aimait tant les environs du Parthénon, qu'il retourne s'y bâtir une maison.

Avant de me rendre à la Regia, j'ai retrouvé Clodius au temple de Castor et Pollux, son quartier général, au coin du Forum. La matinée était fraîche, le soleil se levait à peine, je frissonnais de froid et d'anxiété. Qu'avait-il pensé de mon texte ? Du bien, beaucoup de bien. Il l'avait lu deux fois avant de s'endormir, le connaissait par cœur et l'adapterait en introduction de son réquisitoire. Mon ironie lui convenait à merveille :

« Cicéron se fait une si grande idée de lui-même qu'il est convaincu qu'on la reprend tous à notre compte. Il va tomber des nues. Et les pontifes vont glousser comme des dindons. C'est ce que j'attendais de toi. Un texte de hyène. »

Il n'a pas parlé plus longtemps. L'esprit déjà envahi par le discours qu'il accolerait au mien, il s'est isolé pour le relire une dernière fois. Sur place, il parlerait sans notes et n'a emporté qu'une tablette sur laquelle était dressé le plan de son argumentation. Quand nous sommes partis, il a juste vérifié que j'avais pensé à prendre ma petite chouette en jade. Oui, bien sûr. Rassuré, il m'a serré contre lui et m'a murmuré à l'oreille : « Allons exécuter ce bâtard. »

Dix hommes nous escortaient. Nous sommes arrivés à la Regia en même temps que Cicéron. Sa garde à lui en comptait une bonne vingtaine. Ancien consul, il a pénétré le premier dans la salle d'audience. Un lieu lugubre. On se serait cru dans un temple démesuré, sombre et froid. Les rares fenêtres situées en hauteur dispensaient une lumière parcimonieuse. Quelques flambeaux et les toges blanches des pontifes éclairaient le tableau comme de rares étoiles dans la nuit. Une trentaine de citoyens avaient été autorisés à assister aux débats. Plusieurs avaient stylet et tablettes à la main, sans doute des secrétaires. Quelques-uns se sont levés pour saluer Cicéron et d'autres, plus nombreux, pour Clodius. Attentif au respect dû à son statut, Crassus est arrivé le dernier. Si tôt dans la matinée, son corps n'avait pas eu le temps de se dérouiller. Lourd, comme retenu par le sol, encombré de son poids, rond, gris, rose et parfumé, il s'est abattu sur le siège du Grand Pontife, César, sans saluer Cicéron ni Clodius. Ce n'était pas sa place mais personne ne s'est avisé de le lui rappeler. À ma grande surprise, quand il m'a vu, il m'a adressé un signe amical de la main. À sa droite, Caelius a veillé à ne pas me voir et, après quelques minutes d'apartés entre juges, il s'est levé pour introduire le débat, rappeler ce que réclamait Cicéron et donner en premier la parole à Clodius.

Blond, clair, long, droit, calme et fier, il a parlé lentement. Souriant, amusé, aimable, de sa voix grave il a commencé par écorcher Cicéron comme il aurait joué à bousculer un petit chien. En gros, à l'entendre, on perdait notre temps : Rome tendait l'oreille aux éternels gémissements d'une pleureuse professionnelle. Et une pleureuse grotesque. Partant de mes formules qu'il distillait sans se presser, avec la gaieté retenue d'un père de famille, il s'est amusé des lubies d'un vieux camarade loufoque, vaniteux sans action mémorable, dévot quand il pénètre dans la Regia et ricaneur quand il s'en échappe. Cicéron sortait de ce long préambule sous les traits d'un boudeur permanent toujours à réclamer des consolations indues. Ensuite seulement venait le cœur de son raisonnement. Un texte beaucoup plus aride mais plus bref : une leçon de droit.

Clodius avait beaucoup soigné cette partie de son propos. Pendant deux jours, il avait travaillé son argumentation avec Hortensius, un grand avocat, alors l'ennemi juré de Cicéron. Rien n'importe plus aux Romains que la loi. C'est ce qu'ils ont offert au monde. Les Égyptiens ont créé la civilisation, les Grecs ont inventé la culture, mais Rome se targue d'avoir mis au point le cadre qui permet à la première de durer et à la seconde de prospérer. Plus encore que l'armée, ce sont ses codes et leurs jurisprudences qui font de l'empire un ouvrage indestructible. Clodius est entré dans les détails. Je vous les épargne car je les ai oubliés tant c'était technique. Examinée sous chaque angle, chaque suggestion était multipliée par trois. Toutes démontraient comment Cicéron réclamait des règles pour les autres et des exceptions pour lui. Clodius s'est régalé à rappeler pourquoi l'ancien consul avait été exilé. Au lendemain de la conjuration de Catilina, petite éruption de cendres dont il avait fait une marée de lave, quelle loi l'avait-elle autorisé à mettre à mort des citoyens romains sans procès ? Si avoir détruit sa maison bafouait ses droits de citoyen, que faisait-il de ceux des hommes qu'il avait fait exécuter sans délai ? Pourquoi alors rebâtir des murs alors qu'on ne pouvait pas ressusciter des vies ? Au terme de ces longues considérations juridiques, il ajouta ses souvenirs de l'époque. Une vraie scène de cirque. Toute l'assemblée éclata de rire quand Clodius décrivit Cicéron, couvert de laurier comme un ragoût d'agneau, vociférant et tempêtant en faisant mine de prendre ce pauvre Catilina et ses maigres légions pour Hannibal et ses éléphants. Alors, coupant court à la conclusion qu'il avait préparée, il termina par une phrase, une seule :

« N'écoutez pas Cicéron. Il dit, répète et ne serine qu'une chose : "Je défends la République, le Sénat et la Loi." C'est faux. Il exploite la République, il se sert du Sénat et il bafoue la loi. Montrez-lui, pères pontifes de Rome, que vous n'êtes pas dupes ! Ne l'autorisez pas à détruire la statue de la Liberté pour y bâtir son petit temple personnel à la corruption, la prévarication et la fatuité. »

Avant de regagner son siège, il a salué de la tête les juges un par un, comme une lampe qui, peu à peu, aurait glissé le long du décor. On aurait dit qu'il vérifiait tranquillement que chacun était à sa place. Sa voix, sa silhouette, sa démarche, sa politesse, sa sérénité, son assurance, sa lenteur, toutes étaient pleines d'ancêtres. Et toutes insinuaient que, loin d'être un agité, l'homme qui venait de s'exprimer était ici, au cœur du pouvoir, chez lui, depuis des générations. Cicéron a attendu qu'il se soit assis pour se lever et gagner l'estrade d'où il allait répondre. Comme sorti un instant de son sommeil, Crassus a relevé la tête pour l'observer. Toute l'indifférence et la cruauté du monde sont passées dans le regard lent et lourd qu'il a posé sur lui. Le millionnaire de vieille souche écrasait de sa suffisance l'arriviste venu battre monnaie avec des mots. Cicéron, qui s'en est aperçu, lui a aimablement souri. Il ne relevait jamais le mépris dont il était l'objet.

Arrivé au pupitre derrière lequel il allait parler, il s'est donc recueilli ainsi qu'il l'avait prévu. De longues secondes, interminables même. Comme s'il allait puiser le silence à sa source. Du pur théâtre. Cicéron dans le rôle de Cicéron. Alors, enfin, il a renversé la tête et respiré fort, très fort, comme s'il inhalait directement les vapeurs d'encens de la Sybille de Cumes. Cela tournait à la bouffonnerie. Il surjouait. Clodius a secoué la tête, amusé par cette gravité factice quand, soudain, le volcan a explosé. Une coulée de brûlantes invectives s'en est échappée. Dans notre direction car, d'emblée, Cicéron a voué mon ami aux gémonies :

« Ainsi, Pères de Rome, nous sommes là, réunis par la volonté, par l'acharnement d'un seul, du pire d'entre nous, une vraie plaie pour la République, une authentique disgrâce pour sa lignée qui a tant donné à l'État, un outrage ambulant à la décence et à la morale républicaine... »

Après le calme et presque l'indifférence dans lesquels Clodius avait enveloppé son réquisitoire, la véhémence d'une telle plaidoirie sonnait faux. On aurait dit un chien de chasse lancé sur une piste. Ne parlons pas de la logique de son raisonnement. Toujours la même : attaquer Cicéron, c'était attaquer Rome. Une fois de plus, pour la millième reprise, comme chaque fois qu'il prenait la parole, il est revenu sur la conspiration de Catilina. À l'entendre, la République avait tremblé sur ses bases. À force de le répéter depuis huit ans, il avait fini par y croire. Il jugeait donc légitime d'avoir mis à mort sur-le-champ ses initiateurs. Qu'importe que, sur l'ordre de sa femme, il ait ajouté à la liste un comparse qui n'avait pour seul crime que d'être l'amant de sa belle-sœur. Il hissait chaque miette du complot au statut d'étincelle prête à mettre le feu à la civilisation. Dont il était, par conséquent, le sauveur.

Mais Cicéron avait trop d'expérience pour croire encore qu'on vote par reconnaissance. Arrivé à ce point de son raisonnement, il s'est soudain tu. À nouveau, un long silence. Comme s'il allait déterrer ses arguments au fin fond de son intelligence. Alors, pour reprendre la parole, il a placé une main derrière sa nuque et posé l'autre sur sa poitrine. Feignant de chercher la vérité, on aurait dit un marchand de dorades du Pirée sur le point de rouler un client. De fait, il s'est lancé dans un grand exposé juridique. Dans son style, en posant des questions biaisées auxquelles il donnait lui-même les réponses qui l'arrangeaient. Résumé de l'entourloupe : puisque détruire sa maison avait enfreint la loi, celle-ci devait maintenant la lui rendre. En clair, la lui rebâtir.

Enroulé dans ses mots comme dans une toge en soie, il ronronnait. Le public, lui, s'ennuyait. Pour ne pas s'endormir, les pontifes se parlaient à l'oreille. À Athènes, j'aurais deviné ce qu'ils disaient en lisant sur leurs lèvres mais, à Rome, en latin, je n'y arrivais pas. Cicéron s'est rendu compte que l'attention lui échappait. Du coup, à nouveau, il a changé de registre. Plus d'outrages de tragédie, ni de droit assommant mais, à présent, de la satire. Et là, j'ai vu la magie opérer. Sans que quiconque s'y attende, il s'en est pris à la statue de la Liberté dressée sur l'emplacement de sa chère maison. Jupiter savait bien, a-t-il dit, comme il aimait la liberté. Depuis toujours, dès qu'il évoquait cette vertu suprême, il l'étendait sur un lit de mots délicats comme les fleurs. Mais, à la Regia, changement de ton : cette liberté-là était une injure, un blasphème, un crachat à la face de tous les Romains qui s'étaient battus pour elle depuis des siècles. Telle une pierre qui tombe dans un étang et attire tous les poissons, ces insultes stupéfiantes ont sorti les pontifes de leur torpeur. La vérité me force à dire qu'ils n'ont pas été déçus. La statue venait de Grèce et Cicéron avait trouvé où elle trônait auparavant. Devant le plus grand bordel de Thèbes ! C'était l'effigie d'une courtisane. Et c'est à cette débauchée, cette noceuse, cette obscène licencieuse que Rome allait faire des sacrifices ! Faisant mine de s'indigner, Cicéron s'est régalé. Citations truquées, imitations des clients du claque, voix déformées, plaisanteries, il ne s'est privé d'aucun truc. Un acteur de cabaret n'aurait pas fait mieux. Rien de noble. Mais une efficacité redoutable. Même Clodius a souri. Du moins, jusqu'à l'apogée de son discours, l'épilogue qu'il plaqué sur celui de Clodius :

« Allons, Pères conscrits et Pontifes ici réunis, proclamez que vous n'êtes pas dupes. Clodius affirme sans répit défendre la liberté. C'est faux, comme on le sait tous : il la détourne à son profit, il se sert de ses avantages et, pour finir, il la bafoue. Dites-lui en face que c'en est assez. »

Même si la fin était brillante, l'ensemble restait du Cicéron courant : quelques mensonges, une large mesure d'approximations, une bonne dose d'hypothèses et un flot d'insinuations agités dans une amphore d'arrogance. Quand nous sommes sortis, Clodius était sûr de l'avoir emporté.

Le soleil était haut dans le ciel. Après l'ombre fraîche et assoupie de la Regia, il ramenait le feu et distribuait mille couleurs à la rue. Les oiseaux planaient sur les traces du vent. La délibération pouvait durer longtemps. On allait partir quand, surprise, Crassus est apparu. Il est venu vers nous, a félicité Clodius pour son discours et m'a tapé sur l'épaule :

« Bien joué, Metaxas. Le long couplet sur les prétentions mondaines, immobilières et politiques du Pois

Chiche était parfait. S'il n'était que de moi, il irait se faire voir ailleurs. »

Clodius a demandé des explications. La coutume éternelle voulait qu'on rende les jugements sur-le-champ. Pourquoi quittait-il déjà les délibérations ? Qu'attendait-on ? Crassus a joint les mains, croisé les doigts, les a mises sous ses mentons et a expliqué la nouvelle situation :

« Le Pontife, c'est César. Je préfère le consulter avant de rendre un avis. Cela risque de prendre un peu de temps. Il est loin. Cette Gaule est immense. Mais ne te tourmente pas, Publius, je lui ferai un compte rendu exact de ton discours. Franchement, il était bien meilleur que les vieilles ficelles de Cicéron. Prends patience. »

Il a laissé passer quelques secondes avant d'ajouter :

« Tu es dans les meilleurs termes avec lui, n'est-ce pas ?

— Je l'ai été, Marcus. Mais parfois, César a ses humeurs. Le passé est un autre pays. Nous verrons. »

Crassus ne s'attendait pas à cette réponse. Elle a paru l'enchanter. Tout sourire, heureux d'écorcher Publius en le caressant, il a ajouté :

« Cela dit, Cicéron aussi est en bons termes avec lui. On dit qu'il l'a couvert de lettres depuis son exil en Grèce. Toutes plus serviles les unes que les autres, comme tu imagines. Et tu connais la clémence de César. Rien ne lui fait plus plaisir que de ramener un ennemi à de bons sentiments. Nous verrons. »

D'un geste imperceptible, il a fait approcher son escorte de licteurs. Deux d'entre eux l'ont hissé dans sa litière. Un air joyeux épanouissait ses traits quand il nous a salués. Visage fermé, Clodius a répondu tout bas :

« Porte-toi bien, Marcus. »

Puis nous sommes rentrés au temple de Castor et Pollux.

Chapitre 9

Toute la ville avait pris connaissance de mon discours. Il avait délicieusement chatouillé mille personnes hostiles à Cicéron. Maïa, l'épouse de Litranus, m'a fait porter trois chandelles de cire. Diana Metella m'a envoyé de l'encens et un brûle-parfum. Crassus lui-même m'a expédié du vin de Syrie et du fromage. Tous me félicitaient. J'étais au septième ciel. Le lendemain du procès, Catulle est passé en début d'après-midi. Son départ pour la Bithynie ne cessait d'être retardé. Il est arrivé à l'appartement, gai comme un pinson :

« Allez, champion, il est temps de te détendre. Je t'emmène aux thermes. Tu as bien mérité de te faire un peu tripoter. »

Cinq minutes après son arrivée, le jeune Gaulois est remonté de la taverne où il nous faisait préparer des plats chauds. C'était devenu sa cantine, qu'il avait mise à notre service. Le matin, ils montaient des bassines d'eau chaude pour ma toilette. Le soir, ils livraient des tisanes. Dans la rue, on me prenait pour le nouvel Homère, ou quelqu'un de cette envergure. Catulle s'est jeté sur les brioches aux champignons. Puis il a fait sauter le bouchon d'une amphore de Crassus. Il se régalait mais avait le feu aux fesses. Il a fallu lever le camp sans traîner. Lui et moi, seuls. Il a été très clair :

« Envoie ton petit Gaulois se promener. Sa peau blanche et douce comme un lobe d'oreille me tourne les sangs. Je ne te parle pas de ses poils roux et doux comme la soie. Pas question de l'entraîner où je t'emmène. Il me ferait jouir jusqu'à la pointe des pieds. »

Depuis le début du repas, il l'observait comme un dessert. Ses commentaires ressemblaient à ses vers, violents et tendres, délicats et crus, familiers et élégants. Il parlait comme il écrivait. Rien à voir avec la muse romaine habituelle, pleine de mots grecs, de formules archaïques. C'était naturel. Et vif, car l'encre sous sa plume avait le même rythme allègre que le sang dans son cœur. Ses poèmes glissaient comme l'eau du Tibre. Et impossible de s'insurger contre la familiarité de sa conversation : ses mots tapissaient leurs angles aigus de coton moelleux. Cela dit, même si Leno faisait semblant de ne pas entendre, c'était embarrassant. Je lui ai donné rendez-vous à la fin de la journée. De toute façon, il avait des courses à faire. Dégourdi comme lui seul, il avait obtenu d'un intendant de Clodius des dizaines de jetons donnant droit à l'allocation de farine de maïs des citoyens pauvres. Autant de pris sur les quotas des tribuns de la plèbe, mais passons !

Catulle et moi nous sommes enfoncés dans les rues de Subure. Il connaissait le quartier comme le fond de sa poche. Empruntant des ruelles, se faufilant dans des passages, distribuant sourires et insultes, il nous a menés en quelques minutes à une maison en briques d'apparence solide. J'ai deviné ce qui nous attendait en voyant l'enseigne : un sexe d'homme avec tout son équipement. Pour souligner le caractère spécialisé du lieu, les mots « Thermes de Morkios » en latin étaient inscrits avec les lettres de l'alphabet grec. Catulle était enchanté :

« Retour à la maison, mon coco. Tu n'as pas volé cette récompense. Helvius Cinna va nous rejoindre. Je lui ai appris les secrets de l'hexamètre dactylique d'Alexandrie. Il veut que tu lui donnes des trucs sur les techniques athéniennes. »

Catulle pouvait bien enrouler sa morgue d'ironie, cette fanfaronnade romaine m'exaspère. Quand il croise un Grec, le moindre débris s'imagine qu'on le déshabille du regard. J'ai haussé les épaules. Catulle en a rajouté :

« Tu vas voir, il a un très gros sexe. »

Je l'ai ramené sur terre :

« Tu dis ça parce que tu as de toutes petites mains. »

Il a promis de glisser cette méchanceté dans un poème à la première occasion. Ses vers avaient beau inonder Clodia et d'autres femmes de compliments, sa personne a été reçue en habitué de la maison. Où, comme je m'y attendais, le décor se voulait « héllenistique ». Des colonnes de plâtre entouraient la pièce d'accueil tapissée de fresques évoquant nos temples en bordure de la mer

Égée. Je ne parle pas des pagnes et des chlamydes grotesques du personnel auquel, bien entendu, on bouclait la chevelure. Inutile de préciser que tout ce beau monde était à peu près nu. Quand j'ai parlé grec, personne n'a compris. Ces prétendus éphèbes sortaient d'un trou perdu du Latium. J'étais exaspéré, Catulle se régalait :

« Divine, cette petite bouffée attique, n'est-ce pas ? Et tu n'as encore rien vu ! »

Au lieu de le planter là, je l'ai suivi au vestiaire où un gringalet a rangé nos tuniques sur une étagère en prenant des poses d'hétaïre – que dis-je, de courtisane du coin de la rue. Nous étions seuls dans la pièce mais une centaine de casiers étaient déjà remplis. Dix fois raccommodées, les serviettes encore humides qu'on nous a distribuées avaient vu notre naissance, si ce n'est celle de nos parents. Catulle en a noué une autour de sa taille et a roulé l'autre pour se la jeter autour du cou. Pour un noceur alcoolique, la fiesta ne l'avait pas abîmé. Dans l'obscurité, il pouvait passer pour un légionnaire. Mon apparence l'a moins impressionné :

« Metaxas, tu devrais lire un peu moins de Parménide et un peu plus de poésie. J'ai l'impression que la philo te donne des poignées d'amour. »

Jeune coq ! On verrait dans dix ans. Sans répondre, je l'ai suivi dans la pièce de la piscine. Beaucoup plus grande que je ne m'y attendais. Assis les pieds dans l'eau, une quinzaine d'hommes bavardaient. Rencogné dans l'angle le plus proche de l'entrée pour surveiller notre arrivée, les bras écartés sur le rebord du bassin, Cinna battait des pieds pour travailler ses abdominaux. Il nous a accueillis en déclamant du Catulle : « *Mon acmé, si je ne t'aime éperdument et si je ne suis prêt désormais à t'aimer à toute heure, toute ma vie, autant que l'amant le plus passionné, puissé-je, abandonné dans la Libye ou dans l'Inde brûlée de soleil, être exposé à la rencontre d'un lion aux yeux glauques* ! »

Sur quoi, il a éclaté de rire et bondi hors de l'eau pour nous enlacer. Catulle lui a tapé sur les fesses et a désigné son engin en roulant les yeux. C'était burlesque mais j'ai gardé pour moi mes leçons de vertu et me suis assis sur le rebord de la piscine pendant qu'ils allaient à l'écart jouer à la balle. Avec des épaules carrées, une taille mince comme un col d'amphore et le teint pâle d'une coquille d'œuf, Cinna n'avait rien des poètes alexandrins efféminés dont son style imitait les affectations. Une lumière faible passait à travers les minces ouvertures mais la fraîcheur de l'extérieur, elle, ne pénétrait pas. Ces Romains sont des paysans mais ils maîtrisent mieux que personne les secrets du chauffage. La pièce était chaude et l'eau tiède. Mon œil s'habituant à l'obscurité, mes voisins ont peu à peu acquis leur forme. Rien à voir là non plus avec la Légion Romulus : des vieillards et des boutiquiers. Mieux valait garder les yeux dans sa poche. Pauvre Grèce. Pour qui nous prenait-on ?

Quand les deux gaillards sont revenus transpirant comme des fontaines, on est passé au tepidarium, une pièce accablante de chaleur. L'odeur d'eucalyptus vous enflammait les poumons. Impossible pour moi de rester debout, j'ai dû m'asseoir, asphyxié. Catulle et Cinna, en pleine forme, se sont aspergés d'eau, puis se sont nettoyés avec un grattoir en ivoire en forme de cuiller. Chaque morceau d'épiderme y passait, chacun s'occupant à tour de rôle du dos de l'autre. D'autres clients en faisaient autant, dont plusieurs patapoufs bichonnés par leurs jeunes camarades. N'en pouvant plus, j'ai quitté la pièce sans les attendre pour gagner la piscine froide. Tout autour du bassin, creusées dans les murs, des alcôves accueillaient les corps épuisés – qui ne l'étaient pas tant si l'on en juge par les soupirs qui sortaient de ces petites grottes lubriques. Dans l'obscurité de cette pièce immense et bondée, des jeunes gens nus comme au premier jour passaient d'un recoin à un autre à la recherche de l'aventure et de quelques sesterces. Comparé à certains de leurs clients, j'avais l'air d'Apollon. Tous me souriaient.

Bien entendu, dès qu'ils m'ont rejoint, Catulle et Cinna se sont crus obligés de se précipiter sur moi, de me pousser à l'eau, de me secouer et de se jeter sur mes épaules pour me couler. Ils s'amusaient comme des bambins et je me suis laissé aller à leurs jeux. Pour finir, je leur ai montré qu'un vrai Grec ne se fera jamais battre dans l'eau par un gratteur de lande du Latium. Cinna a bu une bonne tasse, puis Catulle. J'avais peut-être dix ans de plus qu'eux mais aussi quelques kilos et ils s'en sont rendu compte. Ensuite, au moment de passer au massage, ils m'ont confié à une sorte de monstre venu de Nubie qui m'a littéralement roué de coups pendant qu'eux-mêmes se faisaient caresser par deux espèces d'eunuques, doux comme des adolescentes. Plus je grognais, plus ils riaient. À ma droite, étendu sur la table voisine, un masochiste se faisait épiler les aisselles à la pince. Ses gémissements tournaient aux soupirs d'extase. On était chez les fous. Enfin, tout s'achève et on en a fini avec ce supplice. Cinna nous a entraînés vers le stand où des esclaves pelaient des concombres, dénoyautaient des olives, pressaient des oranges et grillaient des pistaches. On a commandé des jus de cédrat et, pour fuir les relents de fritures, de parfums et de légumes, on est partis s'allonger au frais sur une table de marbre à l'écart. Couvertes d'une mosaïque de pâtes de verre aux reflets colorés, ses voûtes donnaient à la salle un air de luxe ébréché. Catulle ronronnait :

« Par Jupiter, comme Rome va me manquer ! »

Ce qu'il préférait dans la Ville, c'était l'anonymat. Parcourir les bouges et ne jamais revoir les mêmes têtes. Des dizaines de thermes, des centaines d'auberges, des quantités de lieux mal famés, des milliers de buissons commodes sur les bords du Tibre ou du Champ de Mars, partout, des filles, des femmes, des soldats, des gladiateurs et, une fois repu, des propriétés divines où se détendre, discourir et goûter la meilleure cuisine du monde. Si tant de mauvais poètes n'avaient pas lu leurs œuvres pendant les soirées, il aurait fait de sa capitale le paradis. Il ne craignait qu'une chose, que cet âge d'or s'achève :

« Cette divine licence n'est permise que par l'absence de toute autorité. Dès que Pompée fronce le sourcil,

César sourit avec clémence. Dès que César s'agace, Pompée passe l'éponge. Si l'un ou l'autre l'emporte, il ne manquera pas d'en appeler aux mannes du vieux Caton qui voyait la décadence dans tous les soutiens-gorge. J'aime bien les vertus de la République mais je sens que ses vices me manqueront. On les regrettera tous, d'ailleurs. Sauf ce faux-jeton de Cicéron qui n'a ni sexe, ni estomac. Le mot amour ne lui dit rien. Il ne cherche que le plaisir d'être admiré.

Cinna ne disait rien. Silencieux, immobile, l'œil en patrouille, il observait les allées et venues des clients et des prostitués comme une panthère attendant son heure. Interpellé par Catulle, il a consenti à exprimer son sentiment :

« Cicéron n'aime pas jouir. Il n'aime que gémir. Pleurer sur son sort, sur la République, sur la pluie en été… Mais ses chagrins ont la légèreté des hirondelles. Ses plumes à peine sèches, il revient nicher sur une cime à la vue de tous. Il paraît qu'en ce moment, ayant déposé tout son honneur aux bottes de Pompée, il cherche par tous les moyens à lécher celles de César. »

J'aurais bien aimé en savoir plus mais, à peine cette information lâchée, il s'est cambré et s'est arraché à nous d'un coup de rein. Il avait repéré une proie et, sur les pas d'un costaud aux avant-bras chargés de bracelets de force, il a disparu dans un petit couloir à l'abri des regards. Catulle était furieux :

« Quel chameau ! Juste la belle bête que toute la piscine matait. Tu parles d'un poète évaporé ! Il fait moins de chichis pour tendre son cul que pour trousser ses vers. Allez, Metaxas, on plie bagages. J'ai rendez-vous à la douzième heure à la Borne Dorée. Tu connais l'endroit ?

— Non.

— C'est de là que sont calculées les distances de toutes les routes de l'Empire. Si tu veux, je t'emmène. Cette fois, il y aura de jolies filles. Tu feras peut-être moins ta mijaurée. »

Comme tout Rome, j'ai aimé Catulle profondément car, gai ou triste, il prenait chaque instant avec fantaisie et entrain. Mais je n'avais plus l'âge de passer une journée entière la culotte entre les dents. Je suis rentré à la maison. Sur le chemin, pour me féliciter encore de mon discours, il m'a acheté une fiole de parfum syrien. Des gouttes à rendre son repas tant elles sentaient la rose. Il m'a ensuite quitté, déçu que je ne l'accompagne pas :

« Mais prends donc un peu ta vie en mains, Metaxas. Tu ne fais que regarder les autres mener la leur. »

Rien n'était plus juste. La nuit tombant, je me suis installé sur le balcon pour y songer et pour profiter des teintes orangées du crépuscule. Dans une heure, le silence envelopperait la ville mais son bruit de fond demeurait assourdissant. Les livreurs réclamant le passage, les clochettes des ânes, les discussions de commères, les marchands pressés de se débarrasser des produits du jour, toute la ville piaillait sous mes fenêtres. Peu à peu, pourtant, le son s'est dilué à mesure que la lumière s'effaçait et recouvrait de nuances sombres les reflets d'or et d'argent des temples parsemés sur l'horizon. Sans doute me suis-je assoupi car le noir et le calme régnaient quand, tout à coup, on a heurté brutalement la porte. C'était Volumnius. Pour qu'il se déplace en personne, l'heure était grave. Clodius m'attendait sur-le-champ.

Chez lui, Fulvia elle-même m'a mené jusqu'à l'immense véranda qui servait de quartier général à son mari dans le belvédère. Assis à son bureau, il tenait entre les mains un papyrus qu'il lisait et relisait. Sans un mot, sans un geste fraternel, il a désigné un siège près de lui, à côté du brasero. Alors, posant la main sur mon bras, il m'a parlé d'un ton las :

« Crassus a rendu le verdict des pontifes. Cicéron peut rebâtir sa maison. Il n'obtient que le dixième de l'indemnisation qu'il réclamait mais le jugement a valeur de symbole. Et le symbole est en sa faveur. »

Le ciel m'est tombé sur la tête. Depuis deux jours, je planais en pleine félicité. Mon coup d'essai était accueilli partout comme un coup de maître. Cicéron avait trouvé un adversaire à sa taille. Cette décision m'a soufflé comme une bougie. Je n'ai émis aucun commentaire. Clodius, avec un sourire, a tenté de me réconforter :

« Ne fais pas cette tête d'obsèques. Tu n'y es pour rien. Même Cicéron n'y a aucun mérite. Ce dindon doit se rengorger mais les dés étaient déjà jetés quand nous sommes entrés à la Regia. Crassus n'a évidemment pas eu le temps de consulter César. Il avait reçu ses ordres avant même le début du procès. C'est tout le problème : César veut ménager Cicéron pour l'arracher au camp de Pompée. Tant pis pour mon amour-propre. »

Mon éloquence n'était pas en cause. Un instant, par pure vanité, j'avais quand même eu le temps d'imputer en moi-même ce revers au développement juridique trop long de Clodius. Il me fallait un rideau pour cacher mon échec. C'était mesquin. L'élégance de Clodius m'a fait honte. Il ne cherchait pas de responsable mais analysait la situation. Sans s'énerver. Il se demandait plutôt quelle réaction ses adversaires attendaient de sa part :

« Cicéron doit plastronner. Il ne peut pas s'en empêcher. On va le voir traîner sur le Forum, prendre des poses, affecter des mines modestes en s'enivrant de compliments. Toute sa comédie habituelle. Mais il va vite se heurter à un mur. On ne peut pas être à la fois l'ami de César et celui de Pompée. Paradoxalement, cette défaite au tribunal me sert plus que lui. On me savait l'adversaire de Pompée, César prouve que je ne suis pas son allié. Rome va voir que face aux trois brigands qui veulent s'emparer d'elle, je reste le seul homme libre. Ils attendent à présent que je me mette en colère, jette la plèbe contre eux et provoque le chaos. Ils auraient beau jeu de me traiter d'incendiaire. Les pyromanes tentent toujours d'endosser une tenue de pompier. Mais je ne leur ferai pas cette faveur. Je tiens toujours la ville et je ne vais pas bouger. Pour l'instant, on fait le dos rond. Nos blessures d'amour-propre cicatriseront pendant que les désillusions de Cicéron fleuriront. Dans le combat qui se prépare, c'est l'idiot utile, rien de plus. Une marionnette entre les mains de César et de Pompée sous les yeux furieux de Crassus. Une couleuvre sans croc à venin. Une eau tiède qui épouse la forme de toutes les carafes. S'il croit qu'on empêche un coup d'État avec quelques amendements au Sénat, il filera comme l'eau dans le sable. »

Il s'est levé, m'a pris par le bras et m'a entraîné vers une fenêtre dominant la ville obscure, endormie et calme comme une bergerie. D'un geste du doigt, il a fait signe à un esclave de nous apporter à boire. On nous a servi du vin de Falernes. Clodius a heurté sa coupe contre la mienne et m'a passé le bras autour de l'épaule. Il semblait détendu, souple comme un chat qui retombe toujours sur ses pattes. Le décor, le silence, le luxe, sa toge blanche immaculée, tout murmurait : « Ne nous inquiétons pas. » C'est exactement ce qu'il pensait :

« La trahison de César m'ouvre les yeux. Il doit s'attendre à ce que je revienne en rampant m'assurer de son amitié. Mais qu'il n'y compte pas. Nous allons rester quelque temps dans notre panier. Et, tu verras, ils reviendront nous caresser. »

Passés dans son âme, les immenses hasards de l'existence l'avaient rendu patient. Ma vie, elle, redevenait étroite comme un long couloir dont il était la seule porte. Quand il m'a demandé à quoi je pensais, j'étais amer :

« À moi, comme toujours. J'ai l'impression d'être dans une salle d'attente. Tu me dis de ne rien faire, j'y arriverai. Mais les journées risquent d'être longues.

— Pauvre petit Metaxas : tu découvres que les dieux ont mal fait le monde. Rappelle-toi Épicure : les journées sont trop longues et la vie trop courte. »

Qu'il s'amuse de mes états d'âme ne m'a pas surpris. Clodius était sarcastique. Mais il était aussi attentionné. Si je craignais de m'ennuyer, il m'a prié de ne pas m'inquiéter. Un nouveau débat s'annonçait déjà entre les triumvirs. « Venu d'Égypte », a-t-il dit. J'aurais voulu en savoir plus mais il n'a rien révélé. Il m'a juste demandé de continuer d'observer Rome en conservant l'œil d'un étranger capable de discerner les anomalies que les habitués ne voient plus. Puis il m'a serré contre lui et m'a entraîné vers l'escalier. Fulvia nous attendait pour le dîner. Nous sommes restés deux heures à table. Toute notre jeunesse y est passée. Oreficos, Tchoumi, Athènes, Mithridate et Lucullus ont servi de plats de résistance. Fulvia a posé mille questions sur nos rapports amicaux. On ne lui a pas tout dit. Quand je suis rentré, il pleuvait des cordes. Volumnius ne m'a accordé que deux gardes. Par ce temps, ni les voyous ni leurs proies ne mettaient le nez dehors.

Chapitre 10

Toute la nuit, j'ai entendu l'eau taper sur le toit. De véritables trombes. À l'aube, la tempête a repris son souffle. Un arc-en-ciel est même apparu. Puis un second. Juste un entracte. Ensuite c'est reparti. Et ça n'a plus cessé. Grain, averse, grain, déluge, averse, torrent, averse… Les nuages avaient élu domicile au-dessus de nos têtes. Personne n'avait jamais vu ça. Toute clarté avait fui. La pluie s'était emparée de la ville. Plus ravageuse encore que les Gaulois de Brennus. Le grand égout du Forum a débordé. La place est redevenue un vrai marécage. Des murets en briques imbibées d'eau ont commencé à s'effondrer, des débris de bois flottaient dans les rues sur un tapis de légumes pourris et d'excréments pestilentiels. On pataugeait dans une boue mauve. Une infecte odeur de moisi s'infiltrait partout. Rien ne séchait. La cité effrontée, cynique et bruyante pleurait toutes ses larmes jour et nuit. Dans ma rue, un immeuble de trois étages s'est abattu. Une horreur. Des dizaines de personnes sont sorties en morceaux, beaucoup d'autres n'ont pas réapparu. On n'entendait que des cris de désespoir quand, trois ou quatre heures plus tard, l'immeuble voisin, à son tour, a dégringolé sur les sauveteurs. Toutes les constructions bricolées en bois, torchis et briques sont devenues suspectes. Les gens s'entassaient dans les temples. Les rares bâtiments en pierre se sont transformés en arches de Noé. Entre le rez-de-chaussée et le deuxième étage, trente personnes campaient dans notre escalier. Nos vies tenaient sur pilotis. Et impossible de se nourrir. Le Cirque ayant fermé, les auberges se retrouvaient dégarnies. D'habitude, les animaux tués dans l'arène les alimentaient. La piste était coupée.

Le quatrième jour, venu à bout de nos réserves d'olives et de raisins secs, je me suis réfugié chez Diana Metella. Elle s'apprêtait à quitter la ville. Direction : Baïes. Toute la haute société rouvrait ses maisons de vacances sur la baie de Naples. Elle-même s'installerait chez Clodia. Trop contente d'échapper à un voyage en solitaire, elle m'a emmené dans ses bagages. J'ai laissé Leno au sec chez elle avec pour mission d'aller chaque jour surveiller notre appartement.

Plutôt que d'un voyage, il faudrait parler d'une déroute. L'Aventin et le Palatin se bousculaient sur la Via Appia. Seul Clodius manquait à l'expédition. Tout juste élu édile, il avait en charge l'entretien et le ravitaillement de la ville. Submergé de tâches, il était rivé à son poste. À la sortie de Rome, les piétons dépassaient les équipages englués dans les encombrements. Impossible plus tard de se loger dans les hôtelleries habituelles. On a dormi dans les carrioles. L'ayant vécu cent fois, je n'y ai pris aucun plaisir.

Au contraire, tout divertissait Diana Metella, novice en ces matières. Sauf la veille de notre arrivée, la troisième nuit, quand nous sommes tombés sur des détachements de la Légion Numance. Basée en Hispanie, cette troupe de choc de Pompée n'avait rien à faire en Campanie. Explication : elle escortait Ptolémée XII, le souverain d'Alexandrie qui avait choisi ce moment pour visiter Rome. Conséquence : sa suite occupait toutes les résidences vivables. Un instant, Diana Metella a cru au miracle quand Caelius Rufus est apparu. Il accompagnait le pharaon. Il l'a saluée poliment. Puis s'est brièvement excusé de ne rien pouvoir faire pour elle. J'étais assis à côté d'elle dans sa litière mais ses yeux ont glissé sur moi comme sur un drap. Nous avons donc aussi passé la dernière nuit en plein air. Excédée, même Diana Metella a trouvé que la fête était trop longue. Heureusement, le lendemain, parvenue chez Clodia, il lui a suffi de quelques pas sur la terrasse pour retrouver son inquiétante bonne humeur d'arbitre péremptoire et assassin du bon goût, du bon ton et du bon style. Elle allait se régaler. Réfugiée comme nous loin du chaos, toute la noblesse du Palatin se prélassait sur les collines dominant la baie. Dans ce paradis, même sous la bruine, le ciel semblait toujours bleu. Des résidences immenses s'étageaient à perte de vue au-dessus de la petite ville. Leurs architectes ne se remettaient pas d'avoir découvert le marbre. Ils en mettaient partout. Plusieurs appartenaient à de grandes familles. Pas toutes. Diana Metella s'en est amusée :

« On a laissé s'installer les affranchis, les plébéiens qui se croient un avenir, les nouveaux riches, les étrangers qui font leur cour à Rome… Ce sont eux qui payent les fêtes. La bourse grande ouverte, ils sont persuadés de se faire des relations utiles en nous invitant à leurs soirées. Des Libyennes ou des Macédoniennes présentent leurs filles comme des trophées à des fins de race sénatoriaux. L'été dernier, une Hispanique richissime a supplié un rejeton Sylla de prendre son fils pour esclave afin de l'adopter. Elle lui promettait le revenu de mines d'étain inépuisables en échange de notre citoyenneté. Il a accepté. Ce clan n'a même plus assez de sang dans les veines pour rougir. Songer que son oncle, d'ailleurs blanc comme la craie, régnait sur Rome ! Dévêtue à ce point, la morale républicaine donne le frisson. »

Un homard royal parlant de sardines à l'huile ne se serait pas exprimé autrement. Clodia, qui nous avait rejoints sur la terrasse, a prié sa tante de se calmer :

« Les Sylla n'ont même plus les moyens de changer leurs toges. Ne leur parlez pas de luxes comme la dignité. »

Haussant des sourcils de maîtresse de maison surmenée, elle nous a confiés à un intendant et a promis à sa chère tante d'organiser très vite une petite croisière musicale. Tout Rome connaissait de réputation ses promenades en musique le long des plages pendant les soirées d'été. Il faisait trop froid à présent pour attendre la tombée de la nuit mais, promis, on embarquerait au premier après-midi de grand beau temps. De toute façon, on ne s'ennuierait pas. Des réceptions se préparaient dans toutes les propriétés rouvertes.

Pendant cinq jours, en effet, on est allés de bal en bal. Les Flavius ont même organisé une régate. C'est à cette occasion d'ailleurs que j'ai vu arriver les bateaux dans le port que nos rameurs venaient de quitter : Dion d'Alexandrie en personne rejoignait Rome. Cinq navires très hauts sur l'eau, lourds sur la mer, surchargés de décorations sculptées à la proue et pleins de cadeaux dans leurs cales. Après Ptolémée, débarqué une semaine plus tôt, venaient les émissaires du camp adverse. Et là, miracle, l'universel regard dédaigneux de Diana Metella s'est transformé en politesse respectueuse. Rome méprisait la terre entière, sauf l'Égypte. L'étiquette pharaonique datait déjà de deux mille ans quand une louve allaitait encore Romulus et Rémus. Personne ne l'avait oublié sur les bords du Tibre.

Dès que Dion eut jeté l'ancre, les Scipion organisèrent une réception pour le présenter à la société de Baïes. Qu'on vienne de Numidie, de Cyrénaïque, de Nubie ou d'où que ce soit en Afrique, leur clan préemptait toute action de relations publiques en faveur du continent « familial ». Leur propriété regorgeait de souvenirs des guerres puniques. Sur une terrasse spectaculaire face au Vésuve, ils avaient même ramené une statue en marbre noir de Bââl. Démesurée et magnifique, elle tendait les bras comme pour recevoir les enfants qu'on lui offrirait en sacrifices. Pour la soirée, ils avaient dressé un obélisque devant l'entrée de la maison et aligné une dizaine de sphinx le long de l'allée d'arrivée. Le tout en carton-pâte – comme pour justifier le surnom de la propriété que tout Baïes avait rebaptisée « Carthonnage ». Baïes regorgeait d'artisans capables de répondre à toutes les lubies des vacanciers. Une armée d'esclaves assurait le service, déguisés en paysans des bords du Nil : un pagne blanc, des sandales sommaires et un voile blanc sur la tête. Inutile de dire que, la nuit tombée, ils étaient frigorifiés. Les buffets, eux, présentaient des agneaux grillés, des pains en forme de scarabées, des dattes, des figues, de la confiture d'oignons, des melons, des grenades sous toutes les formes…

Diana Metella m'avait abandonné comme un sac trop lourd dès notre arrivée. Elle butinait d'un groupe à l'autre. Du coin de l'œil, je la voyais tenir sur son ton glacial habituel des propos qui déclenchaient les éclats de rire de ses interlocuteurs. À force, j'imaginais parfaitement les rosseries enrubannées et les commentaires assassins dont elle les enchantait. Pour une fois, elle n'était pas vêtue de rouge. Tout en noir, assortie à ses cheveux laqués comme un casque, elle avait l'air d'une libellule d'acier. Présentée à Dion par Clodia, elle le prit par le bras et dut lui parler de moi car il se tourna dans ma direction. De là à m'appeler, non. Je n'avais qu'à dialoguer avec mon verre. Solitaire, je sirotais d'ailleurs une mystérieuse bière à l'arrière-goût de miel en observant le Bââl de marbre quand on m'a tapé sur l'épaule :

« Savez-vous qu'en phénicien, Hannibal signifiait "aimé de Bââl" ? »

Stupeur, c'était Caelius, l'amant de Clodia, revenu de Rome où il avait déposé Ptolémée. Trois heures plus tôt, chez Clodia, comme à son habitude, il m'avait croisé sans me voir. Sauf qu'arrivée à son bras à la réception Scipion, elle l'avait abandonné dès l'entrée. Depuis quelque temps, elle ne lui adressait plus la parole. Leur idylle battait de l'aile. Du coup, isolé et mélancolique, il s'est rabattu sur moi. Il prenait la Grèce pour une domestique de l'empire, s'est vanté de ne pas lire les philosophes et, pour achever de faire son intéressant, a fait l'éloge de Cicéron, son ancien maître, quand il envisageait de faire le barreau. Mais enfin, proche de Crassus et, désormais, de Pompée, il connaissait le dessous des cartes. En particulier, celles concernant Dion. J'ai tendu l'oreille. Et je dois dire, à mon corps défendant, que les leçons du Pois Chiche n'avaient pas été vaines. Caelius résumait en quelques mots n'importe quelle situation, même la plus confuse – et il n'y a pas de politique plus absurde, plus imprévisible et plus aléatoire que celle d'Alexandrie. Seul défaut propre à son caractère, il insultait tous les êtres dont le nom apparaissait dans sa conversation. Tout souverain qu'il fût, il méprisait Ptolémée :

« Il a pour emblème un crocodile et il ne pouvait mieux choisir : grande gueule et petits bras. L'an dernier, quand nos troupes ont envahi Chypre où régnait son frère, il n'a même pas émis une protestation. À Alexandrie, on ne l'appelle que "le joueur de flûte". Et ce qui devait arriver est arrivé : la foule a chassé cette lavette du trône. À sa place, ils ont installé sa fille Bérénice. Maintenant, bien entendu, il pleurniche. C'est son seul registre. Et c'est pourquoi il est parmi nous. Il vient chercher de l'aide.

On dit qu'il offrirait six mille talents d'or à Pompeux le Magnifique pour que ce gros mou sentencieux lui rende sa ville. Une délégation de mille personnes l'accompagne. Tous ses prêtres, ses eunuques, ses chiens, ses chats et sa smala négroïde. Une horreur ! Sans oublier sa fille, Cléopâtre, une gamine de douze ans qui fait de l'œil à ses poupées, aux murs et à ses miroirs. Son père et elle sont logés chez Pompée. Elle se maquille dès l'aube, se prend pour Nefertiti et s'exhibe comme une otarie savante. Dire qu'on va sacrifier des légionnaires pour ces deux charlatans. »

Hostile à ce point au roi détrôné, il aurait dû voir avec sympathie l'ambassade adverse qu'Alexandrie et Bérénice envoyaient au Sénat plaider leur cause. Pas du tout. Dion a eu droit au même traitement :

« Sa philosophie est profonde comme une flaque. C'est juste un rhéteur qui fait de belles phrases. Il n'a aucune idée arrêtée sur le sort d'Alexandrie. Il va défendre le pour avec certains et le contre avec d'autres. Ces Alexandrins se croient très malins, très subtils, très cultivés. Ils nous envoient un prestidigitateur. Ils veulent refaire ce qui avait réussi à Athènes quand Carnéade, un philosophe érigé en ambassadeur, avait mis le Sénat dans sa poche par ses tours de magie verbale. Mais Dion va tomber de haut. Pompée et César veulent l'un et l'autre envahir l'Égypte. Le sort de sa ville est déjà scellé. Reste à savoir qui de Ptolémée ou de lui mettra le plus d'or sur la table pour retarder l'échéance. »

Carnéade était une légende à Athènes. En cours, on apprenait les discours contradictoires sur la justice qu'il avait prononcés devant le Sénat romain en l'an 597 (*156 avant J-C*). Le premier jour, il en avait fait la mère de la civilisation. Le lendemain, il l'avait réduite au rang de valet des puissants. Oreficos nous présentait sa méthode comme la dialectique « thèse-antithèse-foutaise ». Rire de ces braves Romains bernés par un scepticisme aussi enfantin était un de ses petits plaisirs. De l'autre côté, rire des Alexandrins faisait la joie des Romains. Assis sur le rebord de la balustrade en pierre surplombant le panorama, Caelius ne s'en est pas privé :

« Il faut voir leur fameux Dion, avec ces chiens sans poils aux yeux exorbités que les Égyptiens traînent partout avec eux. Je ne parle pas de la toile de tente qu'il porte sur lui. Avec sa perruque à papillotes, il a l'air d'une diseuse de bonne aventure. Sur le Forum, on lui donnera la pièce. »

Tout à coup, il s'est tu. Et a bondi sur ses pieds. Tout juste s'il ne s'est pas figé au garde-à-vous. Sorti de la coulisse, notre hôte venait de se matérialiser en majesté, le menton dressé vers le haut et le regard tombant vers nous, scipionnesque en diable. Il tenait Dion par le bras. Clodia, qui les accompagnait tout sourire, a prié Caelius de nous laisser un instant. S'il avait eu son glaive sur lui, elle y passait. Moi aussi, d'ailleurs. Il m'a foudroyé du regard. Diplomate, Dion lui a concédé une espèce de salut asiatique avec hochement de tête et mains jointes sur la poitrine. Puis, se tournant vers moi, il m'a appelé en souriant « cher collègue ». La fatuité de Scipion devait commencer à le fatiguer car, au bout de quelques instants, on s'est retrouvés seuls, Dion et moi. Et par quoi a-t-il entamé notre conversation ? Par les phrases les plus connues du premier discours de Carnéade au Sénat. Il s'en était imprégné. Pour autant il ne comptait pas l'imiter. Son modèle était plutôt César :

« J'ai lu et relu ses *Commentaires* sur la campagne en Gaule. Je vais lui emprunter ses meilleures formules. Il parle bref. Ses discours sont frais comme l'eau. Rien à voir avec Ptolémée dont les phrases font la roue. Il va les entortiller de promesses, de formules creuses, de compliments excessifs. C'est une caricature de poussah levantin jetant son affection sur tout ce qui bouge. Un vrai paillasson. À mon avis, il aura vite fait d'exaspérer le Sénat. Au contraire, avec le ton de César, Alexandrie et moi aurons l'air d'avoir une colonne vertébrale. Rome verra vite quel est l'allié le plus fiable. »

S'il croyait que la raison l'emportait encore au Sénat, le pauvre rêvait éveillé. Je lui ai conseillé de rencontrer plutôt Clodius. Alexandrie aurait le soutien des héros de la plèbe si elle promettait de belles livraisons de blé. Ce serait plus efficace que le meilleur des discours. Il était prêt à en convenir quand Caelius est revenu :

« Ça suffit, les filles. Trêve de parlote. Suspicion l'Africain en a marre de vous voir comploter. Dion est attendu pour le souper privé. Toi, Metaxas, tu peux rester rêver face aux étoiles. »

Ce type était odieux. Pour lui, tous les Grecs étaient dresseurs de chiens, coiffeurs, manucures ou philosophes homosexuels. Dion a haussé les épaules et promis de me revoir à Rome. Revenu vers les buffets, je suis tombé sur Maïa Sempronia Litrana. Elle m'y guettait :

« Quintus a embarqué pour la Syrie avec votre ami Cassina. Ils vont lever des troupes. Ça ne se fera pas en un mois. Je suis libre. Et j'ai rouvert notre maison à Herculanum. »

Elle ne m'a pas attendu longtemps. Deux jours plus tard, Clodia et Diana Metella ont plié bagages. Sans moi. Elles rentraient à Rome mener campagne pour Dion et ont partagé un char si vaste qu'il soutenait un toit en bois. Avec ses rideaux de soie rouge, on aurait dit un temple ambulant. J'ai filé à Herculanum. Resté sur place pendant six courtes semaines, je me suis pris pour un jeune homme. Maïa était heureuse avec tranquillité, persuadée que tout bonheur lui était dû. Sensible mais retenue, juste, paisible, elle n'avait pas l'agaçant besoin de créer des tourments avec des riens. Nous étions, elle et moi, comme une barque sur l'océan. Le temps coulait avec une langueur de ruisseau. Auprès d'elle, les mots grandioses n'auraient fait sentir que leur vide. Ni ses phrases ni les miennes ne donnaient à croire plus qu'il n'y avait. Comble de bonheur : la bibliothèque possédait des centaines de rouleaux ! Comme les autres, la pièce était démesurée. Dans certaines salles, même les murmures avaient un écho. Une femme, la mer et des livres… Sans les odeurs de soufre parfois ramenées du Vésuve par le vent, je me serais cru aux Champs-Élysées où, selon Homère, *« on ne sent partout que zéphyrs dont les brises sifflantes montent de l'Océan pour donner la fraîcheur aux hommes »*. Le matin, je me promenais sur la côte. Hors saison, les chemins étaient déserts, un calme de mort régnait, l'ennui semblait à tous aussi naturel que le soleil. Quelques nuages se heurtaient parfois au volcan, passagers. J'évitais de penser à Tchoumi, refusais de songer à Diana Metella et m'apprêtais à rester des mois à l'ombre du bienveillant Vésuve. Erreur. Un message urgent m'a ramené sur Terre.

Dion était mort. Assassiné. Clodius m'attendait sur-le-champ.

Chapitre 11

Observer le monde depuis Herculanum, c'est boire de l'eau. À Rome, on renoue avec le vin. La terre entière attend derrière la porte. Qu'importe que le ciel soit encombré, gris ou sale, tout s'agite, jusqu'aux boutiques les plus pauvres et aux auberges les moins fréquentables. En un mois, la ville avait retrouvé son apparence normale, chaotique et luxueuse, consulaire et boueuse. Le Tibre avait regagné son lit, les latrines ne répandaient plus d'odeur fétide, les eaux s'étaient retirées des terres maraîchères, les épiceries vendaient à nouveau fruits et légumes. La foule était réapparue, partout, innombrable, immuable et menaçante comme l'eau des rivières, prête à tout submerger de joie, de fête ou de colère.

Dans le désordre provoqué par les déluges de l'automne, Leno avait récupéré vaisselle, couverts, draps, couvertures, chandelles, charbon de bois et autres reliefs de logis ravagés. Pour arrêter les courants d'air, il avait installé d'épais rideaux de laine devant le balcon. Un intérieur de courtisane n'aurait pas proposé plus de confort. On aurait dit que j'habitais les lieux depuis vingt ans. Face à mon lit, il avait fixé des volets comme si on avait creusé une petite ouverture supplémentaire ; en les ouvrant, on tombait sur une fresque peignant une jeune femme en pleine fellation sur un homme ayant mes traits. À Herculanum et à Baïes, j'avais vu plusieurs de ces scénettes érotiques aux murs. C'était la mode. Il a prétendu s'être inspiré de celles vues dans le vestiaire de Fulvia.

Diana Metella, elle, demandait chaque matin s'il avait des nouvelles de moi. Pas question de la laisser lanterner. Sa présence dans une pièce fait monter la lumière. Elle est à la fois odieuse et exquise comme on peut être un méchant buveur d'eau ou un délicieux ivrogne. Chaque jour, depuis six semaines, elle m'avait manqué. Entre nous, mauvaises pensées et parfaite complicité marchaient du même pas. J'ai filé sur l'Aventin. Elle m'a reçu dans son atrium, droite, osseuse et métallique, tendue comme la flèche prête à quitter l'arc. Je l'ai embrassée. Elle m'a serré contre elle un instant de plus que ne le voulaient nos liens. Pour m'accueillir, je redoutais qu'elle se fasse les crocs sur Maïa Sempronia Litrana. Diana Metella tranche les têtes d'un mot. Elle n'y a pas manqué :

« Une nouvelle femme, c'est comme une fenêtre qu'on ouvre. Puis qu'on referme. Ne parlons pas de votre souris. Si pâle, si unie, si fraîche, si lisse, sans un pli, une tache ou une ombre. Un mois et demi face au vide, il était temps de rentrer. Ici, à Rome, tout se précipite. Clodia et Caelius se sont séparés. Pour être plus précise, elle l'a chassé. De dépit, il est passé au service de Pompée. Dont il exécute les basses œuvres. C'est lui qui a orchestré l'assassinat de Dion. »

Jamais un membre de la plus haute société ne laisse associer son nom à un tel méfait. Il l'organise puis se glisse dans l'ombre et ne réapparaît qu'à l'heure de pleurer en public. Caelius ne pouvait être aussi maladroit. Voyant le doute apparaître sur mon visage, Diana Metella a esquissé un sourire de fée malveillante. Puis s'est penchée vers moi :

« Maintenant, saisissez les bras de votre fauteuil. Et devinez qui il a trouvé comme complice. La Pythie n'aurait osé proférer une telle incongruité. Même moi, j'ai eu du mal à l'admettre. »

De là à donner un nom, patience. Faire durer le suspense était un de ses plaisirs en société : d'abord elle annonçait une énormité, puis elle glissait phrase sur phrase entre la promesse d'une révélation et son énoncé. La dernière fois, à Baïes, Clodia s'était levée de table :

« Je reviens dans dix minutes quand ma chère tante donnera la solution. »

Ce fut plus court. L'aveu était trop délectable :

« Cicéron en personne, le dernier chienchien de Pompée. Il va défendre l'assassin. »

Cicéron se faisant l'avocat du meurtrier d'un ambassadeur pacifique défendant le droit de son peuple, en effet, c'était ahurissant. D'autant que, coup du sort pour Pompée ou sortilège d'Isis, le tueur avait été vu : un certain Publius Asicius, inconnu au Forum mais pas au bataillon. C'était un de ses intendants, un de ses anciens commandants de légion en Espagne ! L'indignation emporta tous les calculs. Jamais accusation ne fut si vite montée. La cause était perdue. D'abord Caïus et Titus Capionus, qui logeaient Dion, désignaient Asicius et n'en démordaient pas. Ensuite, et pire encore : pour prouver son intimité avec Pompée, ce fanfaron d'Asicius s'était vanté de son acte. Pourtant, sûr des effets de son éloquence, Cicéron garantissait un acquittement pour peu qu'Asinius lui apportât un alibi. Or, qui vint, témoin providentiel, affirmer sous serment qu'Asicius était chez lui, sur l'Esquilin, à l'heure du crime ? Caelius !

Au moment d'expliquer le motif de Caelius, Diana Metella s'interrompit. Pour m'agacer, elle appela une servante et la pria de m'apporter un sorbet à la rose. Les siens étaient célèbres dans tout Rome. Elle avait promis les galères à son cuisinier s'il en livrait la recette à quiconque. Enfin elle daigna m'expliquer pourquoi Caelius Rufus, le plus jeune et sans doute le plus beau des sénateurs, s'abaissait à une telle indignité :

« Pour que Pompée paye ses dettes envers Clodia. Logé et entretenu par elle depuis deux ans, il lui doit de grosses sommes et elle, blessée dans son amour-propre, entend lui faire rendre gorge. »

Le plus inouï est que le jury reçut le témoignage de Caelius. Face à la parole d'un sénateur, les propos de deux plébéiens furent balayés avec mépris. Asicius fut acquitté. Diana Metella ne décolérait pas :

« À présent, toute honte bue, Pois Chiche se prélasse dans sa nouvelle gloire comme dans un bain de boue. Peu importe qu'il paraisse plus que jamais le valet de Pompée, le Forum et le Sénat redécouvrent qu'il reste maître de son art. »

Je résume son propos en quelques paragraphes mais, ornementé par sa verve, il prit deux bonnes heures. Chaque nouveau nom énoncé dans son récit était accompagné de divagations mondaines ou politiques. Personne n'en sortait indemne, pas même les malheureux délégués égyptiens. À Baïes, frappée par l'air hypnotique que donnaient à Dion ses yeux écartés, elle l'avait traité de mage exotique. Les dizaines d'envoyés qui l'accompagnaient ne lui plaisaient pas plus. Elle trouvait les « Levantins » mielleux, enlaçants, parfumés, caressants, envahissants, flatteurs, complimenteurs et flagorneurs. Elle avait des épithètes assassines pour leurs tenues, leur manie de se raser comme des filles, leurs chiens. Jusqu'à leur odeur d'encens lui soulevait le cœur. Ne parlons pas de leur ville. C'était Sodome. Quant à ses fameux philosophes, à l'entendre, ils donnaient surtout des cours la nuit, toge relevée, à des marins dans les tavernes du port. C'était faux mais drôle. À Athènes aussi, on les trouvait exaspérants, toujours à brouiller l'eau plate de leurs raisonnements pour la faire croire profonde. Cela dit, entre les crocs de Diana Metella, leur sort était plus enviable que celui de Pompée. Elle le méprisait :

« Il récite ses exploits comme ses tables de multiplication mais il vit sur son passé. Sans doute ses victoires en Espagne, contre les pirates, contre Mithridate, contre Spartacus l'ont-elles fait grimper marche après marche jusqu'au Capitole, mais il redescendra par la fenêtre. Son armure fait un bruit de ferraille. L'entendre jouer les soldats m'amuse. Quand on dîne avec lui, il ne répond pas "oui" mais "affirmatif". C'est grotesque. César passe outre ses conseils, Crassus va partir pour la Syrie sans son accord et il garde les bras ballants. Il hésite, patiente, tergiverse, gémit et menace en vain. Comme les tonneaux vides qui sont les plus bruyants, il parle fort mais reste là, inactif, à rouiller. C'est une selle sans cheval. Vous devriez le voir dans son palais, à l'écart du Champ de Mars. Il est empesé, raide, gonflé et doit maintenant peser deux cents livres mais fait la roue comme s'il prenait la pose devant Phidias. Si vous voulez qu'il vous écoute, il faut se déguiser en miroir. Il déguste les flatteries comme un bébé tète le sein. Des naïfs le croient encore prêt à tout mais il n'est plus bon à rien. Dire qu'il roulait comme le Rhône au mois de mars, aujourd'hui c'est le Tibre en août. Cicéron va avoir de mauvaises surprises avec lui. Leur association, c'est Minus et Minimus se prenant pour Ajax et Ulysse. »

On en était enfin arrivé à Cicéron. Je n'en pouvais plus d'attendre. Diana Metella a bien entendu fait durer le plaisir. Sur un signe de sa part, une domestique a apporté son repas : trois dattes, trois olives, trois radis, un morceau de fromage et une fluette tranche de pain sur un plateau d'argent. Tout sourire, elle m'a proposé de partager son festin. Puis elle a éclaté de rire, son tonitruant rire de cérémonie, et demandé à la jeune femme de servir « quelque chose de consistant pour une panse grecque nourrie à la cervelle de Pythagore ». Quelques instants plus tard, la jeune femme m'a apporté le même menu en dix fois plus copieux. Agrémenté d'une cuisse de poulet et d'une épaisse tranche de pain. Sans une goutte de vin. Diana n'en avait pas bu depuis vingt ans et n'a pas jugé bon de m'en offrir :

« Je ne veux pas que votre attention s'égare. À présent, vous allez entrer en jeu. L'heure est venue de présenter à Pompée la facture du meurtre de Dion. Or cet âne présomptueux vient de nous en offrir l'opportunité. Plus que jamais résolu à mettre la main sur l'or de l'Égypte, il s'y est pris à sa manière, pesante et autoritaire. Sans consulter Crassus ni César, sans même agiter ses réseaux au Sénat, il a donné l'ordre aux gros sabots d'un plébéien, récent et insignifiant tribun, de porter un décret afin que Rome lui confie le rétablissement de Ptolémée sur son trône. Une telle outrecuidance a sorti le gros Crassus de ses gonds.

— Ça n'est pas très difficile. Il a la tête près du bonnet.

— Sans doute. Mais Crassus a aussi de l'expérience. C'est un sénateur blanchi sous le harnais. Ses langes étaient déjà taillés dans une toge prétexte. Depuis le temps que la famille Licinius est chez elle à la Curie, elle a appris à ne pas la traiter comme une caserne. Ses vieux débris apprécient les égards. Ils détestent se voir contraints de dire sur-le-champ oui ou non à un homme qui a pouvoir de vie ou de mort sur eux. La mise en demeure de Pompée les a ulcérés. Ils seront ravis de lui clouer le bec s'ils peuvent le faire sans y paraître. Or Crassus a trouvé la solution. Une solution très ingénieuse. »

À cet instant, Diana Metella s'est interrompue. Silencieuse, elle m'a fixé les yeux dans les yeux. Puis elle m'a interpellé :

« Enfin, Metaxas, vous m'écoutez ou vous dormez ? Je dis que Crassus a trouvé une solution très ingénieuse et vous opinez du bonnet. Réveillez-vous. Cette bonbonne est du même bois que Pompée. S'il était à la manœuvre, on irait droit à la catastrophe. C'est Clodius, évidemment, qui mène les opérations. Dans sa famille aussi, ils manipulent le Sénat depuis cinq siècles. Il ne va pas le secouer. Toutes ses vieilles pommes tomberaient des branches. Au lieu de ça, il a lancé une accusation contre l'âme damnée de Pompée, Titus Annius Milo. Un rien-du-tout, sorti de nulle part. Une espèce de gladiateur aux bras larges comme des étais. Et, depuis quelques mois, le coupe-jarret de Pompée. Or, cet été, Milon et sa bande ont occupé l'enclos du Champ de Mars pour empêcher l'élection de Clodius à la fonction d'édile. En vain, mais cela autorise mon cher neveu à le convoquer au tribunal. Et là, pour le plus grand plaisir de Crassus qui n'y serait jamais parvenu, il a cité Pompée à comparaître. »

C'était tellement romain. Un incompréhensible embrouillamini juridique. J'étais dépassé. Diana Metella s'en est amusée :

« Pauvre petit Grec, vous n'y comprenez rien. Pourtant, c'est très simple. Clodius vous a fait revenir pour que vous lui rédigiez un réquisitoire ironique et blessant contre Pompée. Une diatribe à votre manière, insinuante et drôle. Ne retenez pas votre plume. Pour mon neveu, c'est un moyen de se réconcilier avec César qui lui bat froid. Et, pour vous, c'est l'heure d'entrer dans l'Histoire. Montrez les ridicules de celui qui se prend pour Pompée le Grand et parle de lui à la troisième personne.

— Tout comme César, ai-je fait remarquer.

— En effet. Mais vous êtes prié de l'oublier. »

Si elle espérait mobiliser toute mon énergie, elle a déchanté. Tout à coup, j'ai vu ma fin arriver. Un étranger, grec de surcroît, donc prétentieux et viril comme une tulipe, attaquant le plus grand général de Rome. C'était de la folie. Diana Metella pouvait bien faite tinter à mes oreilles la cloche de l'orgueil, j'ai entendu battre le glas. Elle a dû se pencher quand j'ai répondu. Je n'avais plus de voix :

« Clodius et vous, voulez ma perte. Passe encore de m'offrir le scalp de Cicéron. Mais Pompée ! Je signe mon arrêt de mort. »

Bien sûr, Diana Metella le sentait. Mais elle pressentait aussi beaucoup d'autres choses. Elle m'a entraîné vers la terrasse, un simple carré de pierre à l'arrière de la maison et à l'ombre d'un pin parasol qui, l'été, suffisait à rafraîchir son bout de jardin. Le soleil d'hiver réchauffait l'air. Elle m'a pris par le bras. Et par les sentiments :

« Ne me croyez pas cynique, Metaxas. Vous m'êtes plus que précieux. Je ne jetterais pas une couleuvre que j'aime en plein nœud de vipères. Dans trois ans, Rome fêtera ses sept cents ans. Désormais, les ennemis dangereux, nous nous les fabriquons nous-mêmes. Remporter ici un grand procès a désormais autant de prix que vaincre au loin une armée indigène de plus. Ce que je vous offre, c'est un triomphe. Et un triomphe digne d'estime. Décolorer les plumes de Pompée, c'est défendre la République. Ce paon n'est que la marionnette d'une élite égoïste qui nous mène à la révolution. Ce que Cicéron et lui veulent, c'est que rien ne change. Faire danser les grands mots et verrouiller les petits calculs. Trouvez les termes pour que les invectives de Clodius le clouent au pilori. L'éclat du succès vous protégera. »

Elle m'a laissé partir. Auparavant, elle m'a remis de la part de Clodius une bourse de trois mille sesterces. Une preuve de son soutien que j'ai reçue avec amertume. On me payait comme un comédien. Sur le chemin de l'appartement, l'esprit embrouillé et la conscience inquiète, je me suis perdu dans les étroites rues de l'Aventin, puis du Palatin. Jusqu'à me retrouver sur une petite place encombrée de tas de sable, de madriers, de tuiles amoncelées, de pierres et d'instruments de travail. Étrange signe du destin, j'étais sur le chantier de la maison de Cicéron, à l'ancien emplacement de la malheureuse statue de la Liberté. La nuit tombait, les ouvriers avaient quitté les lieux, on apercevait le temple de Jupiter, au sommet du Capitole, de l'autre côté du Forum. Établie sur des collines, Rome offre souvent ce genre de surprises à la vue des passants. Je me suis assis sur un tas de dalles en pierre rose pâle.

Dix mois plus tôt, à Sounion, j'aurais sacrifié des années de vie pour être associé au grand jeu où Clodius brillait. Des après-midi entiers, avachi sur la terrasse, les yeux égarés sur la mer propice aux rêveries, je me mettais en scène dans le rôle d'un nouveau Démosthène, vif et audacieux. Je m'attribuais des poses et des discours dignes des pages du vieil Hérodote. J'occupais enfin une place dans l'Histoire. Or, malédiction, pour me punir, les dieux avaient exaucé mes prières. Fini le merveilleux, le conceptuel et les mots à graver dans le marbre. Je me retrouvais dans les pages de Thucydide, froides, factuelles, fatalistes.

La merveilleuse complicité avec Clodius n'était qu'une lubie. Il avait besoin d'une plume, pas d'un ami. Débordé de responsabilités, il ne me recevait qu'une fois tous les 36 du mois. Lâché parmi les maîtres du monde comme un gladiateur dans l'arène, j'ai eu peur. Les bandes de Clodius me choquaient parfois mais me rassuraient. Celle de Milon m'épouvantait. En quelques mois, elle s'était fait une réputation infernale. Qui se soucierait d'un coup de couteau porté à un Grec de passage? Je suis resté un long moment, immobile et anxieux. Seule résolution : dès le lendemain matin, j'irais au temple de Mercure trouver Lyonnos et lui remettre les trois mille sesterces pour qu'il les envoie à Tchoumi. Par Zeus, comme elle me manquait soudain. Quand je suis enfin rentré, ranimé par le froid du soir, une longue lettre de Clodius m'attendait à l'appartement. Tendre, fraternelle et militaire : ses ordres étaient clairs. Faire de Pompée un sac, une outre à bonne chère, un pantin du Sénat, un affameur de la plèbe :

« Écris-moi du Plaute. Pas du Périclès ni du Caton. Aucune cuirasse n'arrête les traits du rire. »

Comme on est versatile et nerveux ! Il a suffi de cette petite clé pour fermer mon esprit à la peur. Assis à ma table, stylet à la main, je me suis envolé, ne songeant qu'à la phrase suivante. Je ne voyais plus les menaces et n'entendais que les rires et les compliments que ma malice susciterait. La vanité bande mieux les muscles que l'angoisse ne les tranche. Et Pompée était une source inépuisable de railleries. Tout protégé qu'il fût par Mars, il collectionnait les travers ridicules ou odieux. Dix fois Diana Metella s'était amusée de son premier triomphe quand il avait réclamé un char tiré par quatre éléphants qui n'avaient jamais pu franchir les portes de la ville. Elle ne se lassait pas non plus de rappeler que, pour ses quarante-cinq ans, il avait réclamé un autre triomphe *de orbi universo*. « Triompher du monde entier » ! Elle s'indignait, en revanche, qu'on l'appelât « Le Grand », en référence au roi macédonien :

« Alexandre a vaincu Darius, comme Scipion a battu Hannibal. On peut les qualifier de "Grands". Mais Pompée, qui a-t-il vaincu ? Des pirates, des esclaves, des rebelles romains. Aucun de ses ennemis n'a jamais eu un chef digne de ce nom. Sylla et Licinius Lucullus avaient déjà éreinté Mithridate quand il est parti l'achever. Quant à Sertorius, en Hispanie, il n'est jamais parvenu à l'éliminer. Il se pare de trophées usurpés. »

Pendant deux jours, Leno m'a entendu rire à mes propres méchancetés. Je n'avais qu'à décrire Pompée en phrases brèves. Sa « grandeur » n'est jamais simple, naturelle, enjouée, vive ou amicale. Il ne marche pas, il avance. Un pharaon abaisse vers vous des yeux las. Un air de hauteur, de fierté, de commandement, d'assurance et de morgue l'escorte. Fort comme un tronc, il n'est pas plus bavard qu'un arbre et se rend important en public par ses silences. Tant mieux pour lui d'ailleurs car, en privé, il s'abaisse par ses commentaires. « Le soldat fanfaron » de Plaute m'a bien aidé. Tous les Romains connaissaient cette pièce. Je lui ai emprunté plusieurs répliques. Elles ont effectivement suscité des éclats de rire quand le public du Forum les a reconnues. Et le public fut là, énorme.

Quant à me valoir une renommée à la démesure de l'assistance, non. Je n'ai joué aucun rôle. Clodius avait eu mon texte entre les mains la veille mais quand j'ai rejoint son quartier général, au temple de Pollux, à l'angle du Forum, une idée « géniale », je le cite, lui était venue dans la nuit :

« J'ai donné ta satire à Sertilius qui va ouvrir les hostilités. C'est un brillant avocat mais il a accepté de mettre son réquisitoire contre Milon dans sa poche. À la place, il va réciter ton discours à la lettre près, juste en prononçant le nom de Milon là où tu avais écrit Pompée. Tout le monde comprendra que le premier est un domestique et le second une grosse baderne. L'effet sera ravageur. Fais-moi confiance. »

J'en aurais pleuré. Sertilius allait me voler mon heure de gloire mais mon amour-propre était à cet instant le dernier des soucis de Clodius. Il observait le Forum, fasciné. Même le Grand Cirque n'offrait pas un tel spectacle. Sénateurs et matrones, robes et bijoux, toges et tuniques, cuirasses et ombrelles, airs menaçants et allures débonnaires, silhouettes inquiétantes et esclaves empressés, patriciens et plébéiens, vendeurs d'eau et marchands de pistaches... Mille couleurs et autant de sensibilités moutonnaient sur le tapis bariolé de l'immense place. Entre les falaises de marbre, les voix, les cris, les sifflets, les chants émettaient le grondement d'un dragon qui retient son souffle. Enfin Milon s'est avancé. Je ne l'avais jamais vu. Penser qu'il se rêvait dans la peau d'un consul était une injure à l'histoire de Rome. Aussi large que haut, lourd et robuste comme un pilier de basilique, les jambes écartées, les bras croisés, il portait sur le visage tout ce qu'un vaurien peut exprimer de malpropre, d'agressif, de voleur, de farouche, de trivial, de canaille... Le jour et la nuit avec Sertilius, un vieil homme aux cheveux blancs bien coiffés, honorable, mince et digne. Son adversaire pouvait bien poser au Colosse de Rhodes, il en avait vu d'autres. Affable, accueillant, il en rajouta dans la bonhomie :

« Bienvenue au Forum, Milon. Tu viens y recevoir un nouveau triomphe. Ta silhouette, ton assurance, ta puissance y sont bien connues. Je suis heureux de t'y recevoir. Et même flatté. Ta réputation te précède. Ne dit-on pas Milon le Grand ?… »

C'était parti. De phrase en phrase, peu à peu, la foule a compris quel masque Sertilius tendait à Milon. Le discours s'est transformé en sketch. Les rires l'interrompaient sans cesse. Toutes mes méchancetés faisaient mouche. Celles de Plaute étaient applaudies comme au théâtre. Milon lui-même, plus habile que ne l'exprimait sa silhouette, haussait parfois des épaules agacées mais semblait prendre l'affaire en bon joueur. Son éreintement dura une bonne quinzaine de minutes. Toute la ville s'esclaffait.

Un silence de mort s'abattit, en revanche, sur le Forum, quand Pompée monta à son tour à la tribune. Tous attendaient ce moment. Impossible pour le grand défenseur des institutions d'échapper à sa citation à comparaître. Impossible également pour lui de parler sur l'estrade où paraît tout justiciable. Sa stature exigeait un cadre particulier. Il monta aux Rostres. À peine éloignés de quelques mètres, ces balcons étaient le lieu des proclamations glorieuses. Il s'y hissa comme Zeus sur ses nuages. Mais un Zeus suranné. Au lieu de scander une harangue brève et forte renvoyant ces détails à l'intendance, il entama la lecture d'une longue et verbeuse apologie. Était-ce convaincant ? Aucune idée. Passée la troisième ou quatrième phrase, plus personne n'en perçut un mot.

Au début, beaucoup dans le public réclamèrent le silence. Puis de moins en moins. C'était risqué. On se prenait vite une claque sur la nuque. Les hommes de Clodius étaient répartis un peu partout. Des gaillards échangeaient des coups. Juché en hauteur, devant le temple de Pollux, j'ai vu la foule commencer à s'agiter. Les femmes ont été les premières à crier, bientôt à carrément hurler des insultes. À Milon, mais surtout à Pompée qui, imperturbable, continuait sa lecture dans l'indifférence générale. C'était poignant. Inquiétant aussi. Le coin des toges à large bande pourpre a plié bagage. Clodius, hilare, me désigna au loin Cicéron, tête baissée, en train de filer entre quatre gros bras. Lui-même s'écarta pour gagner un des autres éperons des Rostres. Parvenu à cinq ou six mètres de Pompée, il se mit à l'invectiver. Des phrases agressives et brèves : « Au lieu de paroles, distribue du pain », « Partage l'or de Ptolémée », « Rentre ton ventre et remue ta graisse »... À peine prononcées, elles étaient répétées par vingt personnes, puis par cent, puis par cinq cents. La foule lui était acquise. Pompée, lui, ne relevait pas la tête. Tétanisé, il poursuivait sa lecture, les yeux rivés à sa proclamation, absent, stupéfait. Sa fureur contenue se déversait en sueur. Il transpirait comme une éponge. Jamais personne ne l'avait traité ainsi. Son immobilité devenait émouvante. Mais pas désarmante : quand Clodius cria « Arrête ton char, tu heurtes le mur », un ouragan de rires emporta le Forum. Sauf qu'au même moment, d'autres cris retentirent. Un groupe de brutes se frayait un passage à coups de gourdin vers nous. Des gladiateurs. On les reconnaissait au premier coup d'œil.

Vêtus de cuir, chaussés de lourdes bottes, armés de gourdins ou d'épées de bois, ils fendaient la Foule, projetaient des corps rompus au sol, écrasaient les blessés sous leurs pas, cinglaient vers les Rostres. Je voyais, effrayé, ces soudards approcher quand Clodius est revenu vers moi. Il souriait, calme, amusé. Sans élever la voix, posant la main sur mon épaule, on l'aurait cru en cour de récréation :

« Ta première émeute, Metaxas ! Ouvre grand les yeux et prends-la comme une leçon. Celui qui a vu la panthère et celui qui en a entendu parler ne courent pas à la même vitesse. Beaucoup vont fuir mais n'aie pas peur. Ma garde te protégera. »

Erreur. La cinquantaine d'hommes de Milon était très organisée. Bien mieux que la troupe de Clodius qui n'était pas armée et s'était dispersée pour mieux se noyer dans la foule. Personne ne put les arrêter, à peine les ralentir. Portant sur les épaules des échelles, ils se ruaient vers les Rostres. Arrivés à leurs pieds, ils les escaladèrent et se jetèrent parmi nous. Les derniers combattants de Clodius n'étaient pas plus d'une vingtaine. De vrais portefaix, solides comme des chênes mais submergés sous le nombre. La tête fendue, l'un d'eux s'écroula en se jetant sur les jambes de son agresseur pour le faire tomber. C'était le premier. Ensuite, ce fut la curée. La plupart des poids lourds de Milon tenaient des gourdins à la main. Pour « nettoyer » les tribunes, ils les abattaient sans pitié sur leurs proies. Je n'avais jamais entendu le bruit d'un os qui se brise, ni vu une arcade sourcilière exploser comme une grenade qu'on écrase. J'ai eu l'impression de plonger dans une scène de l'Iliade. Les gardes du corps de Clodius avaient réagi et attrapé des bancs, des tabourets, des bûches. Tout fait bâton quand on est acculé. Ils ont résisté tant qu'ils ont pu. Assommés, les membres parfois désarticulés, plusieurs furent jetés par-dessus la rambarde, six mètres plus bas. J'étais couvert de sang. Tous les proches et les secrétaires de Clodius fuirent. Sauf moi. Aucun héroïsme de ma part. Hébété, pétrifié, saisi de catalepsie, incapable du moindre mouvement, j'attendais mon tour. Tout à coup, sorti de nulle part, en nage, en sang et à bout de souffle, Volumnius m'a pris par le bras, m'a réveillé d'une claque en pleine joue et, d'une ruade de centaure, m'a jeté en arrière vers un passage à l'écart du temple de Pollux. Puis il s'est rué vers Clodius et là, malgré ce dernier renfort, j'ai vu mon ami basculer à son tour par-dessus la balustrade. Après, je ne sais plus. J'ai couru comme celui qui a vu la panthère.

Rentré à l'appartement, je me suis effondré sur le lit. Ma tunique était déchirée, j'étais couvert d'écorchures, une bosse grosse comme un œuf de pigeon me perçait le front. Impossible d'expliquer l'origine des coups à Leno. Je n'en avais aucun souvenir. Il passait un tissu sur les plaies quand tout mon corps s'est mis à trembler. Des frissons incontrôlables. On n'était plus chez Homère, plutôt dans une farce. Finalement, je me suis endormi. Peu de temps. À la dix-huitième heure (*minuit*), un homme a frappé à la porte. Quatre débardeurs hauts comme des chevaux m'attendaient en bas de l'immeuble pour m'emmener chez Clodius. Rouillé, ankylosé, épuisé, j'ignore où j'ai trouvé la force de les suivre. Mais cette visite si tardive m'a galvanisé. J'ai craint qu'on m'annonce la mort de mon ami. On l'avait précipité de tellement haut ! Appuyé sur l'épaule de Leno, j'ai gagné le Palatin. Vingt minutes dans le froid glacial qui s'était abattu sur la ville m'ont plus ou moins remis sur pieds.

Le vestibule et l'atrium étaient envahis de monde. Tous parlaient bas. Dans le péristyle transformé en hôpital de campagne, les servantes déchiraient des draps pour panser les plaies. Certaines estafilades et beaucoup de mutilations soulevaient le cœur. Un médecin installait une attelle à une jambe déjà violette. Pour ne pas crier, le blessé mordait à pleines dents un gant en cuir. Les mosaïques au sol étaient tachées de sang. Assis par terre contre des coussins, un bras en écharpe et la tête enveloppée de bandages, Volumnius a soulevé une main à mon passage. Ses lèvres ont esquissé un sourire. Agenouillée auprès de lui, Fulvia essayait de lui faire boire un remède. Tournant la tête pour voir qui il saluait, elle s'est levée dès qu'elle m'a reconnu et s'est jetée sur moi pour me serrer dans ses bras. De sa part, je m'attendais à tout sauf à une démonstration publique d'affection. D'habitude, dans mon dos, ou même devant Clodius et moi, elle s'amusait à me présenter comme l'amour de jeunesse de son mari. Plus rien de cette ironie grinçante :

« Tu es resté le dernier quand tous avaient fui. J'ai tout vu depuis la terrasse de ma cousine Servilia. Je ne l'oublierai jamais. J'avais tellement peur qu'ils t'aient estropié. Tu fais partie de la famille désormais. Monte le rejoindre dans le “Salon des Claudius”. Il retrouve ses esprits. »

Je me suis faufilé dans l’escalier caché qui menait au belvédère mais, arrivé sur le palier, impossible de passer. Deux gardes barraient le passage. Blonds, moustachus, les cheveux tressés, grands à frôler le plafond, ils semblaient ne comprendre aucune langue. Des Gaulois mal dégrossis. J’ai failli redescendre chercher Leno. Je l’avais laissé dans l’atrium, à quelques pas de Volumnius. À peine avais-je fait demi-tour que Clodia a ouvert la porte et m’a rattrapé par l’épaule :

« La geôlière vous a laissé passer. Elle a dû se dire que Publius était trop cabossé pour vous caresser… disons, les neurones. Ma chère belle-sœur n’est pas très prêteuse. »

Même Publius en danger, elle n’aurait pas mis sa haine entre parenthèses. Elle et Fulvia se détestaient. À Baïes, je les avais vues jour après jour se contester le titre de maîtresse de maison. Une rivalité qui s’abaissait jusqu’aux détails. Au point de mettre mal à l’aise leurs invités et d’alimenter la légende maudite de rapports incestueux entre le frère et la sœur. Pour la plus grande joie de ceux, Cicéron le premier, qui entretenaient cette chimère à plaisir. Inquiet, redoutant de voir mon ami en morceaux, je me suis lentement approché du lit qu’éclairaient au loin des bougies. Chaque pas me coûtait. J’avais les larmes aux yeux quand Publius s’est adressé à moi :

« Approche, mon frère. »

Il parlait bas, allongé à plat, sans oreiller, ni drap pour le couvrir, entièrement nu. Des écorchures lui parsemaient le corps mais sa chute ne l'avait pas disloqué. Il s'est appuyé sur un coude puis s'est relevé avec la lenteur d'une fleur redressée par les premiers rayons du soleil. Je me suis approché, prêt à le soutenir ou, dans mon état, à tomber avec lui. Il m'a pris dans ses bras :

« Vénus veillait sur moi. Je me suis écrasé sur trois braves qui ont amorti ma chute. Mais la dernière personne que j'ai vue avant de passer par-dessus bord, c'est toi, tout près, digne, ferme et calme dans la tempête. »

Il planait si haut et loin de la réalité que j'ai renoncé à le ramener sur terre. Autant ne pas l'arracher à son rêve. Il a posé la main sur ma tête pour la lover contre son épaule droite :

« Il faut qu'un hasard retourne la fourmi sur le dos pour qu'elle voie le ciel. Ainsi, il a fallu cette rixe pour que je redécouvre le plus pur et le plus courageux de mes compagnons. »

Peut-être lui avaient-ils donné de la compote de pavots. Il délirait. Au lieu d'une guimauve saisie d'effroi, il avait vu en moi un kouros martial sous la tempête. J'ai failli lui remettre les idées en place. Mais je me suis tu. Il s'est reculé, a saisi une couverture pour s'en envelopper puis, passant son bras sur mon épaule, m'a parlé à l'oreille :

« Tu sais à quoi j'ai pensé à la seconde où ils m'ont envoyé valser ? Au bataillon sacré de Thèbes que menait Pélopidas. À ces frères et ces amants qui ne se lâchaient jamais et luttaient côte à côte jusqu'à la victoire ou la mort.

— Je te rappelle qu'à Chéronée, ils ont tous été tués. La cavalerie d'Alexandre n'a pas fait de quartiers. Parle-moi plutôt de Castor et Pollux. »

Tant qu'à rêver, je me préférais en sauveur qu'en éphèbe épilé transpercé par un glaive. Publius a grimacé. Sa chute lui avait déboîté l'épaule gauche. Un médecin avait réduit la luxation mais, au moindre faux mouvement, la douleur le relançait. Les médecins avaient couvert ses plaies de pommades cicatrisantes. Une odeur d'eucalyptus et de menthe se dégageait de son corps. Il s'est rallongé et, sortant le bras de la couverture qui l'enroulait, m'a saisi la main :

« Par ta vaillance que tout le monde a admirée, tu es devenu plus romain que la bouillie au poireau, le plat du légionnaire. Demain ou après-demain, dès que je pourrai avancer d'un pas ferme, nous reparaîtrons ensemble au Forum. Pompée me croit mort. Son humiliation puis ma résurrection vont le démoraliser. Les dieux ont choisi leur camp. »

Cet optimisme m'a laissé sans voix. Depuis des heures, je me demandais par quel mauvais sort je me trouvais mêlé à des affaires trop grandes pour moi. Soudain, la paresseuse quiétude de Sounion s'est mise à me manquer. Assis sur ma borne, j'y regardais sans crainte passer l'Histoire. Un instant, j'ai rêvé de serrer Tchoumi dans mes bras et de fermer les portes au monde. Sauf qu'au lieu d'entrer dans ces aveux nuisibles à ma toute neuve légende, je lui ai demandé si l'heure n'était pas plutôt venue de tendre la main à Pompée. S'il avait eu la force de rugir, Publius m'aurait giflé d'une patte de fauve. Prononcés d'une voix épuisée, ses mots m'ont atteint à la volée :

« Jamais. Seuls les chiens reviennent lécher la main qui les a cravachés. C'est la spécialité de Cicéron. »

Je n'ai pas émis de réserves. Au lieu de ça, j'ai embrassé celle qu'il avait gardée dans la mienne. Malgré les braseros, elle était glaciale. J'ai replacé sur ses épaules la couverture. Il a parlé tout bas :

« Cette journée est une victoire. On a perdu l'équilibre un instant, rien de plus. Fais-moi confiance. Demain Rome nous acclamera. »

Puis il s'est assoupi. J'ai regardé son visage, pâle comme la neige, calme comme le petit matin et beau comme notre jeunesse. Clodia s'est rapprochée. Elle m'a proposé de rester dormir. J'ai préféré rentrer. Elle a commandé une escorte. J'ai réveillé Leno qui reposait près de Volumnius. La maison sommeillait. Tout comme Rome. Nous avons traversé une ville déserte. Puis je me suis enfin couché et j'ai dormi jusqu'à l'aube du lendemain.

Chapitre 12

Il aurait fallu plus de vingt heures de sommeil pour remettre mon optimisme sur pied. À mon réveil, cette bonne vieille philosophie, absente de mes pensées depuis des semaines, sonnait à nouveau à la porte de mon esprit. Elle m'avait si longtemps tenu lieu de résidence à Athènes. Une pièce pour chaque école, chacune avec son charme. Je passais de l'une à l'autre. Sans être un paresseux épicurien, ni un orgueilleux stoïcien, moins encore un égoïste sceptique, ni même tout à fait un platonicien ironique, je faisais partie du paysage. Au pire, on me traitait de sophiste ou de beau parleur. Du Pirée au Lycabète, personne n'aurait songé à m'éliminer. Tandis qu'ici, à Rome, le risque rôdait. Toute la sagesse du monde n'y changeait rien : assis sur mon balcon pour observer le lever du jour, enveloppé dans les lainages de Diana Metella, sirotant un bol de lait chaud monté de l'auberge gauloise du coin, j'étais anxieux. Le père tranquille qui geint en tout Athénien de mon temps était résigné à regarder passer le monde plus bas, au loin. Tout à coup, on a frappé à la porte. Fermant les yeux, j'ai vu un instant la silhouette de Milon se dessiner sous mes paupières. J'attendais l'arrivée de ma dernière heure. Erreur : tendue avec égards à Leno par une sorte de gorille, c'était une lettre de Crassus :

« Metaxas, je me suis fait relire ton portrait de Pompeux le Magnifique. J'en ris encore. J'ai eu tort de te prendre pour un étourneau de passage. Même les petits oiseaux ont des ailes pour voler. Et des becs pour piquer. Ne parlons plus de loyer entre nous. Et bois ce vin de Syrie dont on fait mille éloges. Vale. »

On ne paye pas les gens qu'avec des compliments. Deux amphores accompagnaient le message. Elles risquaient d'attendre longtemps, je ne bois pas seul et Leno n'avait jamais goûté à autre chose que de l'eau ou du lait. Pour un peu, je les aurais tout de même caressées de la main. Sur l'instant, le Tibre s'était remis à couler dans mes veines. Ma peur devait manquer de substance. À moins que la moindre goutte de flatterie grossisse chez moi jusqu'à atteindre des dimensions irréelles. Comme sous un coup de fouet, j'ai pris la direction de chez Diana Metella. Tant pis s'il n'était que la cinquième heure (*11 heures*). Je la dérangerais forcément. Vingt fois, je l'avais entendue répéter : « Je suis du matin. À la deuxième heure, je saute du lit et, à la sixième, je suis prête. » Là encore, un mot à la Diana Metella : quand je suis arrivé, malgré cinq esclaves à portée de voix, elle balayait elle-même ses feuilles mortes. J'ai dû avoir l'air ébahi. Il en aurait fallu plus pour la priver de son à-propos :

« L'heure est précise, ce sont les gens qui ne le sont pas. Vous, par exemple. »

Puis elle a souri, m'a passé la main sur la joue et m'a ramené au chaud, à l'intérieur. Elle a caressé du doigt mon manteau. C'était son dernier cadeau, une tenue en laine beige, douce comme un courant d'air chaud. Le col et les poignets étaient gansés d'un élégant tissu bleu clair. L'ensemble lui a paru trop long :

« Par Jupiter, on n'est pas encore en Perse. Je ne vous ai pas offert un caftan. »

Elle a convoqué sa couturière et l'a priée de ramener à l'instant le vêtement à la hauteur de mes genoux, « pas un doigt en dessous, ni même un ongle ». Ensuite, armant le petit sourire sardonique que je commençais à connaître, elle s'est penchée vers moi :

« Quel bonheur de vous voir ! À cette heure, je pensais que votre jolie poupée serait en train de masser vos épaules douloureuses. Où a-t-elle l'esprit ? Espère-t-elle garder un homme sans jouer la maman ? »

Elle n'attendait ni réponse ni commentaire. Sinon le sien :

« Pauvre Maïa Sempronia. Ses seins peuvent bien avoir la jolie forme des melons, son cerveau a le poids des pépins. »

J'ai eu la bassesse de sourire. Et elle, l'élégance de ne pas le relever. Au contraire, elle a pris un air préoccupé. Publius n'allait pas si bien. La chute n'avait rien cassé en lui mais les courbatures le rouillaient. Impossible d'aller sur le Forum ou d'exercer ses fonctions d'édile. Il grimaçait à chaque pas. Sa démarche de vieillard aurait démenti au premier coup d'œil le triomphe dont parlaient ses amis. Pour maintenir l'illusion à l'abri des regards, le clan s'apprêtait à reprendre des quartiers d'hiver à Baïes. Partie la veille, Clodia rouvrait la maison, Publius se mettait en route le jour même et Diana Metella les rejoignait le lendemain. Elle n'avait qu'un souhait : m'emmener dans ses bagages. Seule Fulvia restait à Rome. Habiter chez sa belle-sœur était au-dessus de ses forces. Le prétexte qu'elle avait trouvé enchantait Diana Metella :

« Elle a dit à Publius qu'elle aurait adoré se dévouer avec lui à leur cause mais qu'elle avait trop de travail avec ses sourcils. Il en rit encore. Clodia, elle, est aux anges. »

Je me suis joint à l'expédition. Par amitié, peut-être même par amour pour Publius ou pour Diana Metella, mais aussi par fascination. La richesse « saisit » ceux qui l'observent. Je ne me lassais pas de cette famille installée à la meilleure place du monde pour y camper naturellement jusqu'à la fin de ses jours. Une sorte de grâce émane de ces fortunes venues de loin dans le passé. Rien de nouveau riche dans leurs manières, encore moins d'avare, juste une dilapidation naturelle, permanente, légère et désinvolte de fonds perçus comme inépuisables. Leurs héritiers regardent sans émotion l'or filer comme l'eau dans le sable. Parfois certains d'entre eux, Publius à notre époque, les frères Gracques chez les Sempronius à la leur, donnent un sens à cette bonne étoile familiale.

Et un but à leur fortune dont ils font un serviteur et non leur maître. Je me suis réjoui de les accompagner en songeant à mon retour, tôt ou tard, vers la frugalité du cap Sounion. Le plus tard serait d'ailleurs le mieux. D'ici là, j'avais hâte de rejoindre Baïes. Diana Metella était plus pressée encore.

Pendant le trajet, elle n'a cessé de houspiller le cocher, comme si quelques cris allaient transformer nos mules en Bucéphale. On a expédié le trajet en deux nuits. Et peu importe qu'on soit arrivés par un froid mordant. Arbres sans fruits, soleil sans chaleur, Méditerranée sans bains de mer, nuits sans cigales et herbe sans fleurs... Il aurait fallu une centaine d'yeux pour les fermer sur tout ce qui manquait mais le résultat était là : à part tout, tout était pareil. Et la magie de Baïes, inimitable.

Clodia nous a accueillis, enchantée de voir sa tante, « piquante comme une ortie mais bavarde comme une pie, donc irremplaçable dans une ville morte ». À ses côtés se tenait un jeune homme aux traits fins, mince et grand, avec de longs cheveux blonds coiffés en queue-de-cheval comme Publius dans sa jeunesse. Diana Metella les a embrassés en riant :

« Avec vous deux, Fulvia aurait eu une poussière dans chaque œil. Je comprends pourquoi elle ne nous a pas accompagnés. »

Elle m'a présenté le fameux Fonteius, l'ancien esclave qui avait adopté Publius pour qu'il devienne éligible au tribunal de la plèbe. Il parlait peu, souriait beaucoup et m'a accompagné jusqu'à ma chambre. Mon appartement de Rome y aurait tenu à l'aise. Quant au froid, il n'avait pas droit de séjour. Deux braseros maintenaient une température de printemps et, dans le lit, je dormirais entre deux fourrures. Devenu l'intendant des lieux, il s'est déclaré à ma disposition :

« Prévenez-moi si quoi que ce soit vous manque. Les esclaves de la maison sont quasiment en état d'insurrection. D'habitude, l'hiver ils dorment pendant six mois. Les inondations, puis maintenant les plaies de Publius auront deux fois contrarié leur routine. Ils sont un peu raides. Mais je sais comment les assouplir. »

Je n'aime guère ce genre de menaces mais, s'il les a mises à exécution, personne ne s'en est aperçu. Il apparaissait et disparaissait comme Leno, sans déplacer l'air. Sa désinvolture permanente cachait ses défauts, s'il en avait. Elle l'autorisait aussi à une impertinence prudente mais tenace. Si l'insolence a ses règles, il les maîtrisait mieux que personne. Dans leur dos, il surnommait Fulvia et Diana Metella « Boulotte » et « Ficelle ». Un jour que Diana Metella portait une tenue de plusieurs couleurs, il la compara à une sibylle étrusque. Personne ne critiquait jamais son goût réputé « parfait ». On a tous retenu notre souffle. Mais elle en a ri. Nous déjeunions sur la terrasse face au soleil et à l'abri du vent. Des repas légers suivis de conversations sans fin jusqu'à la tombée du jour. Parfois on recevait. Lyonnos, mon banquier, est passé. Il a expliqué avec candeur son métier : « J'aide les riches à s'enrichir et les pauvres à s'endetter. » À son départ, nous nous sommes disputés sur son physique. Diana Metella n'aimait pas les hommes à la peau sombre. Clodia appréciait les musculatures sèches. Pour finir, on a tous admis que c'était le plus beau banquier de la place. On riait beaucoup et avions laissé à Rome la politique et ses considérations juridiques à faire bâiller les murs. Je me promenais au bord de la mer avec ces dames. Publius, remis, a fini par se joindre à nous. À deux ou trois reprises, des délégations de paysans vinrent à sa rencontre. Ils se plaignaient des confiscations du domaine public par les grands sénateurs et les chevaliers qui les expulsaient à la moindre dette. Leur défense était au cœur de ses combats, ils le savaient et nous couvraient de volailles et de légumes qu'on rapportait en les tenant à bout de bras comme des homards vivants. Les journées avançaient sur un lit d'herbe, de sable, de marbre et de bonne humeur.

Deux fois par semaine, Volumnius nous envoyait un messager chargé de dépêches. Cicéron pansait les plaies d'amour-propre de Pompée. À son habitude, Crassus tournait le dos à tous et s'agaçait que le monde n'évolue pas selon ses vœux. César envoyait de brillants comptes rendus de mystérieuses et lointaines opérations. Rien de nouveau sous le soleil, jusqu'au jour où Clodia découvrit que Caelius engageait un procès. Rien de surprenant : il avait vingt-cinq ans, venait d'entrer au Sénat et cherchait à attirer l'attention. Traîner un adversaire au tribunal était devenu la voie royale pour les petits princes allergiques à la boue des camps. Publius émit des doutes :

« Il accuse de manœuvre électorale Lucius Calpurnius Bestia que tout le monde méprise. Il y a dix ans qu'il avait disparu. Il participait à la conjuration de Catilina. Aujourd'hui, il achète des voix aux élections prétoriennes. C'est un nain. Grimper sur ses épaules ne mènera pas Rufus bien haut. »

En effet. D'autant plus que, trois jours plus tard, la dépêche suivante apprit qu'il avait perdu son procès. Ce qui enchanta Clodia. Mais plongea Publius dans une profonde perplexité quand il découvrit le nom de l'avocat ayant défendu avec efficacité l'indéfendable Bestia : Cicéron !

« C'est à n'y rien comprendre. Bestia et lui se haïssent. Cicéron l'a traité dix fois de "bandit" au Sénat. Il voulait le mettre sur la liste de ceux qu'il a fait exécuter au moment de la conjuration. À présent, il en dresse un portrait élogieux en affirmant qu'il a sauvé la vie de l'honorable Publius Sestius dans un combat sur le Forum. Pois Chiche mijote quelque chose. »

Clodia n'entrait pas dans ces détails. Elle ne voyait que Caelius en mauvaise posture et elle s'en régalait. Quelques jours plus tard, quand elle apprit que Bestia l'attaquait à son tour pour violence politique, son sang ne fit qu'un tour. L'occasion était trop belle de se venger de l'amant qui l'avait quittée. Crépitante comme un volcan, elle exigea de s'associer à la plainte. Non seulement Caelius lui avait emprunté des sommes folles mais, selon elle, il avait payé ses esclaves pour qu'ils l'empoisonnent. Elle se mit à harceler Publius :

« Caelius a organisé l'assassinat de Dion. Tout Rome sait qu'il l'a fait sur l'ordre de Pompée. Joins-toi au procès. On ne fera qu'une bouchée de Caelius et la soif d'argent de Pompée sautera aux yeux de tous. »

La victoire semblait facile, la vengeance de Clodia acquise. Sauf que, pour Publius, il y avait anguille sous roche. L'intervention de Cicéron le tourmentait. Quelle était l'arrière-pensée de Pois Chiche pour se glisser dans une affaire opposant Rufus à Bestia ? On n'appelle pas un gros chat pour départager deux toutes petites souris. Les imprécations de sa sœur n'ajoutant ni ne retirant une goutte d'eau à la pluie, il commença par l'envoyer promener :

« On ne gouverne pas Rome à coups de crises de nerfs. Ton hystérie gratte là où le raisonnement ne mord pas. Le passé est un autre pays où tu ne devrais pas retourner. Caelius n'a pas seulement été ton amant ; auparavant, il avait été l'élève de Cicéron. Leur soudaine opposition m'intrigue. »

En politique, le soupçon est utile et la haine dangereuse. Diana Metella essaya d'ouvrir les yeux de sa nièce. Trois ans plus tôt, Clodia était passée entre les gouttes quand tout Rome s'était interrogé sur la mort de Metellus Celer, son mari. Elle ne pouvait pas exposer sa vie privée à intervalles réguliers. Qu'importe : son impunité aveuglait Clodia. Cruelle comme tous ceux qui n'ont pas souffert, elle voulait faire payer ses dettes à Caelius, numéraires comme amoureuses. Son ressentiment lui bouchait les yeux. Ne parlons pas de son imagination, qui avait suspendu tout bon sens et lui présentait le jugement comme déjà rendu et Caelius comme déshonoré.

Publius, lui, se raidissait contre ces circonstances mystérieuses qui livraient toute ligotée sa victime à Clodia. Une petite mouche bourdonnait à son oreille : Cicéron. Que faisait-il dans ces parages ?

Il ne se serait sans doute pas aventuré dans ce procès si Fonteius, à son tour, n'avait émis une petite musique de marche militaire. Quand il régnait sur le cœur de Clodia, Caelius n'avait cessé de l'humilier, ne s'adressant à lui qu'au féminin pour parler uniquement de cuisine et de chiffons. Pour achever de l'exaspérer, il complimentait en public sa belle coiffure blonde et vantait son odeur délicieuse. À sa manière, insidieuse et habile, sans se mettre en avant, Fonteius pesa de tout son poids en faveur de ce procès. Peut-être même la nuit car je soupçonne Clodius de l'avoir reçu dans son lit quand il descendait à Baïes. Ne parlons pas de mon rôle. Caelius s'était toujours fait un devoir de me traiter en créature pittoresque pleine de citations inutiles et de calculs arrivistes. Chez Scipion, à l'arrivée de Dion, il nous avait insultés et traités de vieilles filles radoteuses. Au lieu de freiner l'ardeur de Clodia, mon antipathie pour son ancien amant a égaré ma raison et je n'ai pas pris le sage parti de rester à l'écart de cette affaire. Après deux jours de résistance, Publius a cédé et envoyé un message à Volumnius pour qu'il l'associe à la plainte contre Caelius. Une décision qui nous plongea tous dans l'euphorie. Sur la terrasse, face à la mer, je prenais des notes pour tout savoir des tares de notre adversaire. Clodia et Fonteius étaient intarissables. Même Diana Metella et Publius y allèrent de leurs remarques assassines. Une fois encore, emballé par le discours que je pourrais rédiger, je me suis laissé aller au bonheur d'écrire un pamphlet. Sauf qu'à Rome, un autre affûtait sa plume.

Dès la plainte de Clodius déposée, on apprit que Caelius aurait Cicéron pour avocat ! Le même qui l'avait cloué au pilori trois semaines plus tôt dans sa plaidoirie pour Bestia. Nous étions tombés dans un piège. Quand il le découvrit, dans son bureau, en ma présence, Publius parut d'abord hébété. Dans quoi Clodia et Fonteius l'avaient-ils entraîné ? Depuis le début, il redoutait une mauvaise surprise. C'était la pire. Sans un mot, il s'isola sur la terrasse. À en juger par le regard noir qu'il jeta sur moi au passage, il m'associait à la catastrophe. Accoudé au parapet, réchauffé par le soleil d'hiver, il resta figé à observer les jardins qui descendent jusqu'à la mer. Dans la pièce, en revanche, malgré les braseros, je grelottais et finis par m'enrouler dans une couverture.

Quand il revint enfin, Publius affichait le sourire étrange qu'il avait déployé sur la tribune des Rostres quand la mort cinglait vers nous, un sourire mystérieux, fascinant, incompréhensible, celui d'un jeune homme radieux qui n'a jamais bu autre chose que du lait, embrassé d'autre peau que celle de sa mère. Venu s'asseoir à côté de moi, il avait arrêté son parti :

« Caelius n'était que l'hameçon de Cicéron. Pois Chiche va se déchaîner contre Clodia. Se demander pourquoi une femme de son âge prête de l'argent à un jeune homme de vingt ans. Se livrer à mille hypothèses, insinuer mille saletés, ressortir vingt rumeurs, nous salir, mentir, tout pervertir… »

Franchement, c'était de bonne guerre. Depuis quelques jours, nous-mêmes emmagasinions les anecdotes révélatrices du caractère hautain et opportuniste de Caelius. Quand je l'ai rappelé, Publius m'a pris les mains et les a écrasées, furieux :

« C'est exactement ce qu'il ne faut pas faire. Surtout ne pas révéler qu'on le connaissait intimement. Tu ne vas pas attaquer Rufus en personne. Tu vas décortiquer phase par phase le parcours d'un jeune aristocrate arriviste qui se glisse chez nous dans le camp populaire que sa caste qualifie de populiste, qui se faufile ensuite dans la camarilla de Crassus par appât du gain et qui, désormais, s'agite au service de Pompée jusqu'à prêter la main à des actes criminels. Inutile d'en faire des tonnes sur Dion et Ptolémée. Même si c'est l'objet du procès, là n'est pas notre sujet. À travers les palinodies de Caelius, je veux que tout Rome assiste aux démangeaisons opportunistes de sa classe dirigeante. Ces hommes bénis par la naissance qui ne voient dans leur carrière qu'une suite d'arrangements avec les règles sans que jamais le sens du devoir ou de la patrie intervienne dans leurs cabrioles. Si tu le sens, évoque ses insatiables besoins d'argent et parle des dettes qu'il a contractées chez nous mais n'insiste pas. Ce n'est pas le thème de mon discours. Ce que je vais proclamer, c'est l'absence de morale de notre classe dirigeante. »

Publius et Clodia rentrés à Rome, je suis resté à Baïes avec Diana Metella. Son enthousiasme initial avait pâli. L'intervention de Cicéron l'inquiétait, elle aussi. Elle prenait chacun de ses mots pour un couteau. Nous lui livrions Clodia sur un plateau. Le peuple allait se régaler. Mieux encore que les jeux, il adore les procès. Surtout quand les maîtres de l'État tiennent lieu de gladiateurs. Elle finit par maudire sa nièce :

« Clodia est irresponsable. Il lui aurait fallu une éducation de fer. Sur ces enfants privilégiés que personne n'a jamais battus, le sol est en sable, l'ancre n'accroche pas. Elle a quarante ans et la fantaisie d'une adolescente. La pauvre s'imagine pouvoir manipuler Rome. Mais elle n'est pas plus faite pour les grandes affaires que Vénus pour la chasse. Votre discours doit absolument s'éloigner d'elle. Tenez-vous-en à la recommandation de Publius : de la politique, uniquement de la politique. »

Une semaine plus tard, à notre retour, j'ai livré à Publius le texte qu'il réclamait. Il m'a paru moins inquiet. Une idée opportuniste lui était venue. En tant qu'édile, il avait la responsabilité des Jeux urbains. Pour éloigner la foule du tribunal le jour du procès, il avait fixé à la même date l'ouverture des Jeux de Magna Mater, c'est-à-dire de Cybèle. Ancêtre des Troyens, elle était l'objet d'un respect fiévreux des Romains qui s'en prétendaient les descendants depuis l'arrivée mythique d'Énée en Italie. On donnait des pièces sur les marches de l'escalier menant à son sanctuaire du Palatin, on offrait des repas, on se pressait surtout à la parade de ses prêtres castrés en hommage à Attis, le héros qui avait accompagné Cybèle dans sa fuite et s'était émasculé par amour. En manteau brodé d'or, la tête couronnée, accompagné de joueurs de flûte, vingt eunuques porteraient sa statue en procession dans les rues – à bonne distance du Forum et du tribunal comme Publius y avait veillé. C'est là, espérait-il, qu'irait la foule.

Erreur : quand nous nous sommes présentés devant les juges, elle nous attendait. Et elle était hostile. Autant Publius avait éloigné ses propres troupes par crainte de ce qu'elles entendraient sur Clodia, autant Cicéron et son protégé Milon avaient ameuté leurs amis. Le Forum était plein. Comble de l'infortune, quand j'eus grimpé les marches menant à l'espace réservé au tribunal, je découvris l'armée des jurés. Le clan Pompée-Cicéron avait sorti le grand jeu. Ils en avaient réuni soixante-quinze. Clodia, Diana Metella et moi nous sommes assis au premier rang du côté de l'accusation. Diana, tout en noir, avait l'air d'un spectre, mais de très bonne famille. Dans une tunique grise qui ne laissait apparaître que son visage et son cou, sans un bijou, sinon la ceinture argentée qui soulignait sa silhouette, Clodia et sa chevelure rousse semblaient une allégorie de la vertu flamboyante. Auprès d'elle la famille de Bestia semblait sortie d'une ferme. Clodia ne leur accorda même pas un regard. Sur l'autre allée, Cicéron avait installé sa femme, Terentia, qui ne l'accompagnait jamais, absolument jamais. Une femme sèche, peu aimable, avare, incapable de sourire. Le parfait oiseau de mauvais augure.

Tout pourtant commença bien. Plus ou moins contraint par les règles du patronage politique, Crassus avait accepté de défendre Caelius. Une plaidoirie à faire faner les fleurs. Celle de Caelius lui-même, larmoyante et présomptueuse, ne promettait pas au Sénat un grand orateur. Tout le monde retint son souffle quand Clodius se leva pour le réquisitoire. Appuyé sur mon texte, il s'étonna de s'abaisser à plaider contre un si petit personnage. Songer que Caelius entrait dans une carrière où s'étaient illustrés les Gracques ou Caton dépassait l'entendement. Les virevoltes de son ancien locataire, ses amitiés successives, ses procès en rafale, ses passages éclairs dans chaque parti de l'heure, sa furie de chercher le bon vent comme un navigateur hystérique, tout fut mis sur la table avec une ironie calme et un mépris accablant. De son caractère, il ne restait qu'un amas de crises de nerfs, de rodomontades, de calculs, de dénis, de pitreries et de hauteur méprisante. À vingt-cinq ans, l'envie, la vanité et la cupidité avaient déjà fait de ce poulain prometteur un vieux cheval de retour juste bon à mastiquer son avoine dans la première écurie venue. Se tournant vers Cicéron, Clodius lui promit avec un grand sourire que son nouveau protégé tomberait vite dans les bras du prochain Catilina. Il se faisait déjà une joie de l'entendre bientôt en appeler aux mannes de la République pour maudire son récent petit ami. C'était brillant, incisif, méprisant et calme. À plusieurs reprises, les jurés approuvèrent bruyamment ce portrait accablant de la jeunesse dorée de Rome. Les dés semblaient jetés et rouler en faveur de Clodia et Bestia. Alors se leva Cicéron qui, à son habitude, parlait le dernier.

Et là, plus d'analyse, plus de réflexion mais, dès sa première phrase, une volée de catapulte : « Nous sommes ici par la faute d'une courtisane. » De stupeur le public poussa un cri. Personne ne traitait ainsi les héritières des plus vieilles familles de Rome. Dans une envolée digne d'Aristophane, il la décrivit ensuite en train de faire danser ses voiles pour attirer le locataire de sa famille. Jusque-là, il n'avait toujours pas prononcé son nom. Au mot « famille », néanmoins, il fallut entrer dans le vif. Et là, il s'autorisa l'impensable que, même dans ses pires présages, Diana Metella n'aurait prévu. Pois Chiche dit : « Vous savez tous de qui je parle. Je suis en débat depuis des années avec son mari. » La salle poussa un cri stupéfait. Comment osait-il reprendre à son compte cette malveillante insinuation d'inceste ?

Son obscénité proférée et saisie par tous, Cicéron jubilant fit mine de s'excuser, demanda pardon, plaida l'erreur involontaire, se maudit de cette faute qu'il commettait toujours. Plus il s'amendait, plus la salle riait, trop heureuse de voir traînée dans la boue la morgue de Clodia et, au-delà d'elle, de son clan, les Claude, les fameux Claude, les éternels Claude. Ensuite, ce fut pire. Cicéron se déchaîna pour donner un grand numéro de farce à la Pois Chiche. Pour tenir un propos indigné, il se glissa dans le personnage d'Appius Claudius, l'aveugle, fondateur du clan cinq siècles plus tôt quand il avait tracé la Via Appia. Pour des remarques salaces, il prit les intonations de Publius conseillant à sa sœur d'éviter le procès et de prendre un nouvel amant à ajouter à sa collection. Pour les injures brutales, il en revint à sa propre voix et traita Clodia de « vieille sorcière », de « tenancière de maison close », de « honte de la famille » … Une attaque digne d'un ivrogne au cabaret. Mais une attaque qui enchantait l'assistance. Quelques instants après les gloussements du public dans le tribunal, on entendait le Forum éclater de rire quand on lui répétait les phrases qu'osait Cicéron. Au lieu d'affecter un mépris amusé comme Milon l'avait fait quand on l'avait ridiculisé à son procès, Clodia, tétanisée, tourna le dos à Cicéron et se couvrit la tête d'un voile. C'était plaider coupable. Diana Metella la gifla presque pour l'obliger à faire face mais cet aveu d'humiliation n'avait pas échappé à Pois Chiche qui termina en versant des flots de larmes de crocodile sur le pauvre Caelius « corrompu par la Médée du Mont Palatin ». Venant du Forum, on entendait des voix hurler « putain », « putain » … Clodia, assise entre Diana Metella et moi, semblait ailleurs. Son esprit s'était échappé de son corps. Elle ne disait pas un mot, n'esquissait pas un geste. Publius la prit par le bras avec une douceur d'infirmier.

Caelius fut déclaré innocent, la vanité de Cicéron gonfla comme un nuage de tempête, Clodia retourna se cacher à Baïes et Clodius décréta qu'il ne s'était rien passé. Le plus fort, c'est que l'Histoire, la vraie, la grande, s'empressa de lui donner raison. À peine une semaine plus tard, à Lucques, au nord de la Toscane, près de la côte tyrrhénienne, César et Crassus rencontrèrent en grand secret Pompée. Leur but : en finir ensemble avec la République et, en premier lieu, s'octroyer chacun cinq années de proconsulat, en Gaule, en Syrie et en Hispanie. Un partage dictatorial unique dans l'histoire de Rome. Trois hommes confisquaient la République. Un scandale évidemment impossible à faire avaler par le Sénat. À moins que les Consuls élus pour un an l'imposent. Or qui allaient être élus cette année ? Crassus et Pompée ! Ce qui semblait impossible. Jamais le peuple ne leur donnerait la majorité. À moins que les milliers de vétérans de César engagés en Gaule viennent voter et intimider les autres électeurs. Sauf que les élections sénatoriales avaient lieu au début de l'été, en pleine période de campagnes militaires. Il aurait fallu attendre l'hiver. Alors, les hostilités interrompues, ils pourraient rentrer à Rome. Ne restait donc qu'à décaler la date du vote. Sous quel prétexte ? À cause des violences à Rome. Quelles violences ? Celles que Clodius avait pour mission d'organiser sur-le-champ et jusqu'à la fin de l'automne. Il restait le quatrième homme, le proconsul de la Ville.

Chapitre 13

Je suis tombé amoureux de Rome. Pas de sa puissance guerrière, ni de sa splendeur urbaine, pas même de son culte du droit que j'ai vite respecté, mais de son hospitalité. En apparence, elle paraît dictée par l'efficacité. Les dieux étrangers ont d'emblée droit de séjour. Tous les cultes sont autorisés. Cela facilite la vie des communautés marchandes et cela traduit une tolérance religieuse – d'ailleurs à double tranchant : priez donc ces idoles, ce ne sont que des morceaux de pierre. Mais cette table ouverte va plus loin. Plus qu'aucun autre peuple, les Romains accordent avec prodigalité leur citoyenneté. Les enfants d'esclaves affranchis venus de tout l'empire l'acquièrent à la naissance. Et elle est distribuée sans mesquinerie aux peuples qu'ils occupent. Une arme fatale au service de la République. Assurés de profiter de ce statut envié, les alliés ne la trahissent pas. En même temps qu'ils voient des colons occuper leurs terres, ils envoient leurs fils ambitieux dans la capitale de l'occupant. Si Darius avait mené la même politique, il n'aurait pas vu toutes les satrapies de son empire se ranger derrière Alexandre dès ses premières défaites. Hannibal, en revanche, n'a jamais reçu les renforts qu'il escomptait des peuples gaulois et italiens conquis peu avant par les légions. Rome sait aussi bien se faire aimer que craindre. Autant que latine, la Ville se rêve universelle. Une fraternité que la Grèce n'a jamais connue, ni même imaginée. Et que j'ai mis plusieurs mois à comprendre. Être grec ne faisait pas de moi un étranger. On est romain si on se comporte en romain. Dans mon cas, le terme « Athénien » indiquait moins ma nationalité que mon caractère. Avec une telle origine, j'étais sûrement une machine à citations, phraseuse et coupeuse de cheveux en quatre. Pas forcément un défaut pour un professeur ou un avocat, les deux domaines où je me faufilais. Personne ne m'enjoignait jamais de « rentrer chez moi », défi que les Athéniens lancent sans cesse aux visiteurs. Nul ne songeait à m'empêcher de creuser mon lit loin du Pirée. J'ai commencé à me sentir chez moi sur l'Esquilin. Arrêtons d'assimiler exil et douleur. C'est un procédé pour mauvais poète.

Il y avait une autre raison à mon amour pour Rome. Le plus étrange est qu'elle fut formulée par Tchoumi elle-même. Je lui écrivais chaque mois. Rien de politique, encore moins de philosophique ; des anecdotes, des récits de mes séjours au bord de la mer, des descriptions, des portraits… Publius y jouait son rôle, Maïa n'apparaissait pas, Catulle y avait souvent tenu la vedette, Fulvia et Clodia m'inspiraient volontiers, Leno revenait sans cesse, tout tournait autour de Diana Metella, Cicéron passait de sales quarts d'heure, ne parlons pas de Caelius… Sur Crassus, je me bornais à des remarques favorables – certain que Laeca se faisait communiquer notre correspondance. Elle-même renvoyait de longues et très amusantes réponses. Je lui avais toujours dit qu'elle avait loupé sa vocation d'écrivain public. Son esprit facétieux teintait la moindre phrase d'une touche espiègle et faisait de toutes ses lettres une récompense. Elle avait un don pour les jeux de mots. Je lisais souvent ses messages à Diana Metella. Pas tous, bien sûr. Mais il y en a un que je n'ai pas pu garder pour moi. Celui reçu peu après les Ides de Mai 697 (*15 Mai 56 avant J-C*), un an après mon arrivée. Pour la première fois, Tchoumi me coinçait dans les cordes :

« Je t'ai souvent entendu dire à tes élèves que, dans un discours, les silences et les omissions en révèlent autant que les affirmations. J'ai l'impression qu'il en va de même dans ta correspondance. Dans les premiers mois de ton absence, Diana Metella se faufilait dans chaque paragraphe. Ses tenues, ses décors, ses dîners, ses mots, ses cocasseries, ses amitiés, ses dédains… Autant que tes aventures, j'avais l'impression de lire son journal de bord. Puis elle s'est esquivée. Elle n'a plus eu droit qu'à de brèves apparitions. Cela m'a un peu intriguée, sans plus. Aujourd'hui, en revanche, elle n'existe plus et, là, je m'inquiète. Son sort ressemble à celui de la délicieuse Maïa Sempronia Litrana dont tu n'as jamais écrit le nom dans tes lettres et dont le mari m'a fait une cour assidue lors de son passage à Athènes. Laeca s'est fait un devoir de m'inviter au banquet qu'il donnait en son honneur lorsqu'il s'est arrêté chez nous sur le chemin de la Syrie où il partait lever des troupes

pour Crassus, leur maître commun. Assez beau, d'ailleurs, ce Quintus. Installée à côté de lui par la bienveillance vicieuse de Laeca, j'ai pu l'observer à loisir. S'il n'a pas ta séduisante minceur, la sensualité gonfle sa lèvre inférieure et l'appétit celle du haut. Quand je me suis étonnée de sa prévenance, il m'a répondu que tu étais si attentionné, proche et tendre avec son épouse qu'il rêvait de te rendre tes bons procédés. Nous avons commencé par en rire mais, adoptant ta délicieuse pudeur, je n'en dirai pas plus. Laisse seulement comme moi vagabonder ton imagination. S'il te plaît, en revanche, n'alimente plus la mienne. Tu n'as jamais évoqué Maïa et tu ne cites plus Diana Metella. Dans ta prochaine lettre, parle-moi franchement. Sinon, ne m'écris plus. Je préfère le silence au mensonge, fût-il par omission. Adieu. »

Combien de cours ai-je donnés sur la vérité ? Diogène se moquant de Pyrrhon, Héraclite prônant la « suspension du jugement », Démocrite affirmant qu'elle est au fond du puits… Dieux que j'ai fait le malin avec elle ! Et comme l'enseignement est loin de la vie. J'ai soudain vu la vérité comme une révélation qui salit. Elle ne console pas et ne fait pas de promesse. L'entendre, c'est recevoir une pierre en pleine tête. Et le mensonge, cette chasteté amicale, est pire encore. Car lui, pour le coup, on l'invente. Quoi que j'écrive, Tchoumi serait blessée. Il ne restait qu'à être sincère. Et à admettre qu'en effet, depuis des mois, j'étais amoureux de Diana Metella.

Catulle prétendait que la beauté, invincible aux premiers assauts, est la plus fragile des armes. Comme bouclier, la laideur n'est pas plus fiable. Ce qu'on prend pour une porte de forteresse n'est qu'une tenture qu'on écarte sans y songer. Avec une allure de prêtresse excentrique, Diana Metella était « à part », différente, mince, grande et taillée à la serpe mais majestueuse et élégante. Même si elle se présentait comme telle, je ne l'ai jamais trouvée laide. C'est sa façon d'être qui m'intimidait, sa noblesse dans les moindres mots ou les gestes les plus quotidiens. Une remarque, une façon d'accueillir et elle mettait trente générations de sénateurs romains entre elle et vous. Rien d'odieux, pourtant. Elle glisse toujours de la malice dans sa hauteur.

Il m'a fallu presque une année pour admettre que cette femme de dix ans plus âgée que moi s'était emparée de mon esprit et de mon cœur. Sans arme pour être séductrice, elle était séduisante. Elle se déplie plus qu'elle ne se lève. Elle ne marche pas, elle avance, des pas mélodieux. Son long cou, son visage étroit et son nez busqué d'oiseau de proie, son teint pâle comme les roses blanches, ses brillants yeux noirs et son regard perçant, sa tension, sa ligne déliée, ses membres fins, sa voix qui tranche sans hausser le ton, tout me fascine. Le temps ne la presse jamais. Qu'elle mange un fruit, qu'elle écoute un domestique, qu'elle lise une lettre, elle semble toujours y mettre toute son attention. Elle ignore le hasard et il n'y a rien d'inattendu chez elle, ni d'impromptu. Quand un détail la laisse indifférente, elle l'écarte d'un geste de la main comme elle lâcherait une pincée de sel. Sans la lettre de Tchoumi, j'aurais perdu d'autres mois encore. Mais là, mes yeux se sont ouverts. Je suis parti la retrouver, sans crainte.

L'amitié qu'elle m'inspirait avait changé. La brume de respect et de reconnaissance qui l'entourait s'était dissipée. Mes sentiments pour elle m'apparaissaient beaucoup plus frais, précis, purs et pénétrants. Son visage me rendait heureux. Je croyais en elle et j'avais besoin d'elle. Sa seule présence me rendait heureux. J'allais chez elle comme je serais allé au théâtre. Elle joue son rôle à la perfection et offre à son public des moments parfaits, hors du temps. À présent, je le savais, je l'aimais. Admettre dans mon cœur cette vérité douloureuse m'a fait du bien. Le doute agite mais la vérité repose.

J'ai toujours aimé et admiré Tchoumi. Pour sa beauté bien sûr, mais, tout de suite, dès les premiers jours, parce qu'elle me surprenait. Elle non plus ne tenait jamais les propos qu'on attendait. Et, ce jour des Ides de mai 697, plus que jamais. Lorsque j'ai été introduit auprès de Diana Metella, elle m'a accueilli en souriant :

« Vous venez me parler de votre lointaine épouse ? »

Je m'attendais à tout sauf à cette phrase. Jamais je ne lui parlais de ma femme. Par mauvaise conscience, par crainte aussi de prononcer des mots qui blesseraient l'une ou contrarieraient l'autre. Venu de nulle part au fin fond de l'empire, j'attaquais sans états d'âme Cicéron ou Pompée mais affronter ces deux femmes m'ôtait tout courage. Elles me l'ont rendu malgré moi. Tchoumi avait écrit une seconde lettre. Diana Metella me l'a tendue à l'instant même où je l'ai saluée :

« Il y a longtemps que je voulais m'adresser à vous. Votre haute position, mes rares relations, notre ignorance l'une de

l'autre et ma solitude m'ont retenue. À la relecture des lettres que je me préparais à vous envoyer, je vous imaginais en train de les parcourir, d'abord intriguée, puis indifférente. Vues de Rome, les tempêtes du cap Sounion ne soufflent guère. Aujourd'hui, pourtant, je profite d'un calme plat dans mes sentiments pour vous ouvrir mon cœur. On n'est jamais mieux servi que par soi-même et je doute du courage de Metaxas. Les hommes, fussent-ils philosophes, se ressemblent tous : capables de soulever des rochers, ils butent sur des grains de sable, en l'occurrence, vous et moi. Mais certains grains sont plus colorés et brillants que d'autres et je crains que l'éclat du vôtre ait un peu éclipsé celui du mien, moins scintillant vu de si loin. Je ne m'en étonne pas. Pendant des mois, votre présence a envahi la correspondance de Metaxas et, souvent, je le jalousais. J'aurais aimé être votre amie et découvrir Rome à travers vos yeux. Je comprends son attitude. Rassurez-vous, je ne m'en offusque pas non plus. Je connais trop bien mon mari : c'est un caméléon, il prend la couleur du lieu où il se pose. Contrairement à vous, il ne sait pas ce qu'il cherche. Il a un don pour ne rien demander et tout obtenir. Quand on lui fait une proposition, il prend ce qui vient comme cela vient. Ajouter son nom à la liste sans fin des philosophes grecs revenait à apporter du bois en forêt. Se mêler, en revanche, à la grande aventure romaine, c'était bâtir sa propre cabane. Loin de moi mais, peu importe, je l'approuve. Et c'est pourquoi je me confie à vous. Tant que je ne l'aurai pas écrit et que vous ne l'aurez pas approuvé, il va tergiverser. Dites-lui qu'il est libre. Je vous le confie et, même, je vous l'offre. Pour le libérer, je lui ai aussi écrit. »

À ma stupéfaction, Diana Metella a semblé trouver cette lettre naturelle. Sans émettre de commentaire, elle a demandé si elle pouvait lire celle que j'avais moi-même reçue. Je l'ai tendue et elle s'est éloignée vers la porte du jardin à la recherche de la lumière du jour. Assis sur le bord d'un canapé, l'anxiété me mordait. Tendu comme un chasseur, j'observais son calme. Le vide m'avait envahi. Et l'inquiétude. Par un miracle digne d'une légende, deux femmes d'exception s'offraient à moi. Mais je n'étais pas Pâris, le Troyen capable de choisir entre Aphrodite et Athéna. Jamais mon cœur ne trancherait. L'une était vague et l'autre lisse, l'une était poétique, résignée et inoffensive, l'autre subversive, réaliste et fébrile, l'une se présentait comme une forme imprévue et mélodieuse, l'autre comme un plan calculé et cinglant. Tchoumi était sensuelle, tendre et voluptueuse comme un lit, Diana Metella ressemblait à un mur sur lequel s'appuyer. De Tchoumi, j'aimais le regard qui approuve et la patience attendrie, de Diana Metella je cherchais le bras qui guide et l'efficacité affectueuse. L'idée de faire pleurer Tchoumi me brisait le cœur, la perspective de prendre Diana Metella dans mes bras m'enflammait l'esprit. J'ai attendu. Quand Diana Metella a relevé le visage, elle souriait. Revenu vers moi, elle a pris mes mains dans les siennes et, approchant son visage du mien jusqu'à nous toucher, m'a parlé tout bas :

« M'occuper de nos noces va me rajeunir. »

Puis elle m'a emmené sur la terrasse devant son petit carré d'herbe. J'ai passé la main autour de sa taille et elle a posé un instant la tête sur mon épaule. Elle m'a demandé si j'entendais, au-delà des murs, le bruit de la ville. Elle adorait ce souffle anonyme. Elle tendait l'oreille vers lui comme vers la respiration d'un dieu protecteur :

« C'est Rome. Elle va nous tenir compagnie. Nous n'allons pas seulement être heureux l'un contre l'autre. Ensemble, avec elle, nous allons marcher plus vite, monter plus haut, frapper plus fort. Puisque nous entrons dans le mariage à l'âge où d'habitude on en sort, au lieu de ralentir le pas, on va le hâter. Je veux savourer jusqu'à la dernière goutte de ma vie. De notre vie. »

Parmi les nombreuses leçons qu'elle avait tirées de son passé, Diana Metella affirmait que ceux qui se couchent ne doivent pas se plaindre d'être piétinés. Pas question pour elle de se marier en cachette. Ni de serrer d'un cran la ceinture de son orgueil d'héritière du clan Metellus. Moins encore de vivre en sourdine. Si elle avait pu, elle aurait invité tout le Sénat à notre mariage.

Au début, elle comptait organiser la cérémonie chez elle. Du temps de Sylla, quand son premier mari avait acquis la propriété, c'était une des plus belles de Rome. Trente ans plus tard, elle passait pour une très élégante petite maison. On parlait des trésors qu'elle y avait entassés, des repas raffinés qu'elle y offrait, de ses soirées en petit comité et de son jardin miniature. De fait, même dispersés à travers l'atrium, la salle à manger, la cour intérieure et le jardin, seuls une vingtaine de lits pouvaient être disposés pour le repas. Cela réduisait le nombre des convives à une soixantaine. Un nombre parfait pour une fête que Diana Metella voulait la plus exclusive de l'année. Son rêve était que deux ou trois rivales se suicident en apprenant qu'elles ne figuraient pas sur la liste des invitées. Un nombre malheureusement inconciliable avec l'ambition de Diana Metella. Elle avait beau reprendre sa liste matin et soir, impossible de descendre en dessous de cent convives. Après des jours de rumination, elle rendit donc les armes : nous recevrions ailleurs. Où donc ? Au-delà du Tibre, dans les jardins de Clodia. Depuis son procès, elle avait fui Rome. Sa divine propriété somnolait. Diana Metella y fit souffler un ouragan.

Le résultat a laissé Rome pantoise. Quarante tables, deux cents invités, des milliers de fleurs, un océan de vins, assez de bougies pour ré-incendier Carthage, des brûle-parfums à s'en sentir mal, une armée de serviteurs – le tout, selon Diana Metella, d'une « parfaite simplicité ». Ne parlons pas des invités. C'était le Panthéon. Toutes les grandes familles consulaires sont venues, même celles liées à Pompée ou à Cicéron, naturellement bannis de la fête. Les cousins Lucullus et Sempronius, bien entendu, mais aussi les Manlius, les Fabius, les Cornelius, les Maximus, les Julius, les Marcellus... Ils étaient tous là. Jusqu'à cet âne de Cornelius Lentulus Marcellinus, le consul en exercice, accompagné de ses licteurs, un aristocrate imbu de lui-même, égoïste et acquis à Cicéron. Je ne m'attendais pas à voir cet ennemi déclaré de Clodius mais Diana Metella s'était sentie obligée de le convier par égard pour sa fonction. À tout seigneur tout honneur, elle l'installa à la table des « ogres » que présidait Crassus. À la mienne dînaient Clodius, son épouse Fulvia, son frère Caïus, l'ancien prêteur, sa femme, ainsi qu'un cousin, le boute-en-train de la famille. Il aimait choquer et ne se priva pas de ce plaisir en me donnant l'accolade :

« Quelle erreur, tu commets, Metaxas ! Tu vas voir que le mariage corrompt tous les charmes d'un vieux concubinage. »

Cette fine astuce mise à part, le premier cercle du clan, réuni autour de moi, proclamait son accord à une union dont les mauvaises langues faisaient leur miel. Ce qui m'humiliait parfois mais laissait Diana Metella de marbre :

« Il y a des lustres qu'à Rome, les serments conjugaux sont gravés sur l'eau. Les hommes se marient parce qu'ils en ont assez de tester l'amour, les femmes parce qu'elles en ont assez de l'attendre, et la plupart ne restent ensemble que par paresse. Regarde César et Pompée. Chacun en est à sa troisième épouse. C'est partout pareil sur le Palatin et l'Aventin. N'oublie pas que la mère de Rome est une louve. »

À mon air ahuri, elle a compris que je n'établissais pas le lien entre le mariage et la louve. L'explication lui semblait pourtant évidente :

« À ton avis, pourquoi dit-on que Romulus fut nourri par une louve ? Parce qu'on ne peut pas dire que sa mère était une prostituée, une "louve" vendant ses charmes aux bergers voisins. Le terme lupanar vient de lupus.

Ne l'oublie pas. Notre morale n'est pas celle du reste du monde. Et c'est grâce à elle que nous le dirigeons. Ne t'embarrasse pas de complexes bons pour les Grecs. Désormais tu appartiens au clan des Claudius et des Metellus. Laisse les autres baver de jalousie. »

Un seul mépris éventuel me préoccupait. Celui de Publius. J'avais obtenu de Diana Metella de lui annoncer moi-même notre union. Parti pour son quartier général du temple de Castor et Pollux, j'en avais les entrailles comprimées. À ma vue, il a demandé à Volumnius de nous laisser. Il m'observait d'un air froid, presque glacial. Dans ce lieu se concevaient mille opérations auxquelles, je le savais, il ne voulait pas m'associer. Sans un mot d'accueil, il a désigné un tabouret :

« Je t'écoute. As-tu des informations si urgentes que tu ne puisses attendre de me voir dans un endroit plus discret ? »

L'amitié est comme un foyer chaud. Là, on l'aurait dit transformé en lac gelé. Face à cette acrimonie, j'ai jeté la vérité toute crue. Il n'a pas souri, ni prononcé un mot. L'eussè-je insulté qu'il n'eût pas paru plus hostile. Prenait-il mon attitude pour une trahison ? Mon cœur se décrochait. Le sien était tellement plus souple. Publius collectionnait les maîtresses et les amants comme d'autres rangent en vitrine camées ou pièces de monnaie étrusques. Il ne songeait qu'à élargir sa hotte. Sans doute, ne pouvait-il comprendre que Diana Metella et moi rendions publique une liaison si plaisante à l'abri des commentaires. Après un interminable face-à-face silencieux, je lui ai posé la question :

« Me crois-tu victime de cette fameuse hubris qui en frappe tant ? Un peu d'orgueil, pas mal de mégalomanie, une touche d'arrivisme, un rien de narcissisme, un soupçon d'ivresse mondaine et, à l'arrivée, une perte complète de la mesure. Dis-moi, c'est ça, ton analyse ? »

Sans répondre, il a ouvert le tiroir de son bureau et en a sorti un rouleau de parchemin blanc comme l'ivoire maintenu fermé par plusieurs tours d'une cordelette de soie bleue. Puis il s'est levé, s'est approché de moi, a éclaté de rire, m'a serré dans ses bras et a écrasé ses lèvres contre les miennes :

« Tiens, cousin, c'est pour toi, pour te crier que je suis ravi, que nous sommes tous ravis de t'accueillir. Dommage que tu aies choisi ma tante plutôt qu'une de mes nièces. Un grand jet d'eau de mer du cap Sounion aurait fait le plus grand bien à notre sang de laboureurs du Latium. »

Stupéfait, soulagé comme un étudiant reçu à ses examens, emporté par le bonheur, j'ai défait le nœud qui liait le parchemin. C'était *Le Banquet* de Platon, en latin. Publius en a relu les premières phrases. Il n'y trouvait plus le charme qui l'avait enthousiasmé plus jeune :

« Ce que cette soirée est bavarde, c'est terrible. Tellement grec. De purs pias-pias sur l'amour. Mais j'aime l'intervention de Phèdre, quand il dit que l'amour est la vertu la plus utile à l'homme, celle qui lui donne de l'audace et lui inspire du courage pour ne pas décevoir son amant ou sa maîtresse. Celle d'Aristophane aussi quand il se moque de la splendeur des temples dédiés à Zeus et suggère qu'on en bâtisse de plus beaux à Aphrodite, tellement mieux disposée à notre égard. »

À ce moment-là, il m'a repris dans ses bras et m'a embrassé une nouvelle fois les lèvres avant de me repousser brutalement et de m'interpeller sur un ton sévère :

« En revanche, ne prête pas attention aux âneries de Pausanias. Ce n'est que du dévergondage. Une plaidoirie pour les harceleurs de jeunes garçons qui nous fait beaucoup de mal à nous, Grecs. Partout autour de la Méditerranée, on nous prend pour des débauchés. »

J'avais reconnu son imitation du ton flûté d'Oreficos, notre délicieux maître qui passait ses nuits entre les bras des dockers du Pirée, vouait la pédérastie aux gémonies et nous croyait dupes de ses airs de gros chat viril. Un jour, Publius lui avait demandé en plein cours s'il pouvait le conseiller sur le maquillage le plus seyant pour passer une soirée avec des hoplites. J'en ris encore. Publius me montra alors au revers du premier feuillet un sceau aux armes de l'aigle :

« Ce document a appartenu à Sylla. C'est la première traduction du *Banquet* en latin. Au moins, entre tes mains, je sais qu'il prendra l'air. Tout à l'heure, quand je l'ai sorti des rayonnages, il était plein de poussière. »

Comment était-il déjà au courant de ce mariage ? Il a paru surpris par la question. La réponse allait de soi : « Par Fulvia, bien sûr. Ce matin même. » Toute la famille ne parlait que de ça. Je suis tombé des nues. Et, plus encore, quand Publius a rappelé Volumnius. Il l'a pris par l'épaule, ce qu'un noble romain ne fait jamais devant un tiers avec un esclave, fût-il affranchi. Et il lui a tendu à lui aussi un document roulé et scellé :

« Voilà pour ton amoureux. C'est le document signé par ma tante qui l'affranchit. Elle sait que son retour sous son toit avec Metaxas rendait malades les autres esclaves jaloux de son indépendance. Libre, il ne souffrira pas de leurs avanies. Tu pourras jouer avec lui tant qu'il vous plaira. Publius, lui, s'offrira un autre Gaulois. Il est riche, désormais. »

Tchoumi me cédait sans combat et Leno était amoureux de cette brute mal léchée de Volumnius. Pour parler comme les Gaulois, le ciel m'est tombé sur la tête. Et le pire était à venir : selon Publius, Diana Metella avait envoyé dix mille sesterces à Tchoumi pour lui éviter tout souci. L'une m'achetait, l'autre me soldait. Quelques pages d'Épicure n'y changèrent rien : mon amour-propre a beaucoup souffert. Heureusement, il en avait l'habitude. Quelques semaines plus tard, lors du fameux souper des noces, toute idée d'exprimer mon dépit m'avait abandonné. La vie me souriait, je lui ai fait bonne mine.

Si Diana Metella voulait éblouir Rome, elle y est parvenue. Lorsqu'on arrivait sur la terrasse de Clodia, le tableau de notre réception volait la vedette à la vue grandiose sur la ville de l'autre côté du Tibre. Surchargées de couverts en argent venus de toute la famille, illuminées de chandeliers en métal ouvragé, quarante tables scintillaient dans un halo rose et doré aux teintes du soleil couchant, des nappes et des draps de lit en tissu mordoré de Rhodes. Chaque plat avait demandé des négociations avec le chef prêté par l'oncle Lucullus. Deux jours plus tôt, elle avait loué dix cuisiniers assistants au marché du Palatin. Sa seule consigne avait été d'éviter le ridicule nouveau riche de plats à la mode comme les tétines de truies farcies ou les langues de rossignols. Elle riait encore des immangeables talons de chameaux que Suspicion l'Africain avait servis lors du banquet en l'honneur de ce pauvre Dion. Elle avait exigé des plats esthétiques et délicieux à base de mets connus de toute éternité. Son goût bannissait les excès de miel et exigeait des quantités de fenouil, d'aneth et de poivrons dans tous les accompagnements de dindes et d'oies. Les détails comptaient plus pour elle que la quantité. On avait passé quinze jours à goûter des pains tous plus délicieux et ruineux les uns que les autres. Pour finir, tout le monde s'est jeté sur ces petites brioches au lait et aux œufs moulées en forme de talents d'or. Pour le plaisir d'agacer Caton, le grand ami de Cicéron, elle avait renoncé au vin de Salernes en faveur de crus venus de Chypre et de Crète officiellement interdits aux tables romaines par un décret de son grand-père encore plus rétrograde que lui. Des danseuses, des mimes, des musiciens se donnaient en spectacle entre les plats. Les plus drôles furent trois prestidigitateurs qui passaient parmi les convives, faisaient des tours de magie avec des foulards ou des dés et ressortaient de leurs mains des bagues, des aiguilles à cheveux ou des broches qu'ils avaient subtilisées quelques instants plus tôt à une table voisine. Pour les desserts, au lieu de pâtisseries qu'elle haïssait par phobie du gras, elle présenta dans des plats en argent des salades de fruits venus de tout l'empire dont l'un, la pêche, cultivée en Perse, fit cette nuit-là son apparition à Rome.

Leno était bien entendu de la fête. Stylet à la main, il passait de table en table et saisissait en quelques minutes les traits, les silhouettes ou les attitudes des hôtes. Certains étaient caricaturés. Représenté en éléphant d'Hannibal, Crassus choisit d'en rire et suggéra d'envoyer le dessin à l'empereur des Parthes. Marié à une femme beaucoup plus âgée que lui, le tout jeune Publius Cornelius Dolabella était croqué à côté de moi en train d'observer une vieille dame de dos ; cet idiot le prit très mal et me tendit le dessin comme il m'aurait passé un torchon souillé. Deux ans plus tard, il épousa la fille de Cicéron. Ces paons étaient faits pour se trouver. Peu après, Leno montra Fulvia en pleine conversation avec le responsable de la cavalerie de César, Marc-Antoine, qui avait quitté son lit et pris un tabouret pour se joindre à notre table. Eux aussi, six ans plus tard, se marieraient. À croire que ce Gaulois avait un don prophétique. Étrange d'ailleurs, ce Marc-Antoine. Il avait l'air d'une force de la nature, s'habillait le plus souvent en militaire jusque sur le Forum et, avec ça, parlait le grec le plus parfait que j'aie entendu à Rome. Sans doute mis de bonne humeur par Fulvia, il me tapa sur l'épaule pour me féliciter de devenir romain :

« Tu vas être utile. Tu ne seras plus une de ces grandes intelligences inutiles comme la Grèce en produit en série. À quoi sert la valeur humaine si elle ne fait pas croître sa patrie ? Sois le bienvenu, Metaxas. Et range-moi au nombre de tes amis. On se retrouvera. »

Ni lui ni moi ne soupçonnions à quelles extrémités sanglantes cette politesse mondaine nous mènerait dix ans plus tard.

Malgré l'usage qui veut qu'on laisse pour les morts de la famille ce que les dîneurs jettent sous les tables, Diana Metella, obsédée d'hygiène, avait exigé que les serviteurs balayent le sol au fur et à mesure du dîner. Quand Cornelius Lentulus Marcellinus s'en offusqua, elle affirma qu'on irait porter les restes le lendemain sur les tombeaux des ancêtres. « Au cap Sounion, j'imagine », répondit Marcellinus d'un ton dédaigneux. Il aurait mieux fait de se taire. Elle se promit de le lui faire payer. Or, avec elle, les serments étaient faits pour être tenus. À l'aube, quand les derniers dîneurs eurent disparu, elle s'assit avec moi sur un canapé pour voir le soleil se lever sur la ville. Tenant ma main droite entre les siennes, elle cala son flanc contre le mien :

« On va se battre. Je vais faire de toi l'avocat le plus redouté de l'empire. Et le plus recherché. Tu seras impitoyable. Contre Caelius, tu as retenu tes coups. Il faudrait une trentaine de paires d'yeux pour les fermer sur tout ce que tu n'as pas dit contre lui. Comme si tu craignais d'être contaminé par l'eau sale que tu brasses. Observe Cicéron quand il a plongé dans les égouts pour en extraire de la boue contre Clodia. Et pour la laisser ensuite dégouliner à la vue de tous. Du droit et de la loi, il n'a fait qu'une toile de fond pour ses bouffonneries.

À cet instant, il ne se prenait plus pour un ancien consul et un auguste sénateur. Il cognait comme un voyou. C'est ce tueur que tu dois devenir. Appartenir au clan Metellus te met désormais à l'abri. Nous allons infliger aux amis de Cicéron les supplices qu'il applique aux nôtres. »

Je pensais qu'elle songeait au long terme. Erreur : elle m'a sur-le-champ donné le nom de ma première victime. Ce serait le beau-frère de Cornelius Lentulus Marcellinus. Elle en frémissait de bonheur à l'avance :

« Un intime du Consul en place. Tout l'empire va retenir son souffle. Dans trois mois, plus personne n'ignorera ton nom. Cicéron a fait sa gloire en attaquant les grands noms du Sénat quand ils revenaient enrichis de leurs proconsulats. Tu vas te faire adorer en clouant au pilori ses amis et ses protégés, les chevaliers, qui collectent les recettes dans les provinces et les pillent. La République s'effondre. C'est la curée. Nous ne serons pas les Gracques. On ne se laissera pas mener à l'abattoir. C'est nous qui allons faire rendre gorge à nos ennemis. »

C'était un peu pathétique pour une fin de nuit. Pour détendre l'atmosphère, je lui ai lu le petit poème que Catulle m'avait envoyé de Bithynie. Il l'avait appelé « L'oiseau qui cherche une cage ». L'oiseau, c'était moi. La cage, c'était elle. La dernière phrase disait : « Aphrodite a inventé l'amour et les Érinyes le mariage. » Elle a souri et haussé les épaules :

« Il n'y a pas de cage pour les rapaces. Juste des cimes d'où s'élancer. Laisse Catulle à ses strophes et ses stances. On va bien s'amuser. »

Chapitre 14

J'ai enfin rencontré Cicéron. Par un pur hasard. Depuis des mois, il ne se montrait plus. Pas de son fait, bien sûr : il adorait qu'on l'observe. Mais parce qu'il en avait reçu l'ordre. De Pompée en personne. Même lui n'en pouvait plus de cette perruche se prenant pour un aigle.

Le lendemain de son triomphe au tribunal contre Clodia, au lieu de savourer en paix les compliments des flatteurs attirés par son nouvel éclat, Pois Chiche avait semé le chaos au Sénat. À sa façon opportuniste, en plaçant un pied et une main dans chaque parti. Sans que le consul lui ait donné la parole, sans que personne lui ait suggéré cette intervention, il s'était levé pour réclamer que le Trésor refuse d'accorder les quarante millions de sesterces que Pompée réclamait pour financer des achats de blé. Une mission qu'il lui avait lui-même confiée le lendemain de son retour d'exil ! Prétexte invoqué : les finances publiques étaient englouties par l'exécution de la loi de César et Clodius distribuant les terres de

Campanie aux vétérans et aux citoyens pauvres. La plus évidente rigueur exigeait selon lui qu'on abroge la loi de distribution avant de verser une aide au ravitaillement. Un silence glacial s'était abattu sur la Curie. Les mesures qu'on lui soumet sont comme les champignons : certains sont comestibles, d'autres vénéneux. Soutenir cette proposition revenait à s'opposer de front à César, à Pompée et à Clodius. Un suicide en public. Cornelius Lentulus Marcellinus, qui présidait ce jour-là les débats, avait sur-le-champ levé la séance. Il va de soi que le sujet n'était jamais revenu sur le tapis. Mais Cicéron non plus. Au nom des triumvirs, Crassus lui avait peu après interdit de réapparaître au Sénat. Et là, surprise : l'intrépide défenseur de la loi, si brave contre Clodia, s'était terré chez lui. Pour se consacrer à un ouvrage de philosophie.

Je l'ai lu depuis. Comparer Cicéron à Platon, Diogène, Héraclite ou Pythagore, c'est observer une goutte d'eau à côté d'une perle. Il s'est contenté de les relire, de cocher leurs meilleures formules et de les paraphraser. Un vrai travail d'usurier et, à l'arrivée, un recueil de pensées passe-partout qui hisse l'idéal humain au niveau d'une sagesse de vieille dame : ne rien désirer outre-mesure, trouver les ressources en soi, ne pas dépendre des autres, ne pas faire à autrui ce que vous souhaitez qu'on ne vous fasse pas… Un cordonnier n'aurait pas mieux dit. J'imagine que Pois Chiche pensait ainsi regagner un brevet de respectabilité. Mais il n'a pas atteint son but. Personne ne lui a fait signe de revenir. La vie est comme une tente parthe, ronde, sans début, ni fin ni angle. Tu es dedans ou dehors, voilà tout. Et lui restait dehors, évité par tous. Dans les épreuves, le pire désarroi ne provient pas de ce que font vos ennemis mais de ce que ne font pas vos amis. De ce côté-là, il a été servi. Tandis qu'il boudait, attendant fiévreusement un signe des triumvirs pour réapparaître, personne ne frappait plus à sa porte. Jusqu'à ce que, miracle, Pompée le sorte des limbes en l'invitant à l'inauguration de son théâtre, en bordure du Champ de Mars. C'est là que j'ai fait sa connaissance.

Les réjouissances ont duré deux jours. Au premier, Rome, le Tout-Rome et le Sénat étaient conviés à assister à des jeux au Grand Cirque. Les loges sénatoriales et consulaires étaient bondées. Personne n'avait osé se soustraire à la fête. Surtout pas Cicéron qui avait pourtant toujours traité ces plaisirs bestiaux avec le plus grand dédain. À cette heure, pour avancer, toute roue lui convenait, jusqu'aux combats de gladiateurs. Assis à quelques rangs de Diana Metella et moi, il n'était que sourire, rendait tous les saluts et ne manquait aucun applaudissement. Sa malice, sa souplesse, ses flatteries qui écorchent, tout était apprivoisé, asservi même. Il n'était que zèle, soumission et patience. Dix-huit éléphants furent sacrifiés. Je ne parle pas du nombre de gladiateurs estropiés. Pour la première fois de son histoire, Rome découvrit même un rhinocéros. Eût-on offert à Pois Chiche un manuscrit de la main d'Aristote qu'il n'aurait pas mimé plus d'enthousiasme. Une cohorte d'esclaves en tenue de légionnaires vint à bout du pachyderme. À cet instant, lorsque Pompée tourna le visage vers lui, tous les traits de Pois Chiche exprimèrent la joie du brave citoyen enchanté de passer une journée de fête. Diana Metella était aux anges :

« Quel joueur de flûte ! Mais Pompée devrait se méfier. Dès qu'il aura tourné le dos, Pois Chiche se servira de son fifre comme gourdin. On lui a élagué les branches mais les racines demeurent vivaces. »

Sans doute, mais plus tard. Le lendemain matin, Cicéron était bien présent, en grande tenue de sénateur, pour la visite officielle du fameux théâtre. Faites confiance à Pompée : c'était gigantesque, démesuré, presque oriental à force de faste. Le parfait manifeste de sa mégalomanie. Outre le théâtre, il y avait un temple, des portiques, des jardins, une curie, des boutiques… Même les latrines avaient des allures d'édifice sacré. Toutes les carrières et les ateliers du Latium avaient été mis à contribution pour envahir le lieu de statues. Depuis l'entrée d'Alexandre à Babylone, on n'avait pas découvert d'un coup d'œil autant de colonnes sculptées. Il s'agissait moins de séduire que de faire tableau. Des voûtes, des arches, des chapiteaux à volutes. Frontons, frises, cartouches, médaillons, chaque détail était enjolivé. On parcourait une encyclopédie de l'ornementation. Et des marbres de l'empire. Blanc de Toscane, porphyre vert du Péloponnèse, jaune à veines écarlates de Numidie, rouge à éclats blancs d'Égypte… Un socle cyclopéen de cette teinte attendait l'arrivée d'un prochain obélisque. Ce ne serait pas long. Pompée était en train de remettre Ptolémée sur son trône. Il ne manquait que l'arc de triomphe avec lui sur son quadrige. Là non plus, ça ne tarderait pas. Linteaux, corniches, marches, tout était de couleur pâle, surchargé de feuilles d'acanthe et d'astragales. Le seul tuf autorisé était le travertin, blanc comme le marbre qui scintillait partout.

Sous le soleil brillant ce jour-là, on ne savait où tourner le regard pour échapper à cette inondation de lumière. Par bonheur, quelques tentes avaient été dressées pour protéger les buffets de la chaleur trop ardente. Les dames du Palatin et de l'Aventin avaient établi leur quartier général sous celles réservées au Sénat. Une légion de serviteurs offrait boissons et becquées de luxe. Diana Metella et Fulvia partageaient tartes et salades de fruits avec plusieurs jeunes femmes de la famille Quintillia. Elles étaient ravissantes, de la plus haute noblesse et pauvres comme le dessus de ma main mais très amusantes. Très moqueuses, surtout. Aucun ridicule ne leur échappait. Ni aucune posture. Cicéron, en particulier, aiguisait leur nargue. Assis à l'écart sur un banc, il semblait accablé. Deux heures de promenade d'un édifice à l'autre avaient épuisé ses réserves de bonne humeur. Et de santé. Il n'en pouvait plus et semblait un peu ailleurs, égaré à travers les hauts-plateaux de sa mélancolie. Quelques-uns le saluaient en vitesse, puis s'éloignaient. Tirion, l'esclave grec, qui lui servait de secrétaire le jour et de compagnon la nuit, faisait des aller et retour vers les buffets. Lui-même picorait. Et ce n'est pas le passage du héros de la fête sous notre tente qui lui aurait rendu l'appétit. À son arrivée, comme nous tous, il s'était levé mais si lentement qu'on aurait dit qu'il se décollait de son siège. Pompée ne lui avait concédé qu'un hochement de tête. Un geste de dédain imperceptible que tout le monde perçut, un peu comme un pet que nul n'entend mais que chacun sent.

Accompagné d'un dignitaire égyptien auquel il accordait mille grâces et expliquait chaque détail de maçonnerie, le « Grand » aggrava le sentiment de mépris en donnant visiblement à son invité d'honneur le nom de celui qu'il saluait distraitement sans prendre la peine de le présenter. Au contraire, avec les matrones du Sénat, toutes liées à la faction la plus réactionnaire de la Curie, la sienne, il multipliait les amabilités, passant de table en table pour les saluer une par une et demander si elles avaient tout ce qu'elles désiraient. Même Fulvia et Diana Metella eurent droit à ses faveurs. Il alla jusqu'à demander des nouvelles de Clodius – dont il avait juré la perte après l'humiliation subie au Forum le jour du procès de Milon. Son ouverture d'esprit n'alla pas toutefois jusqu'à me saluer. Quand ses yeux ont glissé sur moi comme sur un mur de plâtre, j'ai adressé un sourire de complicité attristée à Cicéron, dix mètres plus loin. Heureuse initiative. Quelques minutes plus tard, alors que Pois Chiche excédé quittait enfin ce carnaval, Tirion vint vers moi. Grand, mince, le physique d'un garde du corps plus que d'un secrétaire, il avait une belle tête malgré ses oreilles décollées. Publius les surnommait « Pois Chiche et Tête de Chou ». S'adressant à moi en grec, il m'invita à leur rendre visite :

« Marcus Tullius serait heureux de te montrer la bibliothèque de sa nouvelle maison. »

Je n'ai été qu'à moitié surpris. Cicéron savait très bien qui j'étais. Mon mariage avait attiré l'attention. Mon procès contre le beau-frère du consul en titre avait achevé de rendre mon nom familier, sinon au public, du moins aux dirigeants et, bien sûr, aux avocats. À commencer par Cicéron, forcément intrigué et agacé de me voir piétiner ses plates-bandes. Comme il s'était rendu célèbre en faisant rendre gorge aux proconsuls pillant les provinces qu'on leur confiait, j'envoyais aux oubliettes leurs bras droits, tous ces hommes nouveaux issus des rangs seconds de la société qui se chargeaient de la sale besogne et prélevaient l'impôt pour le compte de ces fameux sénateurs couverts d'honneurs. L'époque où Verrès mettait lui-même la main dans le pot aux confitures était révolue. La plupart des maîtres de provinces se cachaient derrière des chevaliers, la caste dont sortait la famille de Cicéron. Depuis un an que César et Pompée le maintenaient au frais, n'ayant rien de mieux à faire, il m'avait observé. Trois procès, trois victoires. Il ne connaissait que moi. Et je ne demandais qu'à le rencontrer.

Deux jours plus tard, curieux de la voir, je suis donc allé dans la propriété dont j'avais en vain tenté de le priver. Sur la petite place d'où il avait chassé la statue de la Liberté, une femme élégante et sa fille, jeune et mince comme un ruban, avaient dressé une table où elles mettaient en vente quelques objets de collection. Des scarabées de jade, des colliers d'ambre, des tissus syriens, de la vaisselle en argent… Un marché aux puces pour millionnaires sur l'Aventin ! Je n'en revenais pas. Quand il m'ouvrit la porte, Tirion m'expliqua que le mari de la première, père de la seconde, venait d'être condamné à l'exil pour escroquerie :

« Il collectait l'impôt dans un des proconsulats de Pompée tout en étant proche de César. À la manière de tous, en arrondissant les chiffres. Ce n'est pas à toi que je vais expliquer que les comptes suspects ne pardonnent plus. On l'a prié de se faire oublier en Sardaigne. »

La maison de Cicéron sentait encore la peinture mais, autour de l'atrium, les artistes en avaient fini avec leurs fresques : des paysages pleins d'oiseaux et d'animaux de la ferme ou de la campagne. Tous apparaissaient avec une précision, un réalisme, une poésie et un équilibre parfaits. Bordant le bassin, des arbres en pot achevaient de donner une touche de sérénité paysanne au lieu. Des chats déambulaient un peu partout. Tirion en sourit :

« Ils nous protègent des rongeurs. Terentia voue un culte à ses réserves de grain. Elle connaît le nombre de ses haricots à l'unité près. »

De notoriété publique, Terentia et lui se détestaient. Tout le monde, d'ailleurs, la détestait – à commencer par son mari. Filant vers le bureau de Cicéron, nous sommes tombés sur elle. Tirion a tenté de me présenter. L'écartant d'un geste excédé de la main, sans m'adresser la parole, elle a posé sur moi un regard glacial comme si je lui barrais la route. Puis elle a haussé les épaules et disparu, spectre noir et maigre, comme un léger courant d'air froid. Couverts de coussins, deux bancs de pierre bordaient le couloir menant au bureau de Cicéron, vides. Tirion eut une moue des lèvres, navrée :

« Il y a encore six mois, dix personnes y auraient attendu un rendez-vous avec Marcus Tullius. Des amis, des plaideurs, des clients… Au moins ne serez-vous pas dérangés. On vit ici comme au fin fond de la Campanie. »

Le soleil brillait dans la pièce où Cicéron, assis à sa table de travail, écrivait. Il se leva pour venir vers moi et m'accueillir en grec. De profil, ce vautour avait un menton de pélican. Son ventre poussait sur une silhouette mince et sous de maigres épaules. Ses cheveux gris ne dissimulaient plus son crâne. Il ne tarderait pas à avoir l'air d'un vieillard. Nous nous sommes assis sur des bancs autour d'un brasero. D'épaisses couvertures rendaient leurs dossiers tendres et épais comme des matelas. Le calme, le silence, la douce chaleur, les tapis beiges, les rideaux blancs…, une tranquillité raffinée baignait la pièce d'où sortiraient encore mille mensonges, intrigues et calomnies. Encadrée par les fenêtres ouvrant sur le jardin, somptueuse dans ses étagères de bois sculptées, une large bibliothèque accueillait des centaines de rouleaux, certains simplement noués par des ficelles, d'autres glissés dans des tubes de carton. Les mauvaises langues insinuaient que la plupart des textes étaient les siens. Il adorait se relire. Sa vanité faisait la joie de Rome. Après avoir écrit une apologie en grec de son consulat, il en avait rédigé le récit en latin avant de lui consacrer un poème en trois chants ! Un torrent d'éloges adressé à son œuvre, sa lucidité, son courage et sa résolution. Parlant de ses actions, le miraculeux se présentait vite sous la plume. Depuis toujours ! Il affirmait parfois qu'à sa naissance, sa mère n'avait pas souffert. Déjà un prodige, en somme. Cicéron dirigea un index vers ses rayonnages :

« C'est mon harem. Plus j'avance en âge, mieux j'en jouis. »

Un sourire fatigué accompagnait l'accent ironique de sa voix, grave et lente. Un serviteur nous apporta du vin. Un cru de Campanie. Tirion m'en remplit une coupe tandis que Cicéron s'en versait une goutte qu'il noya d'eau. Sur plusieurs pans de mur étaient inscrites à la peinture des phrases célèbres de philosophes grecs : « N'aimer personne, c'est n'être aimé de personne » de Démocrite, « Mieux vaut se faire aimer que craindre » de Pythagore, « Tout ce que je sais, c'est que je ne sais rien » de Socrate – qu'il avait inscrit en latin : « *Scio me nihil scire.* » La meilleure était « Si tu habites avec un boiteux, tu boiteras » dont je ne rappelle plus l'auteur. On ne coupait pas non plus au « Connais-toi toi-même » inscrit au frontispice du temple de Delphes. Rien de bien lumineux, le tout-venant de l'intelligence grecque. Je n'ai pas fait de commentaire. Déçu par mon manque d'enthousiasme, Pois Chiche m'a demandé quelle pensée j'ajouterais. Je l'ai ramené à l'essence de notre sagesse :

« J'inscrirais "Les jours sont plus nombreux que les saucisses". Cela me semble plus profond que tout ce bon sens. »

Il a éclaté de rire. Et là, sa morgue s'est évaporée. Son charme est revenu. Sa bonne humeur aussi. Il s'est levé pour attraper sur un banc ce que j'avais pris pour une couverture de laine :

« C'est le manteau de Démosthène. C'est du moins ce qu'affirme Atticus, mon meilleur ami, qui l'a rapporté d'Athènes. Je n'y crois qu'à moitié mais je le garde précieusement pour tenir mon rang face à Pompée qui exhibe celui d'Alexandre. Pauvre Pompée, il collectionne les reliques. Et accumule les bizarreries saugrenues. En ce moment, quand il reçoit, il s'assied dans le crocodile empaillé que lui a offert Ptolémée. Le genre de bestiole qui prend de la place mais ne mord pas, tout lui, en somme. »

Son entrain mondain retrouvé, il m'a demandé des nouvelles d'Oreficos. C'est la plaie des hommes du monde romains : il faut qu'ils prouvent leur culture attique et vous parlent de Platon comme s'ils l'avaient connu. Avant qu'il ne se lance dans des civilités philosophiques, je l'ai ramené sur son véritable terrain, la politique. Il s'est laissé faire, enchanté. Il n'en pouvait plus de bouder dans son coin. Il avait trop d'idées à partager. C'est simple : il méprisait tout le monde. Et comme les homosexuels repèrent toujours l'homosexualité des autres ou comme les ivrognes déplorent l'alcoolisme de leurs voisins, il traquait chez tous les maîtres de l'heure son propre défaut majeur : le manque de caractère. Tout le Sénat y est passé. Au fond, il n'en admirait et craignait qu'un seul, César, juste celui dont il se proclamait l'ennemi juré :

« Le triumvirat est un attelage bancal. Quand on est trois, il faut être un des deux. Et lui en sera. Crassus est nul et Pompée est mou comme l'eau. Je me demande juste qui passera le premier par-dessus bord.

Le sang bouillonnait à nouveau dans ses artères. L'amour, la beauté, la paix, la vérité qui envahissaient ses textes du moment auraient vite fait de rentrer sous terre à la seconde où les affaires publiques se rappelleraient à lui. Cinq minutes de politique politicienne et son vernis métaphysique s'est écaillé en poussière. Il savait tout sur tous, analysait chaque prise de position, lâchait mille flèches, ne voyait partout que des médiocres, possédait la vérité. Au lieu d'agir, il expliquait. Le propre des lâches. L'égalité et la justice étaient le cadet de ses soucis. Il parlait de sauver la République sans jamais évoquer le peuple qui l'habite. Un vrai cas d'école pour observer l'élite qui présente la patrie comme un patrimoine sacré à ceux qui n'ont rien. César l'obsédait. Et lui faisait de l'ombre. Il fallait qu'il se compare à lui :

« J'admets qu'il commande à tout le monde. Mais je préfère ma situation : je n'obéis à personne. »

C'était ridicule. Et risqué : après tout, je pouvais le répéter à Clodius qui correspondait en permanence avec César. Il a vite fait marche arrière et s'est rabattu sur du moindre fretin : moi, en l'occurrence. Il voulait comprendre par quel prodige j'étais devenu quelqu'un à Rome en deux ans. Il connaissait la réponse : d'abord par mon mariage, puis en attaquant les voleurs qu'il protégeait, sa caste, celle des chevaliers et des publicains.

La taille de l'empire avait fait de la gestion des terres et du commerce une tâche énorme. Elle impliquait déjà de nombreux fonctionnaires. Sauf que maintenir les fonctions publiques à leur haute valeur exigeait d'en créer le moins possible de nouvelles. Le Sénat avait donc délégué la collecte des recettes directes et indirectes à des intermédiaires. Pas à n'importe qui, naturellement ! Des frères cadets, des cousins, des clients, des protégés choisis sur leurs terres italiennes. Issue des rangs des chevaliers, la famille de Cicéron était un exemple de cette aristocratie financière sortie d'un potager. Négociants, banquiers, fermiers de l'impôt, ils quadrillaient les provinces. Le code les y aidait. Un grand-père de Publius, déjà soucieux de justice sociale, avait fait passer une loi, une énième loi Claudia, qui défendait aux sénateurs d'avoir des navires à eux, de prendre un intérêt dans les adjudications publiques, de faire de la spéculation. But de la manœuvre : en finir avec les nantis qui confondaient délégation et confiscation. Résultat de la manœuvre : il avait ouvert les portes à des commis devenus si riches en une génération qu'à présent, ils s'emparaient de l'État lui-même. Et se faufilaient discrètement dans la noblesse. Cicéron, le plus célèbre de ces bénéficiaires, le savait mieux que personne. À la mort de son père, il avait fait défiler des images d'aïeux imaginaires. Il voulut savoir jusqu'à quel point ma carrière d'avocat empruntait ses propres traces :

« Es-tu devenu riche ? »

Comment ne le serais-je pas devenu ? Mon premier procès m'avait rapporté une maison en Lucanie et un coffre de perles offert par les femmes de Numidie, reconnaissantes pour mon action contre le fermier général qui avait rançonné la province. Cicéron me demanda ce que je faisais de cet argent. Rien de particulier. Diana Metella avait tout vendu aussitôt. J'avais envoyé vingt mille sesterces à Tchoumi et Lyonnos me traitait désormais avec les égards dus aux millionnaires. Pour autant, je ne me montais pas des collections d'ouvrages anciens ou de sculptures grecques. Diana Metella gérait les comptes. Cicéron soupira :

« Décidément ! Ici aussi, c'est Terentia qui fait la loi. Elle ressemble à cette fascinante Diana Metella, une vraie mante religieuse. Tu es son troisième mari, je crois. »

Même si j'étais le quatrième, il la connaissait bien, savait la haine qu'elle lui vouait et ne pouvait ignorer que Diana Metella aurait arraché les cheveux de quiconque la comparait à cette doyenne acariâtre de Terentia, grippe-sou, attifée comme un madrier et vaniteuse comme un paon. Tirion m'a prié de ne pas répéter ce parallèle à mon épouse. Cicéron a ri :

« C'est vrai que Diana Metella se prend pour la crème de la crème. Dans le genre fantôme, j'admets d'ailleurs qu'elle a une classe folle. Et je me méfie d'elle plus que de quiconque dans la coterie de ton vieux voyou de copain. Je les connais, ces femmes : elles ne passent jamais à autre chose. Si elles vous haïssent, c'est pour la vie. »

Le temps passant, la discussion s'élargissant, il avait retrouvé toutes ses forces. Tirion partit pour les cuisines afin qu'on nous serve des amandes, des olives, du fromage et, à nouveau, du vin. La discussion revint sur la situation politique. Elle seule le passionnait. Il se présentait comme le dernier défenseur des institutions. Sans armée, juste avec des phrases. Je m'en suis inquiété :

« L'éloquence ne suffit pas à détourner le fleuve de l'Histoire. Aucun beau discours adressé à un loup n'en a fait un chien. De bonnes formules ne suffiront pas à désarmer les légions de César et de Pompée. »

Il en a convenu. Il ne voulait rien changer. Ni personne. L'organisation du pouvoir et l'injustice sociale ne le dérangeaient pas. Il ne songeait qu'à maintenir la tradition qui autorisait les riches à se plaindre en public au Sénat. Du moment que les chiens avaient le droit d'invectiver les loups, ceux-ci pouvaient continuer à ravager la basse-cour. Une dictature ne le heurtait que parce qu'elle lui couperait le sifflet. C'était trop cynique pour moi mais nous avons encore parlé un long moment. Deux esprits sarcastiques nourris des mêmes lectures : aux yeux de quelqu'un venu de l'extérieur, nous parlions la même langue avec le même accent. Lui et moi pouvions même faire mine de le croire. Du reste, à mon départ, il m'a raccompagné comme un ami jusqu'à la porte. Avant que je sorte, dans le vestibule, il a posé la main sur un vulgaire soc de charrue posé au centre de la pièce comme une statue de bronze sur un socle de pierre :

« C'est l'instrument avec lequel Cincinnatus cultivait son champ quand le Sénat l'a rappelé au pouvoir. L'humilité est aussi une arme. »

Plantée de façon dramatique à l'entrée d'une demeure où aucun détail de la décoration n'était fortuit, cette pièce de métal rouillée, symbole de simplicité, disait tout de sa duplicité. Mais il a fallu qu'il en rajoute :

« Trois siècles plus tard, on voue toujours un culte à Cincinnatus. Il incarne la frugalité et le sens du devoir. Mais on a oublié pourquoi on lui avait confié une seconde fois la dictature. »

Ce n'est pas moi qui allais apporter la réponse. À cette lointaine époque, Alexandre dominait le monde, personne n'observait ces paysans du Latium. Pois Chiche a laissé passer un silence avant de m'éclairer avec un grand sourire :

« Parce qu'il a exécuté sans procès les tribuns de la plèbe qui menaçaient déjà l'équilibre des pouvoirs. Rome lui en est toujours reconnaissante. Songez-y, Publius et toi. »

Puis il a ri, m'a tapé sur l'épaule et a refermé la porte.

Chapitre 15

Oreficos répétait que l'argent va à ceux qui l'honorent. Erreur : sans jamais songer à lui, je suis devenu riche. Vraiment riche. Comme par miracle, les fonds venaient à moi. En quelques mois, l'une après l'autre, les cités de la province romaine d'Asie, la plus riche de l'empire, ont fait appel à mes services. La première fut Pergame. Cette ville roule sur l'or. Elle produit des céramiques, des parchemins, des parfums, des tissus, des huiles d'olive, que sais-je encore... Il va de soi que les sénateurs romains parvenus au sommet du cursus honorum s'y arrachaient les postes de proconsul et de gouverneur. À peine nommés, ils désignaient les intendants publicains qui presseraient le citron jusqu'à sa dernière goutte. La haine contre eux suintait. Ma victoire contre le beau-frère d'un ancien consul ayant rançonné la Numidie attira l'attention. Plusieurs cités grecques du continent asiatique songeaient depuis des années à entamer à leur tour un procès. Quand elles découvrirent que j'étais grec, elles se précipitèrent à Rome pour exposer leur cause. Les intendants romains avaient tellement outrepassé les normes acceptables qu'obtenir gain de cause était un jeu d'enfant. La morgue des publicains et le sentiment d'impunité acquis depuis plusieurs générations les perdaient. Mauvais accord vaut mieux que bon procès mais ils ne s'y résignaient jamais. Pour moi, une autre vie commença. Smyrne, Éphèse, Milet, la Lydie, la Phrygie, l'Ionie… Toutes étaient saignées, toutes se convertirent au droit, presque toutes frappèrent à ma porte. J'ai moins fréquenté Clodius et me suis un peu éloigné de la politique. Pas toujours de Cicéron, en revanche, car il pratiquait volontiers les prêts à certaines de ces cités. À des taux, disons, usuraires. Mais je ne l'accable pas : le malheureux était désœuvré. À Rome, la politique avait suspendu son vol.

De Pompée et Crassus au dernier et plus timoré des sénateurs, chacun attendait que César en finisse avec les Gaules. Des consuls honoraires faisaient semblant de gouverner et exécutaient les ordres du triumvirat. Réduite à une façade en carton, la République masquait le pouvoir de trois hommes qui attendaient, chacun dans son repaire, d'éliminer les deux autres. Caton vociférait, Cicéron intriguait et, à des dates aléatoires, des élections avaient lieu pour remplacer questeurs ou censeurs mais plus rien ne suivait le cours régulier de la vie démocratique instituée depuis des siècles. Appuyés par César, Clodius et ses bandes empêchaient régulièrement les comices électorales de se réunir et, quand elles autorisaient leur tenue pour favoriser un de leurs partisans, c'étaient celles de Milon qui semaient la panique au Champ de Mars pour faire obstacle aux désignations déplaisant à Pompée. Choquée, indignée, enragée même, la Ville n'allait pas jusqu'à la révolte. Nul n'avait oublié l'ère effrayante des proscriptions lors de la Guerre civile entre Sylla et Marius. Du jour au lendemain, il suffisait que votre nom apparaisse sur une liste pour que des voyous vous chassent de votre demeure, s'emparent de vos biens et, si la fantaisie les en prenait, vous tuent. Sur le Forum, des dizaines de têtes se desséchaient, plantées sur des piques. Tant de meurtres, de bannissements et de ruines avaient traumatisé les survivants pour plusieurs générations. Chacun retenait son souffle. Une interminable plongée en apnée : les opérations de César n'en finissaient jamais.

Les Gaules constituaient une incompréhensible mosaïque. Au début, on parlait de la cisalpine, de la narbonnaise, de l'aquitaine, de la belge et de la pure gauloise. Bientôt, tout se mélangea. Leurs divers peuples s'alliaient, se fâchaient, se réconciliaient et changeaient à tout moment de camp. On redoutait particulièrement les Helvètes, les Belges et les Germains. Les Éduens passaient pour alliés et les Arvernes pour les plus nombreux. César n'en finissait jamais de parcourir leurs territoires en tous sens. Parti en 693 (*60 avant J-C*) avec trois légions, la VIIe, la VIIIe et la IXe, les prestigieuses Claudia, Augusta et Hispania, il s'en faisait attribuer une ou deux de plus à chaque printemps. La Xe, la XIe, la XIIe, la XIIIe et la XIVe, surnommées Fulminata et Gemina, combattaient désormais avec lui. Un jour, on apprit qu'il avait franchi le Rhin et ramené plusieurs milliers d'esclaves. Deux ans plus tard, il lui prit la fantaisie de franchir la mer du Nord et de s'aventurer quelques mois en Bretagne. De là aussi revinrent des cohortes d'esclaves. Sur le marché, leur prix s'effondrait. On en faisait des gladiateurs, des éboueurs, des palefreniers, des fermiers. Leurs femmes blondes disparaissaient dans les appartements privés. Mille anecdotes, cocasses ou odieuses, circulaient. Seul le coût de l'expédition suscitait à mi-voix la réprobation : en campagne, César avait besoin de cinq cents tonnes de ravitaillement par jour. Même Rome devait se serrer la ceinture. Mais impossible de protester : Clodius et ses hommes calmaient les grincheux à coups de bâton. César, lui, inondait la ville de résumés enthousiasmants de ses victoires. Leur laconisme laissait les râleurs sans voix. Parfois une défaite assombrissait un instant le tableau. Bientôt, un triomphe rallumait les feux de sa gloire. Il fit même fabriquer une flotte pour vaincre les Vénètes, un peuple de marins et de commerçants armoricains dont il massacra le Sénat et toutes les élites. Sa fameuse clémence faisait souvent relâche. Pompée et Crassus s'inquiétaient. Le premier parce qu'il voyait son rival former des dizaines de milliers de vétérans redoutables. Le second parce qu'il s'exaspérait de le voir amasser un butin haut comme les Alpes qui rendrait sa propre fortune accessoire. Sur l'Aventin, en revanche, à ma grande surprise, Diana Metella, hier passionnée de politique, ne s'en souciait plus.

Notre nouvelle fortune l'avait métamorphosée. Depuis des années, elle incarnait une sorte d'élégance frugale. Le « dépouillement », tout passait par lui. Puisqu'il faut vouloir ce qu'on ne peut empêcher, elle faisait d'une contrainte un édit esthétique. Sur un ton de tyran oriental, elle imposait ses arrêts avec l'autorité de celle qui sait. Sa fascinante silhouette de libellule métallique, son nez en bec de faucon, son regard noir perçant comme une lance, sa voix grave comme une décision de justice, son talent pour imaginer le détail, l'accessoire ou la teinte qui feraient de ses tenues un modèle, son ironie assassine, son don pour les formules à ne jamais oublier, tout gravait ses arrêts dans le marbre des belles manières. Sans oublier son atout majeur : un arbre généalogique remontant dans un inextricable pêle-mêle de branches jusqu'à Aemilius Lepidus qui avait tracé la voie émilienne. Quand elle se frayait un chemin à travers cette sublime végétation, elle y dénombrait six consuls, cinq censeurs et une quinzaine de prêteurs. Ne parlons pas des perles de cet écrin : ses vestales. Elle n'en citait pas moins d'une vingtaine. Questeurs et édiles n'étaient plus pris en compte : il y en avait trop. Une telle ascendance bâillonnait les ricaneurs. À croire qu'au berceau, elle avait tété ses premières gouttes de lait dans la nurserie du Sénat, la maison de famille. Seul un détail n'était jamais abordé : le montant actuel de sa fortune. On l'imaginait considérable quand, en fait, elle se résumait à la maison de l'Aventin et à la propriété de Brindes transformée par elle en ferme modèle d'où provenaient ses revenus, nos légumes et nos volailles. Maintenir les apparences était son combat quotidien. Notre cérémonie de mariage l'avait ruinée. Une concession lui avait brisé le cœur : pour conserver de l'argent liquide, elle louait tous les murs extérieurs de la villa de l'Aventin. Six boutiques étaient glissées derrière les haies du jardin et, à l'intérieur, quatre ou cinq autres empiétaient sur l'arrière des salons et des chambres. À mon arrivée à Rome, j'avais trouvé les lieux magnifiques. Celui qui n'a jamais vu de palais admire les cabanes. Cette maison me semblait raconter l'Histoire. À présent, j'en voyais l'exiguïté. Quatre siècles de souvenirs baroques s'entassaient dans une dizaine de pièces rétrécies. On s'y faufilait comme dans un entrepôt. Les jours de mélancolie, Diana Metella y manquait d'air jusqu'à l'asphyxie.

Dès que l'argent emplit mes coffres, elle s'en empara. Je n'ai rien eu à dire. Sa décision était irrévocable :

« Fini d'être l'esclave de ma pauvreté. Puisque, grâce à toi, la fortune a eu la bonne idée d'entrer chez nous, on va lui tendre un siège moelleux. Il faut être ferme dans ses principes, mais pas inflexible. Un riche doit vivre dans un cadre approprié. »

Du jour au lendemain, des dizaines d'artisans se sont affairés dans nos pattes. Aucun devis n'était rejeté. En un an, les douze boutiques qui nous étouffaient furent remerciées. La maison respirait à pleins poumons. Tout s'élargit. Et se vida. Hier vénérés comme des reliques, les souvenirs de quatre siècles de grandeur furent emballés dans des caisses et exilés à Brindes. Leno s'entoura de peintres pour réinventer le décor et créer du vide à force de trompe-l'œil. Vidé de ses boutiques, le jardin de poupée lui-même acquit une allure d'éventail boisé. Repoussés de cinq mètres, tapissés de vigne vierge, bordés de taillis, les murs extérieurs tout proches semblèrent s'éloigner dans un vert fouillis. En quelques mois, le comportement de Diana Metella vira de bord. Depuis des années, elle ne recevait plus. Soudain, toutes les matrones de Rome prirent pension chez nous.

De tout temps, elles avaient eu leur mot à dire sur les élections au Sénat, les délégations de provinces et les intrigues de la Curie. César et Pompée, malheureusement, ne tendaient pas l'oreille. L'un bivouaquait dans des forêts inaccessibles et l'autre ne dialoguait qu'avec son miroir, ne répondant jamais à une invitation en ville et ne recevant pas de mondaines dans son palais au-delà du Champ de Mars. Pour Diana Metella et ses amies restait une activité où exercer leurs talents de stratèges : les opérations matrimoniales. C'était le moment. Face au spectre de la guerre civile, les clans nouaient des alliances. L'heure des proscriptions approchant, tous voulaient présenter des gages au vainqueur quel qu'il soit. Les familles du parti aristocratique cherchaient des fiancées de sympathies populaires au cas où César l'emporterait sur Pompée. Et inversement. On épousait un sauf-conduit. Sauf que l'amour, dès qu'il s'en mêle, piétine vite la raison. Dans l'attente de l'apocalypse, la folie n'épargna personne. Même Caton, qui avait fait de son austérité pisse-froid un emblème, s'y abandonna.

On apprit un beau matin qu'il cédait Marcia, son épouse, à son meilleur ami, Hortensius. Veuf et sans enfant, celui-ci cherchait une épouse sage et fertile ! Je ne plaisante pas. Oser faire une telle proposition dépasse l'entendement mais Hortensius, avocat à l'ancienne, spécialiste des plaidoiries encombrées de fleurs rhétoriques, trouva les phrases pour le convaincre. Et il semble que cela n'ait pas déplu aux dieux car, en effet, Marcia lui donna des enfants. Bien plus tard, devenue veuve, elle retourna même auprès de Caton. Et celui-ci n'était pas le seul à perdre l'entendement.

Quelques années après lui, Cicéron, un autre corps délabré, céda à la même folie et répudia enfin l'insupportable Terentia. Officiellement, pour purger leurs éternelles disputes financières. Elle l'accusait depuis des années de jeter les biens de la famille par la fenêtre tandis que lui insinuait qu'elle détournait leur fortune pour la confier à son intendant, Philotimus, que chacun savait être son amant. En vérité, on découvrit bientôt que le démon de midi avait frappé celui qui donnait des leçons de sagesse à tout l'empire. À peine Terentia évacuée des lieux, il épousa Publilia, la fille d'un chevalier richissime. Son père venait de mourir, elle avait quinze ans et Cicéron approchait la soixantaine. Songer qu'il avait reproché à Clodia d'avoir un amant plus jeune qu'elle de quinze ans !

Aucune femme ne rougissait d'être répudiée. Beaucoup convolaient avec l'idée de divorcer. Personne n'échappait à ce délire, pas même Pompée. D'abord marié à une Metella morte en couches, il en avait épousé une seconde avant de la répudier pour épouser la fille de César. Quand celle-ci, à son tour, mourut en couches, il passa la bague au doigt d'une Cornelia de la famille Scipion, veuve en prime du fils aîné de Crassus. On n'épousait pas une femme, on se mariait avec un clan. Et on en changeait selon les humeurs de l'heure. Devenu le chef du parti populaire, César, époux d'une petite-fille de Sylla, idole du clan aristocratique, avait sauté sur le premier bruit la mettant en cause pour la répudier. Cette rumeur, c'était celle, fameuse, de sa liaison au temple de la Bonne Déesse avec Clodius, auquel il ne tint jamais rigueur. De toute façon et de notoriété publique, sa seule passion allait à Servilia dont le fils Brutus, plus tard, lui planterait un glaive dans le cou. Le sexe faisait perdre la tête à Rome. Des apollons épousaient des laiderons, des beautés se mariaient avec des bègues. Les plus honnêtes espéraient s'en éprendre avec le temps, les plus nombreux priaient pour que la situation politique se stabilise. Tout le monde trompait tout le monde. Diana Metella en faisait son miel. Rentré à Rome, les crocs plus acérés que jamais, Catulle en fit un poème : « Trois Romains sur quatre sont malheureux en ménage. Le dernier est célibataire. »

Je lui devais en partie ma prospérité. Pendant son séjour en Bithynie, il avait cité mon nom en premier quand les notables de Nicomédie, la capitale, l'avaient consulté sur les moyens de plaider contre les intendants romains qui les rançonnaient. Pour fêter son retour,

Diana Metella et moi avions invité quinze personnes, toute sa bande. Depuis, ils avaient pris pension. Helvius Cinna et Licinius Calvus, ses deux meilleurs amis, avaient la dent aussi dure que lui. Les écuries de César, Pompée et Crassus furent mises à la torture. Marcus Vitruvius Mamura, en particulier, excitait leur verve assassine. Lieutenant de César, il avait dévalisé la Gaule. De retour à Rome, il s'autorisait toutes les débauches – ce qui n'aurait pas troublé ces bambocheurs s'il avait eu la pudeur de ne pas les partager avec sa compagne Améana, une vraie gloutonne. Cinna l'avait décrite enceinte des bras, avec des pieds qui louchent et des seins au nombril, une véritable otarie à la recherche d'un étalon. Une grossièreté telle que Clodius me mit en garde. Mes amis avaient-ils bien conscience que César et ses deux comparses décidaient en toute impunité du sort de chacun ? Je transmis le message. De là à calmer Catulle, Cinna et Licinius, impossible. Ils dénigraient les gens de leur milieu et méprisaient ceux qui n'en faisaient pas partie. C'était drôle et odieux. Catulle n'avait que faire des conseils d'ami :

« J'appartiens à une famille consulaire depuis de longues générations. Dans ce milieu, la règle numéro un est : il n'y a pas de règles. Rappelle-le à Clodius qui le sait mieux que personne. J'écris ce que je veux, point final. »

Son drame et ses angoisses personnelles portaient un nom : Leno. Depuis qu'il avait quitté Volumnius qui le battait, mon ancien camarade vivait dans le studio que me louait Crassus. Son affranchissement rendait sa beauté plus attrayante encore. Sa solitude, surtout, fascinait Catulle :

« J'ai toujours aimé les silhouettes au second plan, les ombres gracieuses qui glissent en coulisses, les enfants déchus qui prennent leur sourire pour une arme. J'adore la dignité de prince en exil de ton Leno, ses yeux froids comme le lac de Garde, sa retenue, ses silences, son vide, son charme sans parfum… »

Et ainsi de suite. Il pouvait le décrire sans fin. Il fallait sans cesse qu'il l'évoque. Pour autant sa fascination ne déteignait pas sur moi. Le départ de Leno parti s'installer avec Volumnius avait brisé le lien particulier qui m'attachait à lui. Je ne le voyais plus comme un petit frère au charme un peu dépossédé mais comme un intrigant aussi calculateur qu'un autre. Sa fragilité nuageuse, cela dit, opérait toujours, en particulier auprès de Diana Metella. Quand elle l'avait acheté petit garçon, elle lui avait fait apprendre à lire et à écrire. Elle le ramena dans le circuit. Carnet de dessins à la main, il était de toutes nos fêtes et comprit tout de suite qu'il ferait ce qu'il voudrait de Catulle. C'est-à-dire à peu près tout, sauf son amant. Et son plan marcha à merveille : Catulle lui demanda d'illustrer les poèmes qu'il vendait en rouleaux à prix d'or. Ils devinrent inséparables. Et la jalousie de Catulle incontrôlable. Leno attirait trop les regards. Le simple spectacle de sa peau blanche tendue comme une lanière suffisait à froisser les draps. Un soir, à la maison, Cinna, le plus beau de leur groupe, lui dédia un poème déchirant. Leno y apparaissait en jeune homme rêveur scintillant dans les salons pour, à la sortie, se décomposer dans les caniveaux. Tous les goûts sont dans la lecture mais Catulle, fou de rage, se rua sur lui pour frapper Cinna. Quand ils se relevèrent cabossés, Leno avait disparu. Il faisait de son indifférence désarmée une cuirasse irrésistible. Frustré et malheureux, Catulle calmait son cœur à force de tisanes d'orties, puis son esprit à coups de pamphlets.

Ses proies de prédilection appartenaient au camp de César. Leno en personne remontait sa fureur comme un mécanisme pour venger ses compatriotes vénètes dont le peuple tout entier venait d'être réduit à l'esclavage. Inquiet, Clodius envoya un jour Catulle se détendre chez Clodia, son ancienne maîtresse cloîtrée à Naples depuis son procès. Mauvaise idée : il en ramena une satire odieuse contre Mucia. Ex-épouse de Pompée, maîtresse de César et ancienne belle-sœur de Clodia, elle illustrait à merveille le délire matrimonial qui avait submergé Rome. Sauf que l'attaquer, c'était cracher à la figure de tous les clans. À force de tirer sur la corde, cela allait mal finir.

Il s'en moquait. Du reste, quand une coterie grondait, il plantait ses serres sur le dos d'une autre. À notre grande joie, Cicéron appartenait à ses proies favorites. Il faut dire que Pois Chiche tendait les verges pour se faire battre. Interdit de politique, il avait tenté de revenir à la tribune comme avocat. Mauvaise pioche : il choisit d'attaquer Aulus Gabinius, proconsul en Syrie qui avait de sa propre initiative attaqué l'Égypte pour y rétablir le fameux Ptolémée. Il en avait tiré des dizaines de millions de sesterces partagés avec Pompée. Dans le Sénat aux ordres et habitué à ces rançons, nul n'aurait songé à lui en demander des comptes. Sinon Cicéron. Pourquoi donc ? Parce que, en Syrie, Gabinius, général brutal mais administrateur avisé, avait sèchement ramené à la raison les chevaliers et les publicains qui, selon leur habitude, pillaient les régions qu'ils étaient censés administrer. Cicéron, à leur botte, le convoqua donc au tribunal. Où un simple froncement de sourcil de Pompée le ramena à la raison. Tout penaud, Pois Chiche retira sa plainte. Plus fort encore : affolé, il prit ensuite la défense de Gabinius dans un autre procès. De mois en mois, sa réputation s'effilochait. Prudent, il se rabattit sur la philosophie. Du moins en apparence.

En réalité, il consacrait le plus gros de son temps à des entreprises de travaux publics. Toujours membre du Sénat, il ne s'y exprimait plus mais se tenait au courant des adjudications immobilières. Achetant à bas prix en sous-main les terrains qu'il savait voués à l'expropriation ou à l'aménagement, il les revendait au prix fort. Deux ou trois ans plus tard, d'ailleurs, César lui confia le financement de son nouveau Forum. Un chantier considérable qui s'accompagna de pots-de-vin en proportion. Catulle, à l'affût, se régala aux dépens de l'un et de l'autre. Cela dit, étrangement, le plus exaspéré par ses diatribes fut Crassus, incarnation achevée du promoteur cynique que Catulle adorait épingler en vers. En 698, à la veille du départ pour sa fameuse croisade contre les Parthes, lors d'une soirée d'adieu, il jura qu'à son retour, deux ou trois rimailleurs défileraient enchaînés à son char pendant son défilé de triomphe. Pour que le message passe, il le prononça en fixant droit dans les yeux Catulle qui avait eu le culot de venir en compagnie de Maïa dont le mari attendait les légions de Crassus en Syrie.

Moi-même j'accompagnais Diana Metella. Tout Rome était réunie dans le palais du triumvir sur l'Aventin. Et tout Rome s'est inquiétée. Depuis vingt ans, la Ville avait vu passer chaque année les légats de Pompée et de César, leurs officiers supérieurs, jusqu'à leurs centurions. Sans faire peur devant les dames, ils répandaient dans les salons une atmosphère de brutalité contrôlée qui donnait une rassurante impression de savoir-faire bourru. On sentait que, passées les limites de la Ville, ces costauds laconiques et bien nourris ne feraient pas de cadeaux aux ennemis de Rome. Rien de tel avec l'état-major de Crassus. Trop jeune, trop agité, trop bavard, un chœur de blancs-becs au sang bleu semblait à la veille de partir en pique-nique exotique. Dire qu'on confiait sept légions à ces moineaux ! Et quelles légions ? Les meilleures, aguerries et manœuvrières, sillonnaient la Gaule. Celles-ci, tout juste constituées, savaient à peine reconnaître les grades de leurs chefs. Des aides de camp mondains emmenaient de la bleusaille surchargée arpenter un désert où les attendaient des bédouins aussi à l'aise dans les dunes qu'eux sur le marbre. Seule Maïa restait tranquille. D'après Quintus, son mari, l'armée se ferait d'abord les dents sur la Judée, la Phénicie, des morceaux de Syrie. Des cibles faciles où les manipules apprendraient les manœuvres et où Crassus raflerait de l'or. En vérité, à part elle, personne n'était rassuré.

Six mois plus tard, la nouvelle du désastre accabla la Ville. Non seulement Crassus, à peine franchi l'Euphrate, s'enfonça sans préparation dans des océans de sable, mais, lorsqu'il se vit encerclé par les cavaliers asiatiques, il forma l'armée en carrés. Toutes les flèches parthes firent mouche. Ce fut une hécatombe. Réfugié en Arménie, Crassus y fut massacré avec les derniers survivants. Comble de l'affront : Orodès, le roi des Parthes, lui fit trancher la tête puis verser de l'or fondu dans la bouche « pour l'en nourrir jusqu'à la fin des siècles puisqu'il l'aimait tant ».

Sur l'Aventin et le Palatin, tous avaient un fils, un neveu ou un ami embarqué dans l'expédition. Comme d'habitude, les grades élevés avaient été réservés à de jeunes patriciens. Surtout ne pas permettre aux gens du peuple les actions d'éclat qui leur serviraient de titre d'anoblissement. Des légions de pleureuses submergèrent la Ville de leurs cris pendant des semaines. Même le mauvais esprit de Catulle se serait tu face au chagrin universel. Il n'eut pas à se retenir. Fatigué, il était retourné chez lui, sur le lac de Garde. Où il rendit l'âme sans maladie, sans accident, sans lutter. À trente ans, il en avait assez.

Sa mort m'accabla de chagrin. Il allait et venait des bouges de Subure aux villas du Palatin, des thermes mal famés du Quirinal aux bosquets voisins du Champ de Mars. Il tournait en rond ses idées et ses formules. Sourire aux lèvres, nez au vent, l'œil en patrouille, la langue en embuscade, il n'avait jamais l'air pressé. On ne le voyait pas travailler. Il charmait par son ton, son allure, sa fantaisie, sa différence. Il saupoudrait sa conversation de pincées de poivre puis éclatait de rire et, sa malice mise en jachère, vous offrait à boire. C'était le contraire d'un cuistre, il adorait gratter les écailles des sommités pontifiantes. Personne ne lui faisait peur, pas même les canons éprouvés de la métrique poétique. Il entraînait ses vers dans des régions jamais explorées même si les sept collines de la ville, son réseau de tavernes et les maisons de ses amis suffisaient à tous ses voyages. Il incarnait la culture qu'on aime, légère, sarcastique et futile mais bien vue, bien visée et bien tournée. Son style fuyait la pompe romaine et ses grands airs nobles. Pas de héros, de civisme, de vertu, de piété dans ses vers mais des rires, des sourires, du plaisir et de la vie. Sans se draper dans une bannière, il repérait au premier son de clochette la fausse note de ceux qui se servent des grands mots pour leurs petits calculs. Son charme parsemait d'une douceur athénienne les marbres du Capitole. Je l'adorais. Après sa mort, plus rien ne fut pareil.

Chapitre 16

Riche, on n'est jamais seul. À Sounion, pendant quinze ans, j'avais vécu en tête-à-tête avec Tchoumi. Nous n'avions même pas un homme à tout faire. Sur l'Aventin, Diana Metella recevait dans la journée, les clients me rendaient visite, dix domestiques traînaient dans nos pattes, nous donnions des dîners. Mes nerfs ont commencé à lâcher. De bonne grâce, Leno m'a rendu le studio de Crassus à l'entrée de l'Esquilin. Dégourdi comme lui seul, il s'est rabattu sur une chambre du palier qu'il louait pour entreposer son matériel de dessin. Toujours aussi insaisissable, silencieux et mystérieux, il n'y dormait jamais. Quand j'arrivais à l'aube pour travailler une plaidoirie, lire en paix ou rêvasser, je le croisais tout sourire, rentrant pâle et frais de ses nuits fauves.

Peu à peu, j'ai pris mes habitudes dans l'auberge gauloise au pied de l'immeuble. Comme cinq ou six autres gargotes du centre-ville, elle se présentait comme l'ancien quartier général de Catulle. Elle servait à la fois de pension, de banque, de salle à manger, de salon et même d'asile de fous pour les hommes du quartier. Dès la sixième heure (*midi*), on piétinait un tapis de coques de noix, d'amandes, de pistaches, de miettes de pain, de noyaux d'olives… L'odeur de l'huile luttait avec celles du suif, du vin et des grillades. Les clients parlaient fort. On pouvait être assis à côté d'un porteur comme près d'un usurier ou d'un professeur. Plusieurs parties d'osselets se disputaient à la fois pour savoir qui payerait la tournée de chaque table. Les trois serveuses gauloises chantaient du matin au soir. Elles servaient le picrate le plus ordinaire. À d'autres, elles apportaient des cruches de crus veloutés comme leurs sourires. On se posait beaucoup de questions sur leurs goûts. Chaque jour, l'un ou l'autre les accusait d'avoir des frissons dans la culotte. Selon leur humeur, elles distribuaient des claques sur le sommet du crâne ou des caresses. Agrippés au comptoir, certains buveurs s'en prenaient à Pompée, d'autres le portaient aux nues, la salle finissait par leur crier de la boucler. En fin de soirée, les propos dégénéraient. À l'occasion, les serveuses gauloises sombraient dans le grivois. Un soir, la plus belle et la plus drôle, celle qui venait d'Armorique, avait mimé les postures qu'elle exigeait de ses amants : la promenade du chien, la brouette numide, la bûche parthe, l'éventail du papillon, la balle de Cléopâtre… De la voltige un peu acrobatique pour moi. Mais elle m'aimait bien. Certains soirs, elle me rejoignait au studio. Mais elle ne restait jamais dormir. Elle détestait les hommes qui sombrent dans le sommeil après l'amour. Elle prenait ce repos pour un interminable post-scriptum au pied d'un tout petit mot.

À l'occasion, Tirion, le bras droit de Pois Chiche, déjeunait aussi à l'auberge. En fin de journée, il venait parfois lever le coude, plaisir très mal vu par son patron pour des raisons morales et, pire encore, par Terentia pour des raisons d'économie. Quand il survenait, la jolie petite Vénète dégageait une table pour nous, à l'écart. Elle adorait entendre parler grec. Dans son esprit, cela relevait le niveau de l'établissement. Pourtant nos propos ne volaient pas si haut. Si on discutait philosophie, on parlait plutôt des philosophes, de leur vie privée, de leurs vices ou de leurs lubies plutôt que de leur enseignement qu'on connaissait par cœur. À force de fréquenter Cicéron, Tirion mettait de la gravité dans chaque propos mais j'arrivais assez vite à rendre nos conversations plus athéniennes, moqueuses et légères. Il savait tout des acteurs de la vie politique romaine – surtout ce qu'ils ne souhaitaient pas qu'on révèle. Contrairement à son maître, il ne détestait pas Clodius ou, du moins, cachait son hostilité en ma présence. On riait beaucoup. Même aux dépens de Pois Chiche. Qui donnait, il faut dire, des bâtons pour se faire battre. Le plus pittoresque fut son hommage à Lucrèce.

Un excellent poète. Il était mort quelques mois plus tôt, un peu avant Catulle. Je le connaissais à peine. Un soir ou deux, il était passé chez Clodia mais avait ennuyé tout le monde. Trop sérieux. Et, surtout, trop brillant pour ne pas exaspérer la bande de Catulle. Tout Rome récitait un de ses poèmes :

Suave mari magno, turbantibus Aequora ventis,
E terra magnum alterius spectare laborum
Non quia vexari quemquam est jucunda voluptas
Sed quibus ipse malis quia cernere suave est

Quand la mer gronde sous les vents qui l'agitent,
Il est doux de regarder le travail des autres depuis
[la terre
Non par plaisir de voir quelqu'un souffrir,
Mais parce qu'il est agréable d'échapper soi-même
[à un malheur

Sans qu'aucun l'avoue, le succès de ces vers avait aiguisé les griffes de Catulle, Cinna ou Pollon. À ce dépit s'ajoutait un agacement face au personnage. Lucrèce ne mouillait que le bord des lèvres à leurs beuveries. Il marchait droit, tendu, glacial, comme raidi par la portée de ses pensées. Dans son dos, ils se moquaient de ses airs importants. Ses poèmes se piquaient trop de philosophie à leur goût. Leur recueil s'annonçait imprégné d'une sagesse revenue de tout. Lucrèce écrivait à l'encre noire. Pour ne rien arranger, il appartenait à la coterie de Cicéron. À son décès, Pois Chiche avait d'ailleurs annoncé qu'il éditerait lui-même son œuvre. Pourquoi pas ? C'était élégant de sa part. Sauf qu'au passage, il avait ajouté qu'il apporterait quelques corrections à ses vers. Catulle s'en arrachait les cheveux. Un soir, chez Diana Metella, Cinna recroquevillé sur son stylet avait imité d'une voix mourante un Cicéron cacochyme en train de reprendre des vers de Lucrèce pour leur donner exactement le sens contraire de ce qu'ils disaient. Toute la maison était écroulée de rire.

Quand j'avais raconté la scène, Tirion avait souri. Puis m'avait donné l'explication de ce comportement insensé : publier un auteur en le réécrivant. Pois Chiche ne pouvait pas faire autrement. Rongé par l'absence de titre et de fonction officiels, les entrailles dévorées par l'anonymat, il s'était fait élire augure, la seule fonction qui échappait à la vigilance de César et Pompée. Soudain son goût pour Lucrèce s'était mis à sentir le soufre. Ses vers vouaient aux gémonies les superstitions, les cultes et les prêtres. Les dieux n'y étaient pour rien dans la marche du monde né d'une combinaison d'atomes indestructibles tombés dans le vide éternel ! Épicure avait déjà tout dit sur le sujet. Rien de nouveau donc. Mais un véritable sacrilège dans la bouche d'un augure. De là à ne pas accepter la fonction, il y avait un gouffre. Cicéron n'y aurait renoncé pour rien au monde. À son tour, Pois Chiche pouvait bloquer les élections.

Avant tout vote, Rome consultait les cieux. L'avis des prêtres décidait de l'ouverture des opérations ou de leur report. Qu'un poulet refuse de sortir de sa cage pouvait interrompre le processus. Ou, au contraire, l'accélérer. Qu'il sorte et lève l'aile gauche était mauvais signe pour certains, favorable pour d'autres. Qu'il étende la patte était de bon présage à moins qu'ensuite il ne retourne vers sa cage. Et ainsi de suite. Depuis les accords de Lucques, trois ans plus tôt, les désordres organisés par Clodius et les auspices rendus par les prêtres avaient réussi à bloquer toute vie électorale normale. Sur le Champ de Mars, l'herbe avait envahi les installations des comices. La mort de Crassus venait de rebattre les cartes. Les deux camps encore en lice voulaient se compter. Pour celui de César, Clodius se présentait à la fonction de prêteur. Dans la faction de Pompée, c'est Milon qui entrait en course. Pour le poste de consul ! Tirion lui-même n'en revenait pas :

« Il sait à peine signer son nom et il ne compte assurément pas au-delà de vingt. Il a le cerveau au niveau des pectoraux. Il croit qu'on peut bâtir un temple avec une massue et deux gourdins. »

Songer que cet orang-outang deviendrait consul, c'était à en perdre les dents. Il ressemblait à ses prédécesseurs comme la vase au sable. Bas comme l'herbe, le visage taillé à la hache et fignolé à la serpe, c'était un banal mauvais garçon aux muscles hypertrophiés. Aussi ordinaire que la poussière, il était poilu comme une fourrure. On le rasait deux fois par jour mais, même tout sourire, l'ombre de sa barbe imprimait à sa mâchoire une mine de brute. D'après Tirion, il sortait de nulle part :

« C'est un bon à rien de Lanuvium, sur la route de Naples. Il s'appelle Titus Annius Milon comme moi je m'appelle Caïus Julius Pythagore. Son vrai nom est Gaïus Papus. Par on ne sait quel sortilège, il s'est fait adopter par un citoyen romain. Mais si on peut arracher une vache à la campagne, on n'arrache pas la campagne d'une vache. Prendre pour surnom Milon comme le champion olympique de Crotone dit tout de lui. Il est fort comme un bœuf et creux comme un œuf. »

Dans sa bouche, ce mépris m'a étonné. Depuis trois ans, Cicéron lui ouvrait toutes les portes. Pourquoi prendre de telles distances aujourd'hui ? Pour Tirion c'était tout simple :

« À notre retour d'exil, les hommes de Milon nous ont protégés des bandits de ton ami Clodius. Cicéron, qui est peureux, lui en voue une reconnaissance éternelle. On ne traverse pas une rue sale sans se salir les pieds. Cela dit, cette relation nous coûte cher. Beaucoup de ses proches ne pardonnent pas cette intimité à Cicéron. D'autant que Milon n'a plus tant besoin de nous. Désormais, ses bandes sont à la disposition de Pompée qui ne veut plus abandonner la rue à César et Clodius. »

Impossible de le nier : Clodius aussi régnait sur les rues par la force. Mais pas de la même manière. À l'auberge, par exemple, ses hommes étaient comme chez eux, des Romains de classe modeste, plutôt rustiques et même carrément bruts de décoffrage, mais locaux. Tous étaient nés dans la ville ou aux environs. Le latin était leur langue, fleurie et souvent grossière mais répandue. Avec des mines de galériens et des biceps de forçats, sortis pour la plupart des écoles de gladiateurs, les casseurs de Milon, eux, grognaient dans des langues incompréhensibles. Le peuple les redoutait et les détestait. Rien à voir avec ses sentiments pour les hommes de Clodius qu'il interpellait et avec lesquels il picolait. Quand Clodius passait une tête dans l'auberge, on aurait dit que les mèches de bougies se redressaient. Tout le monde braillait. La seule fois où j'ai vu Milon s'asseoir à une table, un silence de sépulcre s'est abattu sur la salle. On aurait pu saisir la peur à pleines mains. Il parlait avec un accent de la campagne, mâchait de l'oignon et traînait les pieds dans des chaussures aux lacets défaits. Tout l'air d'un brigand. Tirion en convenait :

« Clodius et Milon sont deux lynx aussi affamés l'un que l'autre mais ton ami a des allures de chat alors que le nôtre a des manières de tigre. »

Clodius voyait les choses de la même manière. La politique sans le charme, c'est une selle sans cheval. Pour lui, les dés étaient déjà jetés : son élection à la prêture était gagnée d'avance et celle de Milon au consulat vouée à l'échec. Sa campagne à travers le Latium avait des allures de flânerie au pas de promenade. Je l'accompagnais parfois, il emmenait Fulvia à l'occasion et ne partait jamais sans Publius, son fils aîné, un enfant de huit ans, mince comme un vermicelle, souriant comme un jour d'été et sain comme l'eau de pluie. Le gamin éperonnait sans cesse son poney pour partir au galop. Obligé de rester au pas pour ne pas distancer notre escorte, son père le voyait disparaître et pestait contre lui puis, à son retour, le câlinait :

« Quel veinard, il a encore l'âge de faire des bêtises, nous n'avons plus que celui d'en dire. »

En fait, il n'en disait guère. De village en village, il tenait le même propos cent fois répété et, à force, très efficace. Cicéron, Pompée, Milon et le Sénat étaient ses proies de prédilection :

« Écoutez Cicéron, il ne vous parle que de République et de liberté. Juste des mots, toujours des mots. La liberté ne se voit pas, ne se touche pas, ne se sent pas, ne se mange pas. Elle ne nous manque pas. Ce qui nous manque, ce sont l'égalité, la justice et le pain qui les accompagne. Le Sénat décrit la République et ses institutions comme un banquet auquel vous êtes tous conviés. Mais leurs mots creux ne vous rempliront pas l'estomac. Pour goûter au dessert, il faudra attendre que le Sénat ait fini l'entrée et le plat principal auxquels vous n'êtes pas conviés. Milon, leur domestique, n'a pas pour mission de guérir la pauvreté mais de l'entretenir. Ne votez pas pour lui au consulat. Et votez pour moi à la prêture. Je dirigerai la justice, je contrôlerai les tribunaux, je définirai le droit. Je vous protégerai… »

Et ainsi de suite. Son propos était limpide et sans cérémonie. Après ses harangues, il plaisantait, faisait des blagues contre Pompée, se prêtait à des danses, tapait sur les épaules, invitait tout un chacun à sa table. Fulvia, qui détestait la politique au jour le jour, lui reprochait de manquer de dignité. Les matrones romaines, malheureusement pour elle, ne transigent pas avec leurs devoirs d'épouses d'élus et elle le suivait sur le terrain. Avec assez de mauvaise grâce pour qu'il n'insiste pas à chaque expédition. Quand elle lui reprochait de trop boire, il l'envoyait promener :

« Ne pas boire de vin en campagne électorale, c'est comme proclamer qu'on n'aime pas les enfants. De toute manière, on reprend vite ses esprits, à cheval dans le froid de l'hiver. »

Au début janvier 701 (*52 avant J-C*), alors qu'on partait pour Bovillae, au pied des monts Albains, elle s'est décommandée à la dernière minute. Publius était fou de rage :

« Dans la maison, pour jouer les princesses babyloniennes, elle est plus vive qu'une paire de claques mais, dès qu'il s'agit d'une corvée sur le terrain, elle est paresseuse comme un lit. »

Je l'ai comprise. Il faisait un froid de gueux. Si j'avais pu, moi aussi je me serais décommandé. Mais, après le comice dans la ville, Publius avait promis de m'emmener visiter sa maison au-dessus d'Aricia, quelques kilomètres après Bovillae. Rome prétendait que Publius y dépensait des millions. Depuis des mois, je demandais à voir cette fameuse résidence.

Tout s'est bien passé pendant ses adresses au coin des rues, puis dans la salle commune. Les cités en bordure immédiate de la Via Appia sont prospères. Les voyageurs y font vivre de nombreuses auberges et la proximité de Rome procure des marchés insatiables aux cultivateurs. Les électeurs n'attendaient aucune profession de foi de Publius, juste un banquet et des bonnes paroles. On a beaucoup bu et on est repartis un peu après la huitième heure (*14 heures*), légèrement éméchés mais sans hâte. Notre destination n'était qu'à quelques kilomètres et Publius voulait me la faire découvrir à la lumière du jour. Nous avons quitté la Via Appia pour emprunter une route plus étroite montant à l'assaut des collines où était établie la fameuse propriété où nous passerions la nuit. Aucune inquiétude ne nous préoccupait. Volumnius traînait à l'arrière avec notre escorte de dix hommes. Publius junior galopait du haut au bas de notre colonne. Son père et moi, en selle, bavardions à l'avant du groupe. Des propos décousus, parfois grivois, parfois plus graves. Publius voulait savoir si je voyais toujours Maïa Sempronia Litrana. Réponse : rarement. Depuis la mort de son époux, exécuté avec Crassus par les Parthes, sa famille l'avait reléguée dans la propriété d'Herculanum. J'y avais passé quelques semaines en octobre, à la fureur de Diana Metella et, depuis, je m'en tenais à des infidélités moins voyantes, plus gauloises pour tout dire, à l'auberge de l'Esquilin. La conversation est ensuite venue sur César et Pompée. Publius avait des griefs contre l'un comme contre l'autre. Il n'attendait plus rien d'eux mais parvenait quand même à être déçu.

Ainsi allait notre bavardage quand, tout à coup, face à nous, sur cette route à peine plus large qu'un sentier, une troupe est apparue. Clodius a tout de suite deviné qu'il s'agissait de Milon. Lavinium, son fief, n'était qu'à une heure de marche. Les élections étaient imminentes et lui aussi battait la campagne. Monté sur son cheval comme sur un bourricot, les pieds touchant presque terre, il menait une véritable troupe. Au moins trente hommes. Ou plutôt trente surhommes. Sa garde prétorienne de gladiateurs. Volumnius a couru jusqu'à nous. Le plus sage était de se ranger sur le côté et de laisser passer cette « plèbe » – je le cite. Clodius en a convenu. Nous nous sommes écartés pour céder le passage. Mais concéder en silence cette préséance était au-dessus des forces de Publius. Quand Milon est passé devant nous, il n'a pu se retenir de le féliciter pour son élégance :

« Quelle belle tournure, Milon ! Avec cet accoutrement, tu auras les voix de tous les esclaves. Tu vas faire un malheur. »

Rien que de mesuré dans ce jugement. Milon avait l'air d'un palefrenier. Des bottes rapiécées et poussiéreuses et, par-dessus sa toge, une houppelande en laine grossière marron. Je ne parle pas de son menton sombre et rugueux. Il a pris la compassion cruelle de Clodius en plein cœur. Sa vulgarité était sa force dans les rues et son désespoir dans les salons. Il ne haïssait ni les idées de Clodius ni sa richesse mais son allure, son mépris, sa facilité, son charme, son aisance en grec, sa naissance, son nom… Tout ce qui n'a pas de prix, qu'il ne pourrait jamais acquérir et qu'on lui enverrait au visage jusqu'à la mort. Il n'a pu se retenir :

« Tais-toi, poupée. Recoiffe tes mèches, va tripoter ton Grec et laisse passer les hommes. »

Le Grec, c'était moi. Publius a souri, a mis une main sur mon épaule et a juste répondu : « Bien, sénateur, bonne route. » Et nous avons poliment cédé le terrain.

J'ai compté les membres de l'escorte, ils étaient trente-quatre. Nous ne faisions pas le poids. Surtout face à ces gaillards herculéens et armés de gourdins ou même de glaives. Silencieux, Publius avait saisi la bride du poney de son fils pour empêcher le bambin de faire son malin. De bonne humeur, il n'était pas inquiet. La veille, au matin, avant de prendre la route de Bovillae, il avait même rencontré Cicéron et mené avec lui une conversation amicale au chevet de Cyrus, un architecte, qui avait fait d'eux ses deux héritiers. Le genre de complicité mondaine qui exaspérait Milon, que Cyrus n'aurait jamais reçu chez lui. Enfin, le cortège a fini de s'écouler. En arrière-garde, lance à la main, Eudamus et Birria fermaient la procession d'une démarche pesante d'hommes préhistoriques traînant des couilles de laiton entre les cuisses. Tout Rome les connaissait. Au Cirque, pendant des années, ils avaient formé un couple aussi célèbre que redouté. Au moins trente gladiateurs étaient morts de leurs mains. Je ne compte pas les estropiés. On les disait capables de porter chacun un âne sur le dos. Pourtant, sur le sable de l'arène, ces deux mammifères se révélaient lestes comme des papillons. Ils avaient fait la fortune de leur laniste. Puis Milon les avait achetés à prix d'or. À leur vue, fatigué de ne pas desserrer les dents, Clodius s'est esclaffé : « Et voici Castor et Pollux gonflés à la bouillie. » Il a fallu, hélas, que je le corrige à voix tout aussi haute : « Tu veux dire Adam et Ève. »

Juste ce qu'il ne fallait pas dire. On les connaît, ces gladiateurs. Ils passent leur vie à cultiver chaque muscle, s'observent la charpente du matin au soir, se font masser, s'enduisent d'huile, n'enfilent que des pagnes pour exhiber leurs pectoraux, entretiennent leurs abdominaux comme des pièces de collection et, pour finir, la nuit tombée, amoureux de leur propre corps, vont dormir avec d'autres bestiaux épilés aux obsessions similaires. Avec ça, susceptibles comme des vestales. À la moindre mise en doute de leur insoupçonnable virilité, c'était retour à l'âge de pierre. Ça n'a pas manqué. Le sang de mademoiselle Eudamus n'a fait qu'un tour. Dans le même mouvement, son torse a viré, son bras droit s'est relevé, sa gueule s'est ouverte et, dans un cri furieux, il a lancé son javelot sur moi. Eussé-je été seul que ma dernière heure était venue. Stupéfait et interdit, sans esquisser le moindre mouvement, j'ai regardé le trait partir et approcher. Projeté sans préavis dans la vraie vie, j'étais hébété. Jusqu'à ce qu'une impulsion brutale contre mon épaule me jette à bas de mon cheval. La violence du geste de Clodius m'a décalé de l'axe de tir. Un vrai miracle. Autour de mon cou, suspendues à une chaînette, la chouette en argent de Tchoumi et celle en jade de Publius avaient accompli leur mission. Mais sans doute mon ami n'avait-il pas son amulette. Le jet s'est planté dans son épaule. Le temps que je me relève, tout le monde criait. Toujours en selle, Clodius avait déjà arraché l'arme de son corps. La blessure en apparence légère saignait peu. Volumnius, toujours lui, s'est précipité sur moi, m'a remis en selle, a arraché Publius junior à son poney, l'a jeté entre mes bras et, tout en criant au gamin de filer à la villa, a fouetté la croupe du cheval pour qu'il détale. Quand on s'est enfuis, la bagarre devenait générale.

La propriété n'était pas si loin. Mais, le temps d'y parvenir, de confier le petit Publius aux servantes, de réunir cinq hommes, de les armer, de seller les chevaux et de rejoindre le lieu de l'embuscade, il s'est écoulé une bonne heure. À notre retour, le sentier était couvert de sang mais désert. Blessés, deux hommes de l'escorte ont fini par réapparaître. Clodius, Volumnius et trois ou quatre de nos gardes avaient fui vers la Via Appia. L'intendant s'est lancé au galop et nous avons atteint en une autre demi-heure le croisement de notre chemin avec la grand-route. Une auberge y accueillait les passants. On aurait dit qu'un ouragan l'avait dévastée. Les portes étaient arrachées, une partie du toit se consumait, l'écurie brûlait et dix corps traînaient au sol.

Un silence surnaturel écrasait les lieux. Ni aboiement, ni pépiement d'oiseau. Toute vie avait disparu. Un froid polaire envahissait l'espace. J'ai repéré le manteau vert pâle de Clodius. Je me suis approché, incrédule et terrorisé. Plutôt perdre la vue que revoir une telle misère. Les tueurs l'avaient lardé de coups de poignard. Une pâleur blanche comme l'ivoire avait envahi ses traits. Il baignait dans une mare de sang. Plus une goutte ne coulait dans ses veines. Quelques mètres plus loin, Volumnius agonisait. La vie glissait de ses cuisses, de ses bras, de son front, de son ventre. Quinze blessures avaient teint en rouge sa cuirasse et ses vêtements. Les deux corps ramenés à l'intérieur de l'auberge, nous les avons allongés sur des tables.

Étendus au sol, trois hommes de notre escorte baignaient dans une boue de vin, d'eau, d'urine et de sang. Leur vie s'était échappée de plaies innombrables. Les tueurs s'étaient déchaînés dans cette pièce immense, sombre et basse de plafond où tous semblaient s'être réfugiés. L'odeur de la mort, des viscères, de la fumée soulevait le cœur. Pendant que l'intendant tentait de traiter les plaies de Volumius, les serviteurs ont commencé à nettoyer Clodius. Je les ai arrêtés. Qu'ils sortent et s'emparent plutôt d'une carriole sur l'Appia. Nous devions partir sur-le-champ pour Rome. Que la Ville voie le corps martyrisé de son idole. Que le voile se déchire et que tous sachent comment Milon traitait ses adversaires. Qu'apparaisse dans l'ombre le vrai visage de Cicéron, ce valet des bourreaux, cet eunuque aux procédés de tyran.

Nous sommes repartis vers la treizième heure (*19 heures*). La nuit était tombée. Passée dans mon âme, l'immense vanité des choses me glaçait le cœur. Oreficos citait parfois une phrase qu'il attribuait à Épicure : « La vie grimpe par l'escalier et repasse par la fenêtre. » C'était tellement vrai. Le destin de Publius avait basculé en un instant. Il ne se retiendrait plus à la vie que par le fil de nos mémoires. Son souvenir porterait éternellement des fleurs mais ne donnerait plus de fruits. La République avait perdu son ultime défenseur. Toutes les heures, je passais la main sur son corps blanc, dur et froid, comme saisi dans la glace. Inutile dans ce désarroi d'invoquer les dieux qui ne sortent jamais des prières qu'on leur adresse. Ce qui tombe par terre reste au sol.

Allongé à son côté, enveloppé dans les couvertures que nous avions achetées à la première halte, Volumnius, lui, s'accrochait à la vie. Ses yeux noirs ne me quittaient pas quand je lui donnais à boire. Il n'avait plus assez d'énergie pour parler mais m'attrapait la main et la serrait avec force pour signifier qu'il ne se laissait pas partir. Comme une tache d'encre avalée par un buvard, ses blessures cicatriseraient.

Quand nous sommes arrivés à la résidence du Palatin, Fulvia attendait devant la porte, avec sa mère Sempronia. Clodia se tenait à leur droite. Les cheveux dénoués, vêtus de noir, trois blocs de haine et de désespoir se dressaient comme des statues de pierre posées sur le gravier de la cour d'honneur. Derrière elles, une dizaine d'esclaves présentaient à la foule les masques en cire des ancêtres de la famille. Dans un silence de tombe, je suis descendu du chariot tandis qu'on éloignait Volumnius sur une civière. Bâillonnés par la fureur, le chagrin et le respect, des centaines d'hommes et de femmes avaient envahi la rue et patientaient. Le froid glacial semblait avoir éteint toute agitation. L'immense chaos et le bruit de fond sans remède de la Ville s'étaient dissous dans la catastrophe. Fulvia, seule, s'est avancée jusqu'au corps de Publius. Et elle a hurlé. Un cri à faire tomber la foudre. Nous étions saisis. Personne n'esquissait un mouvement. Alors elle s'est griffé le corps comme pour lacérer ses vêtements. Puis elle s'est penchée sur la dépouille de son mari et a embrassé son visage. Derrière elle, Sempronia, ses longs cheveux gris tombant jusqu'à la taille, agitait lentement les bras à la manière d'une sibylle lançant des sorts. Seule Clodia restait figée, trop désespérée pour réagir, dévastée par une perte qui rendait tout inutile. On n'entendait que le bruit du silence. Un calme affolant annonciateur de tempêtes. Le temps est resté suspendu plusieurs minutes, jusqu'à ce qu'un cordon de gardes du corps écarte la foule des portes en bronze et les referme sur la résidence.

Elles ne se sont rouvertes que le lendemain, en début de matinée. Pour la dernière procession de Publius. Et là, stupeur : son corps est apparu seul, porté sur un lit de bois par les hommes les plus fidèles de Volumnius. On avait rapporté et laissé à l'intérieur les masques de cire de la famille qui, d'habitude, escortent le mort jusqu'au tombeau du clan. Aucun mime n'avait été invité à parodier les gestes de mon ami pour rappeler son souvenir et arracher des rires à la foule. Même les pleureuses professionnelles avaient été renvoyées. Seuls le rythme funèbre des cors, les larmes plaintives des flûtes et le roulement étouffé des tambours parcouraient les rues paralysées par l'émotion et le froid. La cité aux aguets retenait son souffle. Au fur et à mesure qu'il descendait le Palatin, le cortège longeait les maisons barricadées de nombreux sénateurs du clan des Optimates. Leur peur suintait des murs. On aurait pu la prendre entre nos mains. Parvenue au Forum, la colonne mortuaire n'a pas obliqué à droite pour se diriger vers la Porte de Capoue qui ouvre sur la Via Appia et ses tombeaux. Au contraire, avançant d'un pas lent, lourd et menaçant, elle a tourné à gauche dans la direction du Sénat. Et là, quand le bâtiment est apparu, la foule a poussé un cri de surprise. Collé aux portes de bronze de l'Assemblée, un bûcher haut de deux mètres attendait le corps de Publius.

Sextus Clodius, le bras droit de Volumnius cloué au lit par ses plaies, avait dressé dans la nuit une véritable citadelle de poutres, de bûches et de paille. Douze hommes en cuirasse de cuir l'entouraient, chacun avec une torche à la main. Lorsque Fulvia s'avança au bord de la tribune, Sextus abaissa les bras en rythme pour imposer le silence. Je sais à la virgule près les mots qu'elle a prononcés. Dans la nuit, je les avais notés pour elle sur une tablette :

« Il y a quatre-vingts ans, en l'an 620 (*133 avant J-C*), ils ont tué mon oncle Tibérius. Douze ans plus tard, en l'an 632 (*121 avant J-C*), ils ont éliminé son frère, mon oncle Caïus. Le Sénat ne cesse de répandre le sang de la famille Sempronia. Puis, insulte suprême, de rendre des hommages posthumes à ses héros. Dès que leur meurtre est accompli, ces vieillards haineux, égoïstes et cyniques prétendent oublier leurs griefs et reconnaître la sincérité de ceux qu'ils ont tout juste lapidés. Aujourd'hui, c'est mon mari, votre frère, votre père, votre dernier protecteur, qu'ils ont sacrifié. Mais nous ne sommes plus des moutons qu'on mène à l'abattoir. L'heure de l'orage a sonné. Inutile d'implorer le feu de se taire. Que les flammes nettoient cette maison maudite ! Ce qu'on aura perdu dans l'incendie, nous le retrouverons dans les cendres. »

À peine ces mots prononcés, les douze gardes enfoncèrent leurs torches dans le bûcher. Vulcain lui-même soufflait sur les braises. Troie ne s'est pas embrasée plus vite. La foule s'est mise à hurler. Et à avancer vers nous. Rome se lançait à l'assaut du Sénat. Rien n'allait arrêter ses cris de triomphe et sa rage, pas même les portes monumentales de la Curie.

Sextus avait tout préparé. Enduits de poix, des dizaines de pieux traînaient au sol ; à peine empoignés, ils étaient plongés dans le brasier et jetés sur le sanctuaire de la République. De la fumée est apparue aux volets. Sorti de nulle part, un bélier a défoncé l'entrée. La foule s'est ruée. Elle a brisé les sièges, descellé les statues, jeté les documents au feu, fracassé les tablettes… La fureur s'était emparée d'elle. Lancées par des fous, des torches passaient au-dessus de nos têtes. En robe jaune de la même couleur que sa perruque, une prostituée de l'Esquilin, que je connaissais de vue, s'est mise à hurler : sa chevelure flambait. La situation était devenue incontrôlable. Aucun soldat, aucune garde n'apparaissait. Dans un bruit effrayant, le toit de la Curie finit par s'effondrer. Un nuage de poussière brûlante submergea la place. On aurait dit le souffle d'un volcan. Comme si un vent levé aux enfers projetait sur nous éclats de bois, braises, escarbilles et flammèches. Déjà de la fumée s'échappait des bureaux sénatoriaux installés dans le bâtiment voisin. À son tour, une basilique a commencé à se consumer. Pour la sauver, les banquiers qui s'y tenaient habituellement organisèrent une chaîne humaine jusqu'au Tibre. On aurait dit que des barbares mettaient la ville à sac.

Dès le lendemain, indigné et affolé par cette rage que nul ne contrôlait, ni même ne dirigeait, le peuple se tourna vers Pompée. Quand j'écris le peuple, je parle de Cicéron, de Caton et de toutes les « consciences républicaines » qui proclamaient parler en son nom pour, en réalité, lui confisquer la parole. Bouillant de feinte émotion, ils réunirent les sénateurs encore tremblants au théâtre de Pompée et remirent les clés du pouvoir au Grand. Incongruité sans exemple par le passé : il fut proclamé « Consul unique ». Dans la foulée, autre nouveauté qui aurait arraché des hurlements aux premiers Pères conscrits de la Ville, on l'autorisa à lever des troupes pour mater le désordre dans la cité. La loi, un peu vermoulue mais établie depuis cinq siècles, avait vécu. Au profit d'un général solennel qui arpentait son salon avec des allures de triomphateur pour ne trancher de rien, ne rien préparer et ne rien prévoir.

Pendant des jours, d'une humeur de chat, Diana Metella n'a plus parlé. Elle adorait Publius, son neveu préféré. Le cœur calfaté par le chagrin, elle errait dans la maison sans même paraître voir ceux qu'elle croisait. Une atmosphère de tragédie grecque planait sur nous. Il lui fallut plusieurs soirs pour retrouver la parole. Elle avait pris sa résolution :

« Je ne bougerai plus. Je vais rester ici, passive, à rouiller. Comme dans une salle d'attente.

— Et qu'attendras-tu ?

— La mort de Cicéron ! Il a armé le bras de Milon. L'oublier serait faire la paix et je ne le veux pas. J'ai choisi mes émotions. Je veux épouser ma haine et vivre avec elle. Je ne pardonnerai jamais. »

Je n'aime pas ces résolutions morbides. Et je les trouve malsaines. Entretenir sa haine, c'est cohabiter avec son ennemi, jusque dans les nuits. J'ai tenté de la ramener à des sentiments plus humains. J'ai même plaidé pour Cicéron, l'exonérant de la fureur barbare de Milon. En vain. Elle le rendait responsable de tout :

« Pois Chiche est une créature incertaine et menaçante qui sape les fondements de Rome. Il aime ce qu'il n'aime pas, comme Pompée. Et il n'aime pas ce qu'il aime, comme l'ordre. Par ses propos, il suscite les catastrophes et tente d'en prendre le commandement mais n'a pas les tripes pour ça et le cède à des brutes comme Milon. Alors il se le reproche puis recommence. À force d'annoncer la guerre civile, il nous y mène tout droit. Et là, crois-moi, tu seras dans les premiers sur sa liste. Il faut l'éliminer avant. »

Qu'elle fasse ainsi miroiter la mort de Pois Chiche comme un diamant m'a inquiété. Les sentiments excessifs me choquent. Je ne souhaitais pas partager le lit d'une Médée, d'Antigone ou d'Électre. Je me suis installé dans le studio de l'Esquilin. Mauvaise décision : Diana Metella était rongée d'inquiétude. Pour moi. Selon elle, César n'accepterait pas le coup de force de Pompée. Dès qu'il aurait terminé de mater la Gaule et d'en tirer les ultimes millions qu'elle pouvait offrir, il reviendrait avec ses troupes et l'ère des proscriptions reprendrait. Alors Pompée aurait vite fait de planter au Forum ma tête sur un pic. Si jamais il avait oublié mon rôle dans la diatribe qui l'avait humilié sur les Rostres, Diana Metella faisait confiance à Cicéron pour le lui rappeler. Elle le haïssait :

« Ensuite, bien sûr, une fois lancée sa flèche, il jurera qu'il a tout fait pour en détourner le cours. Je le vois déjà me présenter ses condoléances. Ce chien a un don pour souiller son cœur sans se salir les mains. »

En effet, j'imaginais très bien la scène et me représentais parfaitement le grand numéro d'hypocrisie mondaine de Pois Chiche. Mieux valait m'éloigner avant que le sang ne coule dans les rues. Me réfugier à Baïes chez Clodia m'aurait parfaitement convenu. Mais pas à Diana Metella. Ne parlons pas d'Herculanum et de Maïa Sempronia. Mon épouse voulait une mer entre les poignards de Cicéron et son mari. Nous sommes donc partis pour Brindes. Nos adieux furent longs et tristes. Enfin j'ai embarqué sur un bateau pour Corinthe et, au mois d'avril de l'an 701 (*52 avant J-C*), je suis rentré à Sounion. À quarante et un ans, je pensais ma vie publique finie.

Chapitre 17

Mon tour de piste à Rome avait produit grand effet dans la communauté athénienne des professeurs de philosophie et de rhétorique. Sans l'admettre à voix haute, tous rêvaient de poser une patte dans la capitale du monde. J'avais fait mieux : j'y avais laissé une empreinte. Les textes de mes imprécations contre Cicéron, Milon ou Pompée avaient circulé au pied du Lycabète. L'écho s'était aussi répandu de mes procès et de la fortune que j'en avais retirée. Toutes les portes m'étaient ouvertes. Mais seule m'importait celle de Tchoumi. Débarqué au Pirée, j'ai donc pris la route directe du cap Sounion. Rien à voir avec l'équipage de mon départ, quand elle et moi avions gagné Corinthe à dos de mulet, juste chargés d'un sac avec quelques vêtements. Je revenais en patricien du clan Metellus. Trois malles m'escortaient, remplies de tenues raffinées, de dizaines de rouleaux de mes auteurs favoris et d'une quantité de pièces d'or tapissant les doubles fonds ou lestant mes ceintures. J'ai loué une carriole, son cocher et deux porteurs. Arrivé à la tombée du jour, je suis descendu dans la seule auberge digne de ce nom, à deux heures de marche de Sounion. Dans une lettre lointaine, Tchoumi m'avait écrit que, depuis mon départ, si sa vie avait une teinte, c'était un beige virant au gris. Les couleurs lui manquaient-elles toujours ?

À l'aube, j'étais levé. Un vent de fin avril soufflait, vif et frais, donnant une souplesse ondoyante à l'herbe encore verte du printemps. La limpidité juvénile de la lumière répandait une parfaite innocence sur le panorama dont ma mémoire se régalait depuis cinq ans : de la rocaille, un décor nerveux, des sentiers de chèvres... Pas de gras, rien de spectaculaire, un paysage à l'os. Dans un silence encore lourd comme la nuit, quelques pêcheurs s'occupaient à démêler leurs filets. D'autres faisaient glisser leurs barques jusqu'à l'eau. La vie respirait à peine. À cette heure, Rome s'agitait déjà de tous ses membres et Zeus sait combien j'avais rêvé de me faufiler dans son branle-bas. Mais là, dans ce vide où l'humanité semblait s'être mise en congé, mon cœur, revenu chez lui, s'est soulevé de bonheur. Du port, j'ai aperçu les deux palmiers en faction devant la terrasse. La maison avait grandi ! La galerie couverte où j'aimais écrire en faisait désormais tout le tour. Dire qu'on appelait l'endroit « la cabane ». C'était juste une maison grecque, robuste, blanche et familière, rassurante, sombre à l'intérieur, radieuse au-dehors au-dessus de l'eau étincelante du golfe. À présent, elle se donnait des airs, modestes, rien de nouveau riche, mais un poil pimpant. Il y avait des volets à toutes les fenêtres de la façade. Fermés. De la fumée sortait de la cheminée. Une haie de lauriers encerclait la terrasse. Bordée de feuillages, une allée de gravier menait à l'entrée du terrain. Les buissons, la verdure, la géométrie des lieux, la plate-forme couverte, ma maison de paysan avait acquis un ton de bonnes manières. Un banc de pierre prenait l'ombre sous le pin parasol où Tchoumi aimait regarder les îles posées sur la baie comme des fleurs. Je me suis approché.

Dans dix lettres, je lui avais répété de prendre un chien auprès d'elle. Je m'attendais à entendre aboyer. Rien de tel. C'est elle qui a ouvert. La même, celle que j'avais quittée sur le quai du port de Corinthe. Elle m'attendait et avait enfilé la tenue qu'elle portait le jour de mon départ. Assorti à ses yeux, son ensemble bleu clair disait sans phrases que la vie reprenait là où on l'avait interrompue. Elle s'est glissée entre mes bras et a posé les doigts sur mes lèvres. Tout était dit sans que des mots viennent enrober de graisse nos pensées. Plus tard, dans les jours et les mois suivants, elle m'a reparlé du mari de Maïa, a évoqué les politesses d'un officier proche de Laeca, a cité l'un ou l'autre. Disait-elle la vérité ? S'amusait-elle à m'intriguer ? Si elle espérait m'inquiéter, elle se leurrait. Je n'étais qu'heureux de la retrouver, espiègle, douce, arrondie, souple, fragile, pure, mince et légère comme une plume.

Notre vie a repris sur un épais matelas de secrets où se prélasser chacun dans son coin. Deux fois par mois, je retournais quelques jours à Athènes. Fidèle à Crassus, Laeca l'avait suivi et laissé la vie dans les sables parthes.

Je me suis gardé de rencontrer son successeur. Nommé par le Sénat, le nouveau proconsul appartenait forcément à la coterie de Pompée. Moins il se pencherait sur moi, mieux je me porterais. Sauf que, portant comme une auréole mes cinq années à Rome, j'ai vite été submergé d'élèves ; au point que je redoutais d'attirer l'attention. Une angoisse de père tranquille : j'étais trop petit poisson pour le tourmenter et trop proche des Metellus pour que l'on m'inquiète sans de bonnes raisons. Acquis par mon mariage avec Diana Metella, le titre de « citoyen romain » me servait de cuirasse. J'ai repris ma vie de professeur athénien sans soulever de vagues. Mort sans enfant, cette vieille tapette attendrissante d'Oreficos m'avait même légué sa petite maison du Lycabète. Quand il pleuvait ou faisait trop froid, je donnais cours dans un cocon douillet entre ses statues d'éphèbes, ses rouleaux et ses mosaïques pornographiques. J'imagine que les élèves romains trouvaient ces accessoires exquisement grecs, mais j'ai fini par vendre les bustes en pierre et recouvrir les sols de nattes en jonc. À mon insu, j'étais devenu trop romain pour ces falbalas. J'ai d'ailleurs mis au programme Varron, Lucrèce et même Cicéron, souvent pour m'en moquer mais pas toujours. Aucune idée de revanche ne m'habitait. J'avais tourné la page de la politique et, rentré dans un pays sorti de l'Histoire, j'ai vite fréquenté avec autant d'entrain mes auberges de prédilection que les auteurs que j'enseignais. Impossible pourtant d'échapper à Rome : Diana Metella me couvrait de courrier et, bientôt, toute la Ville m'a rejoint en Grèce.

Après mon départ, Cicéron avait accepté de prendre la défense de Milon traîné en justice par Fulvia. S'il croyait encore sa parole irrésistible, les jurés l'avaient ramené sur terre. Son cirque habituel et ses plaidoiries pleines de boufonneries n'étaient plus de mise. Le tribunal avait condamné son protégé à l'exil et à la confiscation de ses biens. Pour ne rien changer à ses habitudes, Pois Chiche avait racheté lui-même à bas prix les biens mis aux enchères. Sans les remettre à Fausta, sa veuve! Le procédé avait ulcéré. Face au mépris général, il avait préféré s'éloigner à la frontière orientale de l'empire, en Cilicie, où Pompée l'avait nommé proconsul. En route vers son nouveau poste, il avait fait escale à Athènes chez Aristus, un de mes confrères, un âne prétentieux qui prenait la philosophie épicurienne pour un guide pratique de savoir-vivre. Pensant sans doute qu'avoir fait assassiner mon meilleur ami n'était qu'un péché véniel pardonné à peine commis, Pois Chiche m'avait invité à le rencontrer. Inutile de dire que je me serais tranché la main plutôt que de serrer la sienne. Deux ou trois autres rebuffades du même genre lui ayant ouvert les yeux sur la nature dévaluée de son statut, il avait repris la route pour Tarse, petite capitale rurale à sa mesure rétrécie. De là, en douze mois, il n'avait mené qu'un siège insignifiant contre un village parthe à proximité. Égal à lui-même, il avait réclamé un triomphe pour cette escarmouche. Le Sénat avait éclaté de rire. Peu importe: il avait encore intrigué afin que ce succès lui vaille au moins une action de grâce publique. À nouveau, il n'avait recueilli que des sarcasmes. On ne faisait pas prendre à Pompée un ruisseau pour le Rhône, encore moins à César. Pois Chiche s'était replié sur ses manuscrits. Pas longtemps. Bientôt, les prophéties de Diana Metella s'accomplirent.

Le 11 janvier 704 (*49 avant J-C*), revenu de Gaule où il avait partout semé la mort, César franchit le Rubicon avec une partie de son armée. À peine quelques cohortes. Assez pour exprimer sa détermination mais pas pour entamer une guerre civile. Pompée aurait volontiers négocié. Montés sur les grands chevaux de la République, Caton et Cicéron le lui interdirent. Pour les Optimates du Sénat, l'heure était venue d'en finir avec le parti populaire. Du vivant de Clodius, la Ville aurait grondé et forcé Pompée à négocier. Lui disparu, le conflit éclata. Et là, stupeur : Pompée, le stratège des stratèges, se trouva pris au dépourvu. Tout l'empire attendait le coup de force de César, sauf lui. Il ne trouva qu'une solution : abandonner la capitale, sans même songer à saisir le Trésor. Puis il s'enfuit en Grèce. La moitié du Sénat le suivit. Pendant des mois, je n'en ai pas mené large. Tous ces Pompéiens dans les parages ne me promettaient rien de bon. Diana Metella, aux cent coups, m'envoyait de l'argent par l'intermédiaire de Lyonnos et me suppliait de partir pour Alexandrie ou Rhodes. Je ne m'y suis jamais résolu. Je n'avais plus le cœur à quitter Tchoumi, et les armées romaines cantonnaient au nord. De l'Épire à la Thessalie et de Dyrrachium à Pharsale, elles mettaient le pays à sac mais Athènes en souffrait peu. Pendant un an et demi, je me suis tout de même terré à Sounion.

Jusqu'au jour de la bataille finale à Pharsale, le 6 juin de l'an 705 (*48 avant J-C*). Pompée alignait 45 000 hommes face aux 24 000 légionnaires de César. Au soir, il avait 22 000 morts et César à peine 250. Sous son vrai jour, le Grand se révélait minuscule. Comme pour mettre une dernière touche au tableau et achever de peindre sa complète cécité, il choisit de s'enfuir en Égypte chez Ptolémée XIII, le fils de celui qu'il avait réinstallé sur le trône. Encore une excellente idée : à peine un pied posé sur le sable d'Alexandrie, il fut décapité. Quinze jours plus tard, à l'arrivée de César, le petit pharaon lui remit la tête de son ennemi conservée dans une amphore pleine d'alcool. Les jeux étaient faits.

Caton, parti lever une armée en Afrique, poursuivit le combat et, vaincu, se transperça lui-même la poitrine de son glaive. Emporté dans le naufrage avec son champion, le Sénat n'était plus que l'ombre de lui-même. Un tiers de ses membres avait perdu la vie. Toutes les grandes familles portaient le deuil de l'un ou de l'autre. Toutes, sauf celle de Pois Chiche. Lui s'était faufilé entre les gouttes. Absent à Pharsale à cause d'une providentielle indisposition alimentaire, il avait disparu de la circulation. Peu de temps. Juste celui de couvrir César de lettres et de promesses pour en appeler à sa fameuse « clémence ». Et l'obtenir ! Alors, oubliant tous les amis qu'il avait envoyés à la mort en poussant Pompée au combat, il revint à Rome et se fit tout petit – et même minuscule quand ses deux âmes damnées, Milon et Caelius Rufus, périrent en Lucanie à la tête d'une armée de va-nu-pieds et de gladiateurs qu'ils tentaient se soulever contre César.

Dans ses lettres, Diana Metella poussait des rugissements. À la lire, toute la Ville partageait son mépris pour Pois Chiche. Sauf César, apparemment. À chaque fois qu'elle le rencontrait dans une soirée, elle le suppliait de faire payer la mort de Publius. Il ne l'écoutait même pas. Pour tout dire, il n'écoutait personne. Sinon lui-même, ses caprices et ses lubies. On ne devait plus l'appeler que le « Divin Jules ». L'empire se couvrit de statues religieuses à son effigie. Le Capitole ajouta la sienne à celles des sept rois légendaires fondateurs de la Ville. Après l'avoir élu dictateur à vie, le Sénat lui installa un trône en or. Pour la première fois dans l'histoire romaine, on battit monnaie à l'effigie d'un homme, la sienne. Le mois de Quintillis fut même rebaptisé à son nom, Juillet. Le culte de sa personne s'agrémentait sans cesse de nouveaux rituels. La Ville ricanait. L'installation dans une villa au bord du Tibre de Cléopâtre, sa maîtresse, agaça plus encore. Pour achever d'énerver, il remplit les bancs du Sénat dégarnis par Pharsale de nouveaux membres venus de Gaule et d'Hispanie. Je cite le fait car il me proposa d'en être, en tant que Metellus. Diana Metella me supplia d'accepter. Tchoumi en faisant un casus belli, je mis des semaines à me décider. J'étais tenté. César ne passait plus les portes mais il accomplissait les rêves de Clodius : multiplier les entraves aux monopoles que s'étaient attribués les sénateurs optimates et distribuer des terres aux vétérans pour diminuer la plèbe romaine. À la veille des

Ides de mars 709, j'étais sur le point d'accepter quand l'Histoire trancha pour moi. Dans le cou, le dos et la poitrine de César ! Son meurtre fut un massacre : vingt-trois coups de poignard. Tout Rome poussa un cri d'horreur. Tout Rome, sauf Cicéron.

Était-il au courant du projet d'assassinat ? Il l'a toujours nié et je le crois. Il eût fallu que les conspirateurs soient fous pour associer cette girouette frissonnante à un complot aussi dangereux. Néanmoins, à peine le crime commis sous ses yeux au Sénat, il prit parti pour les tueurs. À l'entendre, ils avaient « sauvé » la République. Une plaisanterie. Ces jeunes gens de bonne famille étaient nés avec une cuiller d'argent aux lèvres. Brutus, fils d'une Servilia, Cinna, un Cornelius, Cassius, Decimus, les frères Casca, tous vivaient sur le Palatin ou l'Aventin. Gavés de privilèges, premiers profiteurs d'un système aristocratique réservant tous les avantages à leur caste, aucun d'entre eux ne comptait céder une once de leur pouvoir. Seul les exaspérait de devoir en abandonner des bribes à César. Là s'arrêtait leur indignation. Une fois accompli leur sacrilège, ils s'observèrent effarés et désemparés. Que faire à présent ? Ils n'en avaient aucune idée. Ils ne surent que s'enfermer au Capitole et attendre.

Quand Cicéron vint les applaudir, ces paons n'avaient ni plan, ni allié, ni troupe. Ils n'avaient même pas prévu un petit discours de rien du tout, plein de ces mots grandiloquents qu'ils adorent et que leur vide fait résonner. Ils ne firent qu'attendre. Ce ne fut pas long. Pendant que toute la Ville s'enfermait et retenait son souffle, à leurs pieds, un danger se levait : Marc-Antoine, le bras droit de César, celui qui, cette année-là, partageait le consulat avec lui. En un mot, l'homme fort du moment. Au sens propre comme au figuré. Véritable force de la nature, pur soudard à ses heures, c'était le genre à tuer les castors à même les dents. Avec ça, de pur sang bleu, élevé selon la tradition et parlant le grec aussi bien que moi. Sans oublier deux détails : quinze ans plus tôt, son beau-père, Lentulus Sura, avait été l'un des cinq conspirateurs de Catilina exécutés sans procès par Cicéron et, quinze mois plus tôt, il avait épousé Fulvia. En somme, un ennemi de toujours de Cicéron et le bras armé idéal pour les amis de Clodius assoiffés de vengeance. En un jour, tout le monde comprit que celle-ci approchait.

Cornaqué par Fulvia, Marc-Antoine reprit pour César le cérémonial exact des funérailles de Clodius, exposa le corps supplicié sur les Rostres, devant l'ancien Sénat, couvrit d'éloges enragés celui qu'on venait de tuer, voua ses assassins aux gémonies et laissa la foule improviser un bûcher en plein Forum. Dès le lendemain, il envoya une lettre pour annoncer aux tueurs que leur vie ne pouvait plus être protégée et qu'ils devaient quitter la ville sur-le-champ. Ce qu'ils firent tous. Tous sauf, là encore, Cicéron. Ayant, selon son habitude, abandonné à d'autres la sale besogne, il avait les mains à peu près propres et resta à Rome. Où, en quelques semaines, tout le monde comprit que la Ville avait remplacé un tyran par sa copie. Se présentant comme son héritier, exhumant des décrets, abrogeant des lois, prétextant des consignes et arguant de promesses attribuées à César, Marc-Antoine s'était emparé de tous les pouvoirs.

La sagesse aurait voulu que Cicéron se tînt calme. Impossible. Depuis quatre ans, il trépignait d'envie de se mêler à nouveau de politique et n'attendait que l'occasion. Or, miracle, l'ouverture du testament de César lui tendit la perche qu'il désespérait de saisir : un autre héritier apparut, jeune et inconnu, son neveu Octave, le fils ignoré d'une de ses sœurs. Le temps de reprendre son souffle, Pois Chiche colla à ses basques comme une ronce.

Du temps de Catilina, il avait fait semblant de sauver une République que rien ne menaçait ; à soixante-deux ans, il allait enfin mériter les lauriers dont il se parait depuis vingt ans. Après des mois passés à pleurer sur son sort, à déplorer l'état de sa santé, à maudire l'ingratitude universelle et à appeler la mort, il retrouva un entrain de jeune homme. Et une santé de guerrier. Malheureusement, à cet âge, si on corrige son humeur, on n'amende plus son caractère. Les victimes de Pharsale ne l'avaient pas rassasié, son estomac avait encore faim de nouvelles viandes. L'incorrigible Pois Chiche accabla donc Octave de tous les mauvais conseils dont il avait abreuvé Pompée après le passage du Rubicon. Le Sénat et lui devaient déclarer Marc-Antoine hors la loi, lever des armées et entamer le combat. Le plus vite serait le mieux. Et le plus fou est qu'en effet, trois mois après les Ides de mars, la guerre civile reprit. Au conflit de Pompée et du Sénat contre César succéda l'affrontement d'Octave et du

Sénat contre Marc-Antoine. Toute la Ville se désespéra. Cicéron, lui, jubilait. Seul. Ou presque, car une autre personne piaffait de joie : Diana Metella.

Un homme peut changer, se calmer, oublier, pardonner. Pas une femme. Et, en tout cas, pas la mienne. Comme si elle avait planté sa tente dans notre atrium, la haine était ancrée en son âme, indélogeable. Des textes de Pois Chiche à son remariage, de ses discours à ses intrigues, de sa naissance à ses richesses, de sa silhouette à sa voix, tout alimentait la source éternellement vive du ressentiment de Diana Metella. Comme une vache qui, de brin d'herbe en brin d'herbe, devient énorme, sa haine grandissait chaque année. Le temps n'y faisait rien, ni l'âge. Même vieilles, les lionnes conservent des griffes. Dans ses lettres, répondant à mes appels au calme, elle répétait : « Souffrir passe, avoir souffert ne passe pas. » Elle ne tournerait jamais la page du meurtre de Publius. Et remuerait ses souvenirs comme une sorcière malveillante tant qu'elle n'aurait pas entendu le doux bruit de la tête de Pois Chiche rouler dans un panier. Pour me secouer, elle m'expédiait la copie de ses interventions au Sénat où il présentait Publius comme le modèle de Marc-Antoine, son maître à penser, son inspirateur et, pour finir, le fléau de Rome. À force, elle est parvenue à ses fins : la lecture de ces harangues m'a mis en colère. Quand Fulvia, à son tour, m'a prié de la rejoindre, j'étais mûr. Elle voulait que je vienne écrire les discours que Marc-Antoine prononcerait au Sénat en réponse aux invectives de Cicéron. J'ai cédé.

J'ai embarqué pour Brindes et Rome au moment où toute la Ville débarquait en Grèce. À Corinthe, du pont de la galère de combat envoyée me chercher, j'ai aperçu sur le quai plusieurs amis de Brutus mettre le pied à terre pour rejoindre l'armée qu'ils levaient contre Marc-Antoine. Les hostilités n'étant pas ouvertes, nous nous sommes salués. Les vents favorables et la force des rames ont ramené la traversée à trois jours. À mon arrivée, le 5 septembre de l'an 709 (*44 avant J-C*), Volumnius m'attendait sur le quai en tenue de centurion, casque, cuirasse et lanières.

Resté dans l'intimité de Fulvia pour la protéger dans les derniers temps du règne de Pompée, il avait retrouvé auprès de Marc-Antoine le rôle d'homme de confiance qu'il tenait au côté de Publius. Il s'est précipité dans mes bras. Je n'en revenais pas. Il n'avait jamais été bien aimable. Il m'a hissé sur un cheval, nous avons rejoint l'escorte qui attendait à la sortie de la ville et nous avons filé. Rien à voir avec mon premier voyage dans la litière de Diana Metella quatorze ans plus tôt. Nous avions mis quinze jours à gagner Rome, là nous y arrivâmes au soir du quatrième. Sur la route, le spectacle aussi avait changé. Maisons brûlées, auberges abandonnées, cultures délaissées et, surtout, dans les bourgs, beaucoup d'éclopés. Troupes du Sénat, légions de Marc-Antoine, armées d'Octave, partisans de Brutus battaient la campagne. Sans oublier les légionnaires démobilisés qui semaient le chaos comme en Gaule. De la Ville jusqu'aux résidences de la Riviera napolitaine, la campagne était couturée de cicatrices. Selon Volumnius, cela ne durerait pas. Tous voulaient le retour à l'ordre, à commencer par Marc-Antoine. À l'entendre, seul Cicéron retenait encore Octave sur le sentier de la paix. Je me suis gardé de le contredire. Fulvia lui avait ordonné de me livrer chez elle. Ce qu'il ne fit pas, étant homme à affronter le Minotaure et tout Rome, mais pas Diana Metella qui exigeait mon retour chez nous.

Ma redoutable épouse romaine avait toujours été mince. Sa maigreur soulignée à dessein lui donnait un cachet que toutes copiaient. À présent, son visage s'était creusé, ses yeux s'enfonçaient dans leurs orbites et, sur ses mains tachées, les veines semblaient dures comme la corde. Quand je l'ai prise contre moi, frêle et tendre, on aurait dit un squelette abandonné entre mes bras. Nous sommes restés longtemps enlacés. Puis, la chaleur de l'été demeurant lourde et pesante, nous nous sommes installés dans le jardin, à l'ombre des deux tilleuls à l'arôme de tisane qu'elle avait plantés dix ans plus tôt, que j'avais quittés enfants déplumés et qui exhibaient maintenant une fraîcheur adolescente pleine de sève. Sa tenue élégante et sobre dissimulait tout son corps, jusqu'au cou caché par une guimpe en dentelle que serrait un camée. L'ensemble était violet, une couleur de demi-deuil que je ne lui avais jamais vu porter :

« C'est la dernière teinte qu'il me restait. Je crois avoir essayé et lancé dans Rome toutes les autres. À chaque fois, la même malédiction se reproduisait. D'abord, je voyais une autre femme porter la même couleur. Je l'attribuais au hasard. Puis une deuxième, où je voyais une coïncidence. À la troisième, je me félicitais d'avoir lancé une tendance. À la quatrième, je trouvais que trop, c'était trop. À la cinquième, je m'inquiétais : serais-je tombée dans l'ordinaire ? À la sixième, j'étais fixée : c'était devenu vulgaire et je passais à autre chose. Mais je n'ai plus cette force. Si on m'imite, je l'ignore. Du reste, comment ferait-on ? Je ne sors plus. C'est trop risqué : j'aurais peur qu'une bonne âme me prenne la main et me raccompagne poliment au cimetière. »

Elle n'avait pas changé. Moqueuse et mondaine mais aussi grave et passionnée. On est vite passés à Cicéron. Une semaine plus tôt, il avait ranimé les hostilités au Sénat. Par un discours ahurissant de violence, selon Diana Metella :

« C'est le plus long crachat que Marc-Antoine ait jamais reçu en pleine face. Pois Chiche a mis au pilori toutes les mesures prises depuis des mois, cité les décrets instaurés par César depuis sa mort, nommé les condamnés graciés par César, énuméré les impôts créés par César.... Jamais l'Histoire n'avait connu un mort aussi laborieux et zélé. Quel ouvrage César allait-il encore sortir de sa tombe ? Et quel chantier lancerait-il bientôt ? Du grand Cicéron argumenté et sarcastique. Du Cicéron vipérin aussi, révélant à son habitude et comme par inadvertance des détails salaces sur celui dont il attaque l'action publique. Évoquant son action en Gaule, il s'est plus étendu sur de prétendues orgies entre légionnaires que sur les massacres inutiles de civils dont Marc-Antoine s'est fait une spécialité. »

Les sénateurs n'en avaient pas cru leurs oreilles. À la fin de la séance, stupéfiés par l'audace de cette harangue, plusieurs avaient comparé Pois Chiche à Démosthène attaquant Philippe de Macédoine. L'image avait fait son chemin et Cicéron, enivré par ces compliments, avait engagé une cohorte de copistes pour envoyer le discours urbi et orbi, de l'Italie à la Numidie et de l'Hispanie à la Cilicie. Fidèle à sa légendaire modestie, il l'avait baptisé sa « philippique ».

Lui répondre était ma mission. Marc-Antoine est venu me la confier en personne et en secret, sans son escorte habituelle de général en campagne. À peine avait-il enfilé une cotte de mailles sous sa toge. Mené par Volumnius, il est entré à la maison par l'arrière pour ne pas attirer l'attention sur nos rapports. Ses textes devaient officiellement être de sa plume. Son soleil ne supportait aucun nuage. Et je dois dire que l'homme resplendissait. Jeune et souriant, il avait le charme du guerrier joyeux qui vous tranche la tête sans malice, massacre un village comme on récolte un champ, n'en fait pas un drame et rentre au bivouac finir la soirée avec ses camarades. Il était pourtant issu du meilleur monde et, pour bien le marquer, m'a donné ses instructions dans un grec irréprochable qu'il maniait comme sa langue natale. Des consignes succinctes : pas question de répondre sur le fond à Pois Chiche comme s'il était encore digne de gouverner. Cicéron lui-même était la cible unique :

« Ne le mêle pas aux grandes affaires, Metaxas, et ne me prête aucune intention. Contente-toi de rappeler les meurtres de Cicéron quand il occupait le consulat. Amuse-toi de ses aller et retour perpétuels entre César et Pompée. Évoque les lettres déshonorantes de flatteries dont il a couvert tous ses adversaires. Rappelle comment son frère et son neveu l'ont quitté, dégoûtés par sa lâcheté à la veille de Pharsale. Plains la pauvre Terentia qu'il a répudiée pour des questions d'argent. Décris son corps délabré de vieillard lubrique penché sur Publilia, sa seconde épouse. Rappelle le départ de cette pauvre adolescente révulsée par ses saletés. Interroge-toi sur ses rapports exacts avec Tirion, l'esclave grec libidineux qu'il traîne en laisse derrière lui. Perds-toi dans la liste sans fin des propriétés de cet arriviste apparu sans fortune. Montre-le en petit bonhomme avide de gloire, toujours le nez à la porte de sa tanière pour humer le vent. Détruis son honorabilité, ridiculise son physique, ris de son action contre Catilina, amuse-toi de ses toges trop grandes pour lui. Massacre-le. »

Une fois ce plan énoncé de bonne humeur, il me tendit une lettre que Cicéron lui avait envoyée, bienveillante et prudente, tout à fait dans la manière servile-chic de Pois Chiche. Que je n'hésite pas à en glisser les phrases dans sa diatribe. Puis il me remit un sac de dix mille sesterces et me demanda le texte pour le 18 septembre au soir :

« Je veux le lire et éclater de rire. Sinon, tu repars pour Corinthe sur le même bateau qu'à l'aller, mais sur un banc avec les galériens.

— Tu parles à un Metellus, s'indigna Diana Metella.

— Par Jupiter, j'avais oublié. »

Sur quoi il éclata de rire, me tapa sur l'épaule comme une brute, salua respectueusement Diana Metella et claqua des doigts pour que Volumnius apparaisse et le raccompagne.

J'ai obéi à ses ordres, fignolé des phrases assassines, trouvé des épithètes cocasses, emprunté à Plaute et à Aristophane, distribué des larmes déchirantes, attribué des mœurs équivoques, prêté des mots à la pauvre Publilia, des pensées à d'autres... Pois Chiche n'aurait pas fait mieux et, sur le coup, il a chancelé. Je le sais car je l'ai vu. J'étais au Sénat ce fameux 18 septembre.

Contrevenant à la consigne de Marc-Antoine de n'apparaître nulle part, je m'y suis glissé en portant le matériel de Leno qui y avait ses entrées depuis que de nombreux sénateurs lui réclamaient leur portrait en séance. Le spectacle avait fait salle pleine.

On s'imagine Rome comme une citadelle gorgée de sang, de vie, d'énergie. Rien de tel. Des vieillards aux articulations soudées ont trottiné à petits pas vers leur banc, disposé des coussins, calé leur arthrose et lutté contre le sommeil. Un bon tiers de l'assemblée avait la tremblote. Les autres, plus jeunes, s'observaient les uns les autres, murmuraient, glissaient discrètement à leur place. Cicéron, ancien consul, s'est assis au premier rang. Presque personne n'a paru s'en apercevoir. Il n'a pas serré plus d'une dizaine de mains. Des salutations brèves et risquées. À sa gauche et à sa droite, deux places sont restées vides. Un silence de champ de bataille à l'aube régnait.

Quand Marc-Antoine est enfin apparu, la plupart se sont levés. Pas tous. Avant de prendre sa place, sans se hâter, Marc-Antoine a observé pour les saluer d'un mouvement de tête ceux qui restaient assis. Puis, dès la séance ouverte par le consul en titre, il s'est avancé au milieu de la salle et a pris la parole sans attendre qu'on la lui passe. Alors, sans une note, sans en changer un mot ou presque, dans l'ordre même de mes paragraphes, il a déclamé par cœur le texte que je lui avais remis la veille. Une vraie performance d'acteur. Il provoquait les rires et les approuvait faussement navré, suscitait des sursauts d'indignation, exprimait par ses paupières un assentiment désolé, accompagnait le nom de Cicéron du mouvement de bras dont on chasse une poussière. Sa mémoire était phénoménale, son jeu parfait, sa colère maîtrisée, sa haine évidente. À la fin, conclusion de son chef, il a ajouté que l'homme dont il venait de parler était un virus mortel. Rome devait s'en débarrasser. Ses derniers mots furent : « Jusqu'à quand cette créature abusera-t-elle de notre patience ? » C'était la phrase d'ouverture du réquisitoire final de Cicéron contre Catilina. Le message était limpide : la mort serait le dernier mot. Alors, Marc-Antoine s'est tu, a parcouru du regard tous les rangs et a quitté la salle sans attendre de réponse. Peu à peu, l'assemblée l'a suivi, sous le choc.

Cicéron s'est retrouvé seul. Lorsqu'il est sorti de la salle, un lépreux à clochette n'aurait pas mieux fait le vide autour de lui. J'ai eu pitié, je l'ai même cru fini. Erreur : comme il le répétait et l'a souvent écrit, « tant qu'il y a de la vie, il y a de l'espoir». Cicéron a donc répondu. Quatre philippiques sont encore apparues dans les mois suivants. Il ne les a pas toutes prononcées. Certaines n'étaient qu'envoyées par coursiers, trop violentes pour qu'il osât les prononcer au Sénat. Il ne raisonnait plus, il insultait. Truffée de ragots venimeux, la deuxième traitait Marc-Antoine d'alcoolique, d'homosexuel parfumé comme une fille, de voleur, de brute, de coureur de jupons, de courtisan efféminé. Entrant dans les détails, il décrivait des orgies entre hommes. Dans la troisième, dite en séance, il se livrait à un éloge effréné jusqu'au grotesque du merveilleux Octave, l'enfant envoyé des cieux pour rétablir la République. Dans la réponse que j'écrivis pour lui et que Marc-Antoine envoya à des dizaines d'exemplaires, l'admiration du vieillard sentencieux pour le frêle adolescent sorti de nulle part tournait à la comédie licencieuse et au bavardage entre deux pédants aux mœurs équivoques. Malgré tout, un résidu de la magie verbale de Pois Chiche opérait encore : pendant des mois, à lui seul, il maintint un climat de haine contre Marc-Antoine dans une ville prête à tous les compromis pour échapper à un bain de sang. Dans sa dernière philippique, toutefois, perdant toute raison, appelant à la guerre civile immédiate, il réclama l'honneur d'être nommé consul une seconde fois, ce qui n'était jamais arrivé. Ce fut son chant du cygne, pathétique. La ville entière lui tourna le dos, excédée par cette rage d'envoyer de jeunes hommes à la mort pour le plaisir de retrouver le premier rang dans l'État ! Il était déjà aux abois quand Octave, Marc-Antoine et Lépide annoncèrent la formation d'un nouveau triumvirat et le retour de la paix.

Le lendemain matin, Rome apprit son départ.

Chapitre 18

Depuis des mois, nos trois nouveaux maîtres levaient des armées. Couverts de dettes, il leur fallait très vite d'énormes sommes en liquide pour régler les soldes. Tout Rome redoutait que chacun n'établisse sa liste de proscriptions. C'était si facile. Ils ne s'en privèrent pas. Des centaines de sénateurs, de chevaliers, de banquiers, de notables y découvrirent avec horreur leur nom. N'importe qui pouvait pénétrer chez eux, les expulser, les battre et s'emparer de leurs biens. S'ils en mouraient, aucune action judiciaire ne serait engagée. Et personne ne pouvait espérer échapper à son sort : une prime de cent mille sesterces était promise pour chaque tête en fuite. En quelques jours, l'enfer cogna à toutes les portes. On assassinait en pleine lumière. On tranchait des têtes qu'on exhibait sur des piques. Dans chaque rue du Palatin et de l'Aventin, des villas tremblaient de peur. Aucune grande famille n'était épargnée. Toutes avaient un cousin, une tante, un demi-frère à cacher, à évacuer, à tenter de sauver. Même Diana Metella était aux cent coups. À part leur grand-mère, Fulvia et elle n'avaient jamais rien eu de commun. La femme de Marc-Antoine ne se battrait guère pour nous si Octave s'avisait de me mettre sur la liste. Il n'ignorait plus mon nom depuis ma réponse à la troisième philippique et mes phrases sur le petit génie dévoré d'acné juvénile déjà capable d'ensorceler de vieux sénateurs et d'imaginer mille remèdes aux problèmes d'une ville dont il ne connaissait que les jardins d'enfant. Les rires du Sénat ne me promettaient rien de bon : Octave ne pratiquait pas l'ironie ni ne la supportait à ses dépens. D'après Fulvia, c'est à cause d'elle qu'il avait permis à Marc-Antoine d'inscrire Cicéron sur la liste fatale malgré les mois de propagande menée par Pois Chiche en sa faveur. Quelques petites moqueries avaient suffi à sceller le sort de son plus fidèle soutien au Sénat. Mes méchancetés ayant piqué beaucoup plus fort, seule mon ancienne intimité avec Clodius me servait de bouclier. Autant dire que mon sort était incertain. Diana Metella en était malade.

Petite fille, en l'an 671 (*82 avant J-C*), elle avait connu la proscription de Sylla, puis, adulte, celles de Pompée et de César. Se disant que nul ne passe éternellement entre les gouttes, elle exigea qu'on quitte Rome. Nous sommes partis pour Formies, à mi-chemin entre Rome et Naples. Clodia y possédait une propriété au-dessus de la mer. Rien à voir avec son palais de Baïes. Publius Fonteius, qui en était aussi l'intendant, l'appelait « la ferme ». Quelques bâtiments, de grosses cheminées, pas de marbre ni de statues, beaucoup de bois et, au-dessus de la plage, plein soleil, une terrasse plate et vide comme un champ. Cette simplicité tombait bien : personne ne tenait à attirer l'attention. Malgré le froid qui accompagnait les calendes de décembre, Diana Metella passait ses journées dehors, emmitouflée dans des couvertures. L'œil en patrouille, l'ouïe aux aguets, elle surveillait les sentiers menant à la Via Appia, observait les bateaux naviguant sur la baie, envoyait les serviteurs aux nouvelles dans les villages voisins, redoutait de l'aube au crépuscule l'approche d'une patrouille militaire. Leno adressait des messages de Rome, affolants. Sur l'Aventin, dans les rues voisines, des familles filaient, des têtes tombaient, des cambrioleurs s'affairaient en plein jour. Diana Metella pestait contre le sort qui l'avait fait naître sans cornes ni bec, sans crocs ni griffes… Elle aurait voulu se battre. À défaut de lutter, elle préparait notre fuite et avait fait réserver un bateau à dix rameurs sur le port de Gaète. Jusqu'au bout, elle repousserait le bras raide et froid du destin. Pour la réconforter, Clodia fit observer avec un sourire de sorcière qu'il y avait plus malheureux que nous : Cicéron, par exemple, était aux abois. Depuis dix ans elle attendait de le voir puni pour ses insultes. Si sa patience avait été amère, ses fruits s'annonçaient sucrés. Elle prédit d'une voix douce comme l'eau que personne n'oserait lui tendre la main :

« À l'heure qu'il est, comme d'habitude, il pleurniche certainement sur son sort mais ce lâche pourra bien traîner ses tremblements jusqu'au bout du monde, Rome le rattrapera. Les dieux récompensent à tort et à travers mais punissent avec précision. »

Comme l'année du déluge qui nous avait chassés de Rome à l'automne, les propriétés des environs s'étaient remplies de nobles fuyant malgré la froide saison les dangers de la capitale. Les esclaves passaient leur temps à galoper d'une villa à l'autre pour en rapporter les dernières nouvelles. Nous voulions tous savoir qui embarquait sur les galères quittant chaque jour nos rivages pour les bergeries de Sicile, de Corse ou d'Afrique où les proscrits allaient se désinfecter le temps que revienne l'heure des grâces. Ou encore qui se cachait dans les litières aux rideaux de cuir soigneusement fermés filant vers le sud. Pour Cicéron, nous étions sûrs que ce peureux naviguait déjà vers sa chère Grèce où Brutus se ferait une joie de lui tendre des parchemins pour appeler de nouvelles victimes à les rejoindre. La surprise a été totale quand notre intendant, parti ravitailler la maison au marché de Gaète, rencontra deux domestiques d'une petite villa que Pois Chiche possédait à sept ou huit milles de là. Étant donné qu'ils cherchaient sels de bain, bougies parfumées et vin de Falerne, leur maître était forcément là, presque à portée de voix. Cette découverte tourna les sangs de Clodia. Il n'était pas question qu'il se cache, trouve un navire libre et s'échappe. La haine s'était emparée d'elle.

Une haine idiote, superflue, nihiliste. Je n'ai qu'aversion pour Cicéron qui a fait assassiner mon meilleur ami puis l'a couvert d'insultes pour sauver la tête de son meurtrier. Son œuvre philosophique me semble à peine digne d'un professeur lambda. Sa carrière politique n'est qu'une infinie suite de mensonges vantant les vertus imaginaires d'une République dont il couvrait les injustices. À son appel, des milliers de jeunes gens sont morts pour défendre des principes qu'il bafouait... Tout cela, je le sais. Mais je ne souhaitais pas sa mort. Surtout pas ! Le faire abattre au coin d'un bois par un soudard, c'était en faire un martyr assuré d'entrer dans la légende. Un vrai cadeau quand on songe comme les légionnaires chargés des basses besognes tuent vite et bien. Alors qu'il suffisait de laisser à Pois Chiche la chance de s'enfuir pour être sûr qu'il la saisirait et, une fois de plus, se déconsidérerait. À force, je le connaissais : son venin contre Marc-Antoine soigneusement retranscrit par ses secrétaires, il ne demanderait qu'à mettre les voiles pour la Grèce. Telle une mouche lascive passée de Pompée à César, puis à Octave, il filerait se poser sur Brutus. J'ai donc suggéré à Fonteius de l'aider à trouver une embarcation pour fuir. Qu'avais-je dit !

De surprise et de fureur, Clodia a bondi sur ses pieds. On aurait dit que mon affront lui avait coupé la respiration. Elle cherchait de l'air au fond de ses poumons et, dressée au-dessus de moi comme une allégorie de la colère, m'a lancé un regard brillant de haine. Un panégyrique de Pois Chiche ne l'aurait pas plus indignée. Échauffée comme une marmite, elle s'est mise à hurler :

« Tu veux le sauver, lui qui n'a jamais accordé sa clémence à personne. Lui qui, au temps de son consulat, a fait abattre des citoyens romains sans procès. Lui qui m'a insultée et calomniée devant toute la Ville. Lui qui a armé Milon pour qu'il tue mon frère adoré Publius. Lui qui ment, lui qui vole, lui qui tue, lui qui tuera à nouveau, lui qui continuera de voler, lui qui mentira jusqu'à son dernier mot... »

Je ne vais pas retranscrire sa furie tout entière. Plus elle criait, plus elle alimentait sa haine, plus elle donnait libre cours à ses pulsions. Plus rien de la fameuse dignité romaine, ce calme dans la tempête, cette impassibilité aux heures les plus graves. Tout d'une scène de tragédie grecque avec hystérie et imprécations ! Ou, pire, d'un numéro de fureur pour reine asiatique. Plus qu'odieux, c'était ridicule. Avant qu'elle ne se jette toutes griffes dehors sur moi, Diana Metella s'est levée, l'a prise par le bras et l'a ramenée sur le canapé près de la cheminée. Elle aussi voulait la tête de Pois Chiche. Et sur-le-champ. Elle redoutait qu'il leur échappe en douceur :

« Je le vois déjà se prenant pour Socrate, s'installant dans un bain chaud, se tranchant les veines et dictant ses dernières lignes à un esclave chargé de répandre urbi et orbi le récit de cette mort philosophique. À moins qu'il ne s'installe dans son lit et ne croque une capsule de poison qui l'endormira en douceur pour l'éternité. »

Pour éviter que Cicéron n'organise des adieux de cérémonie, ne convoque un ou deux témoins et ne transforme son départ en image gravée pour l'Histoire, il fallait que la mort le prenne de vitesse. Elle donna l'ordre à Volumnius de gagner séance tenante Gaète afin d'indiquer le refuge de Cicéron aux soldats de Marc-Antoine lancés à sa recherche. Dernier sursaut de pathos eschyllien et de carton-pâte nerveux, Volumnius se jeta à ses pieds et à ceux de Clodia pour obtenir la permission d'aller lui-même abattre Cicéron. C'en était trop. Trop de bêtise, de haine, de maladresse. Les ennemis de Publius n'en finiraient jamais de raconter une vengeance aussi bestiale. J'ai crié assez fort pour clore la discussion : la plus vieille famille de Rome ne fait pas abattre ses adversaires au coin d'un bois par un domestique. Le reste de la soirée s'est passé en silence. Comme si nous retenions notre souffle.

Au petit matin, à mon réveil, Clodia, Diana Metella, Volumnius, Publius Fonteius avaient disparu. La villa était déserte. Les esclaves aussi s'étaient volatilisés. Impossible d'arracher un mot aux trois ou quatre vieilles restées sur place. Je me suis précipité à deux ou trois kilomètres de là, vers la plage où, la veille, les gens de Clodia avaient repéré ceux de Cicéron en mission de reconnaissance. En effet, tous étaient là. Menés par Volumnius, une dizaine d'hommes bloquaient le passage à la mer d'une litière élégante. Une escorte du même nombre accompagnait Cicéron. Bâtons, fourches et râteaux à la main, cuisiniers, jardiniers et hommes à tout faire de sa propriété affichaient la détermination des gens prêts à se battre. Rien d'étonnant si l'on connaît le sort habituel réservé aux esclaves d'un proscrit qu'on vend aux enchères, qu'on disperse, qu'on envoie aux mines… Les deux troupes s'observaient quand Cicéron, fatigué, las, découragé, a fait signe à ses gens de le ramener chez lui.

J'imagine qu'il ne voulait pas sortir de l'Histoire sur une échauffourée. Traiter cette attaque par le mépris était la seule attitude honorable. Quand Diana Metella a fait mine de vouloir rattraper son cortège, je l'ai retenue par le bras en la priant de garder un minimum de dignité. Volumnius approchait en roulant les épaules pour m'intimider quand, au loin, on a entendu le martèlement d'un détachement d'hommes aux semelles cloutées. Avant de les voir, on les a reconnus au bruit. Cuirasses, boucliers, casques, glaives, toute une quincaillerie cliquetait dans le froid du matin. Les notes sinistres d'une musique funèbre. Le temps s'est arrêté.

Cicéron est sorti de sa litière, a réajusté sa tenue, a salué quelques-uns de ses esclaves puis les a éloignés et a regardé vers nous. Après quelques secondes, sans prononcer un mot ni faire mine de nous reconnaître, il nous a tourné le dos pour avancer de quelques pas sur le chemin où allaient apparaître ses exécuteurs. Quand le tribun militaire menant la troupe arriva à sa hauteur, Cicéron l'accueillit d'une voix ferme :

« Je suis Cicéron. Sans doute est-ce moi que tu cherches ?

— En effet. Et la sentence qui accompagne ta condamnation doit être exécutée sur-le-champ.

— Alors, accomplis ta mission. »

Ce furent ses derniers mots. Sur quoi, il s'agenouilla sur le sol humide et froid de la Campanie d'hiver. Le tribun désigna un légionnaire, un tout jeune homme, un peu frêle, qui s'approcha, tira son glaive du fourreau et pria presque poliment Cicéron de relever la tête en arrière pour tendre le cou. À peine l'ordre donné, tout était fini. Un flot de sang jaillit du cou tranché et éclaboussa le bourreau encore novice qui fit un bond en arrière et lâcha le corps. Le cadavre s'effondra au sol. Le tribun, froid comme la pierre, se pencha sur la dépouille et, sans hésitation, en tailleur expérimenté de viande gauloise, acheva d'arracher la tête d'un coup de glaive. Sans émotion, sans paroles, sans geste inutile, il la jeta dans un sac. Il fit ensuite signe à l'escorte de Cicéron qu'elle pouvait emporter le corps.

Quelques longues secondes s'écoulèrent dans un silence épais comme leur sidération avant que les esclaves de Pois Chiche n'osent esquisser un geste. Alors, les prenant de vitesse, Diana Metella s'approcha du corps. Glaive à la main, Volumnius l'accompagnait. Il avait enfilé la tenue réglementaire de sa Légion et le tribun reconnut l'aide de camp de Marc-Antoine lorsqu'il résidait en ville chez Fulvia. Les deux hommes parlèrent un court instant, puis Volumnius revint vers le corps de Cicéron, le retourna du pied sur le ventre, se pencha pour lui tendre les bras en avant et, en deux coups, trancha les mains qui avaient écrit tant d'horreurs sur Publius, Clodia et Fulvia. Une scène d'horreur. Mais le pire restait à venir : aussi acharnée qu'un chien sur son os, Diana Metella s'approcha, ramassa les deux mains, les jeta dans le sac où avait fini la tête de Cicéron et dit d'une voix sépulcrale au tribun :

« Rapporte-les à Fulvia de la part de Diana Metella. »

Debout à côté de moi, figée par le froid, par l'émotion, par la mort et par la stupeur, Clodia restait muette. Elle me serra le bras avec violence quand elle vit Diana Metella s'essuyer les mains pleines de sang sur sa tenue et sur ses joues. Seuls quatre mots franchirent ses lèvres :

« Je n'y crois pas. »

Moi non plus. Ce numéro de sauvagerie parthe ne pouvait être le fait de ma femme. À quels foyers avait-elle enflammé son âme pour s'abandonner à une telle barbarie ? La langue paralysée, un courant indigné coulant dans mes veines, je l'ai alors vue revenir vers moi. J'aurais voulu trouver les ténèbres où me cacher d'elle à tout jamais. Il n'était pas question que j'endure les raisonnements d'un esprit souillé par la rage. Lui tournant le dos, je suis rentré à la villa, j'ai plié mon bagage et prié Fonteius de m'emmener en carriole à Formies où des navires assuraient la traversée jusqu'à Naples.

Quatre jours plus tard, à Herculanum, la douceur de Maïa Sempronia, sa futilité, son ironie me réconciliaient peu à peu avec Rome quand est arrivée jusqu'aux pentes du Vésuve la nouvelle que la tête et les mains de Cicéron avaient été fichées sur des pics en plein Forum. Comble de l'outrage, Fulvia lui avait planté une épingle à cheveux en ivoire dans la langue.

Il était temps de retrouver la civilisation grecque, la vraie, la mienne, pas la spartiate, l'athénienne, à Sounion.

Épilogue

Pendant vingt ans, je n'ai rien écrit sur mon séjour entre le Forum, le Capitole, l'Aventin et le Palatin. Je n'en ai guère parlé non plus. Athènes n'était pas prête à tendre l'oreille. Rome demeure la puissance qui occupe nos terres. Dans les rues, il arrive que les enfants jettent des pierres à ceux d'entre nous qui collaborent trop ouvertement avec les Légions. Peu à peu, je suis redevenu un professeur parmi les autres. Puis un vieillard qui voyait mal et n'entendait pas mieux. Mes élèves se sont faits plus rares. Réfugié à Sounion, j'ai fini par ne plus m'en éloigner. J'attendais la fin, sans hâte. Si Zeus a aussi bien réussi les Champs-Élysées que notre terre, je n'étais pas pressé de les rejoindre.

Tant qu'à tuer le temps, mes os m'ont conseillé de parcourir mes souvenirs plutôt que de sarcler mon jardin. Revenir sur mes années dans la capitale du monde me rendait un peu de l'énergie qui me fuit dès l'aube. Pour autant, je n'ai pas rempli ces pages pour évoquer Cicéron, Pompée, César, Publius et d'autres. Ils ont traversé le temps comme une feuille que le vent emporte. Mais, si toutes les chansons ont une fin, la musique demeure. Aujourd'hui, Rome domine plus que jamais le monde. C'est elle que je voulais raconter.

Personne n'a assassiné la République, elle s'est suicidée. De Catilina à César et de Publius à Marc-Antoine, Cicéron peut bien avoir désigné cent fois ses meurtriers au Sénat, c'est son poignard à lui qu'elle s'est enfoncé dans le cœur. Une fois débarrassé de Marius, Sylla avait dit qu'un roi valait mieux qu'une mauvaise loi. Jamais Cicéron ne voulut l'admettre et il refusa jusqu'au bout de réformer un État injuste. Il préférait la guerre civile à l'amendement des institutions. Pompée fut son premier glaive, Octave le second. Cela continua après sa mort. À la bataille de Philippes, en l'an 711 (*42 avant J-C*), Octave et Marc-Antoine tuèrent Brutus et Cassius. Plus tard, à Actium, en l'an 722 (*31 avant J-C*), Marc-Antoine à son tour quitta la scène. Alors seulement les Romains en eurent assez. Pour la quatrième fois en cinquante ans, ils avaient sacrifié des dizaines de milliers de leurs fils. Auguste n'eut qu'à frapper sur la table pour instituer son régime. Les portes de l'ère impériale s'ouvrirent sans même grincer.

Selon Leno, les Gaulois disent qu'on ne fait pas d'omelette sans casser des œufs. Devenu Auguste, Octave, plus civilisé, se contenta de déplorer que, là où on rabote, tombent des copeaux. Or rien ne sèche plus vite que les larmes. On oublia les morts. Ayant fait du Sénat un salon où maintenir les apparences de la liturgie républicaine, il confisqua tous les pouvoirs sans rencontrer d'opposition. Vue de Sounion, cette résignation m'a d'abord stupéfié. Puis je l'ai comprise. Décimées par les batailles en série et les proscriptions, les grandes familles du parti conservateur n'étaient plus assez nombreuses pour maintenir le Sénat à leur botte.

Pour Cicéron, le système politique romain était un héritage à entretenir. Nourri de mots, il proclamait sa foi dans des principes que son parti ne cessait de violer. Pour César et pour Publius, au contraire, c'était une tâche à accomplir. Pour en finir avec la tyrannie des vieilles familles, ils s'appuyèrent sur la plèbe, l'arme traditionnelle du parti populaire. C'était trop brutal. Auguste, leur héritier, confia cette mission à des esprits plus avertis et moins brutaux, les affranchis. Rien ne changea dans l'affreuse injustice de la société romaine, sinon les visages de ses principaux profiteurs. C'est ce que demandait le peuple.

Diana Metella n'a pas vu le triomphe d'Auguste. Elle nous a quittés en l'an 718 (*35 avant J-C*). Elle avait toujours prétendu aimer la solitude mais ne la supporta pas quand celle-ci se manifesta. Mon départ l'avait blessée. Les nouvelles élites de Rome l'ignoraient. L'âge éloigna les visiteurs. Dans les lettres qu'elle dictait pour moi, Diana Metella s'efforçait d'en rire mais l'amertume se glissait entre ses phrases. Un matin, elle ne se réveilla pas. Seul Leno continua de m'écrire. Il avait toujours rêvé de retourner en Armorique. Affranchi, il n'y songea plus. Un sang romain irriguait désormais ses veines. La Ville appréciait ses dessins. Couvert de commandes, il finit par entrer dans l'administration impériale. Chargé d'illustrer des documents officiels, voire des correspondances de la Cour, il portait la toge et s'était offert deux esclaves. Il les avait choisis gaulois pour réapprendre sa langue mais, avouait-il, s'il devait voyager, il viendrait à Sounion plutôt que de regagner les îles des Vénètes. De fait, je ne l'ai jamais vu.

Seul Volumnius a réapparu. Un vieillard, ou presque. Il avait quitté Fulvia pour suivre Marc-Antoine à Alexandrie. Mauvaise idée : il s'était retrouvé à Actium. Survivant par miracle, il se cacha de buisson en buisson pour traverser l'Attique jusqu'à ma porte. C'était la dernière personne que souhaitait accueillir un homme ayant éreinté Octave dans les réponses de Marc-Antoine aux philippiques de Cicéron. Les premiers jours, Tchoumi ne lui adressa pas la parole. Le genre bourru l'inquiète. À tort : racontées par lui, Cléopâtre et la cour d'Alexandrie valaient l'*Odyssée*. Pour finir, il a passé six semaines à la maison sans que le gouverneur romain d'Athènes ait vent de sa présence. Puis Tchoumi lui a trouvé au Pirée un embarquement pour Rhodes. Nous n'avons plus eu de nouvelles. Un dieu avait entendu nos prières.

Un seul être me manquait, toujours plus, Catulle. Du moment qu'il pouvait écrire les poèmes de son peuple, il disait ne pas se soucier d'écrire ses lois et prétendait ne pas s'intéresser à la politique. C'était faux. Ses vers agressaient César, Cicéron et d'autres de moindre envergure.

Il n'aimait pas l'hystérie électorale. À ses yeux, élire sans cesse de nouveaux consuls, généralement deux ennemis, était une trouvaille des Érinyes. Privés des moyens et du temps d'agir, ils n'imprimaient pas leur marque et laissaient le vrai pouvoir aux mains des vieilles familles sénatoriales. À l'époque, je prenais ces remarques pour des provocations anticonformistes. Aujourd'hui, je les classe parmi les analyses les plus justes. Et je remercie les dieux d'avoir placé cet ami sur ma route. Personne ne saura l'imiter. Son écriture parlait comme lui. Le contraire de Pois Chiche dont les phrases maquillaient le cœur quand les vers de Catulle révélaient le sien.

Cicéron avait un défaut impardonnable : chez les autres, il voyait d'abord les faiblesses et les défauts. Ensuite les avantages qu'il en tirerait. Quand on lui arrachait son masque, on tombait sur un autre. Le temps, malheureusement, ne révélera jamais son vrai visage. Au lieu de rester pour ses éreintements et ses flagorneries, il écrasera la postérité sous le poids d'écrits médiocres qu'il prenait pour de la philosophie. On le citera en modèle. Ce sera son plus grand exploit : sous sa plume, l'Histoire aura été écrite par celui qui a perdu. Ce mensonge incarnera pour toujours la vérité. Que c'est triste. Que c'est injuste !

Cet ouvrage a été imprimé
par CPI Brodard & Taupin
pour le compte des éditions Grasset
à La Flèche (Sarthe)
en juin 2021

Composition Maury-Imprimeur

PAPIER À BASE DE
FIBRES CERTIFIÉES

Grasset s'engage pour
l'environnement en réduisant
l'empreinte carbone de ses livres.
Celle de cet exemplaire est de :
600 g éq. CO_2
Rendez-vous sur
www.grasset-durable.fr

N° d'édition : 22073 – N° d'impression : 3044104
Dépôt légal : septembre 2021
Imprimé en France